OEUVRES

COMPLETES

DE

VOLTAIRE.

OEUVRES

COMPLETES

DE

VOLTAIRE.

TOME QUINZIEME.

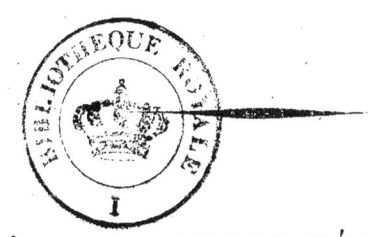

DE L'IMPRIMERIE DE LA SOCIÉTÉ LITTÉRAIRE-
TYPOGRAPHIQUE.

1 7 8 5.

LETTRES

EN VERS

ET EN PROSE.

LETTRES

EN VERS ET EN PROSE.

LETTRE PREMIERE.

A M. L'ABBÉ DE BUSSI,

DEPUIS EVEQUE DE LUÇON.

Non, nous ne fommes point tous deux
Auffi méchans qu'on le publie ;
Et nous ne fommes, *quoi qu'on die*,
Que de fimples voluptueux,
Contens de couler notre vie
Au fein des Grâces et des Jeux.
Et fi dans quelque douce orgie
Votre profe et ma poëfie,
Contre les difcours ennuyeux
Ont fait quelque plaifanterie,
Cette innocente raillerie
Dans ces repas dignes des Dieux
Jette une pointe d'ambrofie.

1716.

Il me femble que je fuis bien hardi de me mettre ainfi de niveau avec vous, et de faire marcher d'un pas égal les tracafferies des femmes et celles des poëtes. Ces deux efpèces font affez dangereufes. Je pourrai bien, comme vous, paffer loin d'elles mon hiver ; du moins je refterai à Sully après le départ du maître de ce beau féjour. Je fuis fenfiblement touché des marques que vous me donnez de votre fouvenir ; je le ferai beaucoup plus de vous retrouver.

> Ornement de la bergerie ,
> Et de l'Eglife et de l'Amour,
> Auffitôt que Flore à fon tour
> Peindra la campagne fleurie,
> Revoyez la ville chérie
> Où Vénus a fixé fa cour.
> Eft-il pour vous d'autre patrie ?
> Et ferait-il dans l'autre vie
> Un plus beau ciel, un plus beau jour,
> Si l'on pouvait de ce féjour
> Exiler la *tracafferie ?*
> Evitons ce monftre odieux ,
> Monftre femelle dont les yeux
> Portent un poifon gracieux ;
> Et que le ciel en fa furie ,
> De notre bonheur envieux ,
> A fait naître dans ces beaux lieux
> Au fein de la galanterie.
> Voyez-vous comme un miel flatteur
> Diftille de fa bouche impure ?
> Voyez-vous comme l'impofture
> Lui prête un fecours féducteur ?
> Le courroux étourdi la guide ,
> L'embarras, le foupçon timide,
> En chancelant fuivent fes pas.
> Des faux rapports l'erreur avide
> Court au-devant de la perfide ,
> Et la careffe dans fes bras.

1716.

Que l'Amour , fecouant fes ailes ,
De ces commerces infidelles
Puiſſe s'envoler à jamais !
Qu'il ceſſe de forger des traits
Pour tant de beautés criminelles !
Et qu'il vienne au fond du Marais ,
De l'innocence et de la paix
Goûter les douceurs éternelles !

Je hais bien tout mauvais rimeur
De qui le bel eſprit baptiſe
Du nom d'ennui la paix du cœur ,
Et la conſtance , de ſottiſe.
Heureux qui voit couler ſes jours
Dans la molleſſe et l'incurie ,
Sans intrigues , ſans faux détours ,
Près de l'objet de ſes amours ,
Et loin de la coquetterie !
Que chaque jour rapidement
Pour de pareils amans s'écoule !
Ils ont tous les plaiſirs en foule ,
Hors ceux du raccommodement.
Quelques amis dans ce commerce
De leur cœur , que rien ne traverſe ,
Partagent la chère moitié ;
Et dans une paiſible ivreſſe ,
Ce couple avec délicateſſe
Aux charmes purs de l'amitié
Joint les tranſports de la tendreſſe.

Voilà , Monſieur , des médiocrités nouvelles pour
l'antique gentilleſſe dont vous m'avez fait part. Savez-
vous bien où eſt ce réduit dont je vous parle ?

M. l'abbé *Courtin* dit que c'eſt chez madame de *Charoſt*. En quelque endroit que ce ſoit, n'importe, pourvu que j'aye l'honneur de vous y voir.

> Rendez-nous donc votre préſence,
> Galant prieur de Trigolet,
> Très-aimable et très-frivolet :
> Venez voir votre humble valet
> Dans le palais de la conſtance.
> Les Grâces, avec complaiſance,
> Vous ſuivront en petit collet ;
> Et moi leur ſerviteur follet,
> J'ébaudirai votre excellence
> Par des airs de mon flageolet,
> Dont l'amour marque la cadence
> En feſant des pas de ballet.

En attendant je travaille ici quelquefois au nom de M. l'abbé *Courtin*, qui me laiſſe le ſoin de faire en vers les honneurs de ſon teint fleuri et de ſa croupe rebondie. Nous vous envoyons, pour vous délaſſer dans votre royaume, une lettre à M. le grand-prieur, et la réponſe de l'*Anacréon du Temple*. Je ne vous demande pour tant de vers qu'un peu de proſe de votre main. Puiſque vous m'exhortez à vivre en bonne compagnie, que je commence à goûter bien fort, il faudra, s'il vous plaît, que vous me ſouffriez quelquefois près de vous à Paris.

LETTRE II.

A M. LE PRINCE DE VENDOME. (a)

De Sully, falut et bon vin
Au plus aimable de nos princes,
De la part de l'abbé Courtin,
Et d'un rimailleur des plus minces,
Que fon bon ange et fon lutin
Ont envoyé dans ces provinces.

Vous voyez, Monfeigneur, que l'envie de faire quelque chofe pour vous a réuni deux hommes bien différens.

L'un, gras, rond, gros, court, féjourné,
Citadin de Papimanie,
Porte un teint de prédeftiné,
Avec la croupe rebondie.
Sur fon front refpecté du temps,
Une fraîcheur toujours nouvelle
Au bon doyen de nos galans
Donne une jeuneffe éternelle.
L'autre dans Papefigue eft né,
Maigre, long, fec et décharné,
N'ayant eu croupe de fa vie,
Moins malin qu'on ne vous le dit,
Mais peut-être de Dieu maudit,
Puifqu'il aime et qu'il verfifie.

(a) C'eft le frère du duc de *Vendôme.* Il était grand-prieur de France. L'abbé *Courtin* était un de fes amis, fils d'un confeiller d'Etat, et homme de lettres. Il était tel qu'on le dépeint ici.

A 4

Notre premier deffein était d'envoyer à votre alteffe un ouvrage dans les formes, moitié vers, moitié profe, comme en ufaient les *Chapelle*, les *Desbarreaux*, lès *Hamilton*, contemporains de l'abbé, et nos maîtres. J'aurais prefque ajouté *Voiture*, fi je ne craignais de fâcher mon confrère, qui prétend, je ne fais pourquoi, n'être pas affez vieux pour l'avoir vu.

> L'abbé, comme il eft pareffeux,
> Se réfervait la profe à faire,
> Abandonnant à fon confrère
> L'emploi flatteur et dangereux
> De rimer quelques vers heureux,
> Qui peut-être auraient pu déplaire
> A certain cenfeur rigoureux
> Dont le nom doit ici fe taire.

Comme il y a des chofes affez hardies à dire par le temps qui court, le plus fage de nous deux, qui n'eft pas moi, ne voulait en parler qu'à condition qu'on n'en faurait rien.

> Il alla donc vers le Dieu du myftère,
> Dieu des Normands, par moi très-peu fêté,
> Qui parle bas, quand il ne peut fe taire,
> Baiffe les yeux et marche de côté.
> Il favorife, et certes c'eft dommage,
> Force fripons ; mais il conduit le fage.
> Il eft au bal, à l'églife, à la cour ;
> Au temps jadis il a guidé l'amour.

Malheureufement ce Dieu n'était pas à Sully ; il était en tiers, dit-on, entre M. l'archevêque de... et

madame de... fans cela nous euffions achevé notre
ouvrage fous fes yeux.

Nous euffions peint les Jeux voltigeans fur vos traces,
Et cet efprit charmant, au fein d'un doux loifir,
    Agréable dans le plaifir,
    Héroïque dans les difgrâces.
Nous vous euffions parlé de ces bienheureux jours,
    Jours confacrés à la tendreffe.
    Nous vous euffions, avec adreffe,
    Fait la peinture des amours,
    Et des amours de toute efpèce.
    Vous en euffiez vu de Paphos,
    Vous en euffiez vu de Florence;
    Mais avec tant de bienféance,
    Que le plus âpre des dévots
    N'en eût pas fait la différence.
Bacchus y paraîtrait de tocane échauffé,
    D'un bonnet de pampre coiffé,
Célébrant avec vous fa plus joyeufe orgie.
L'imagination ferait à fon côté,
De fes brillantes fleurs ornant la volupté
    Entre les bras de la folie.

    Petits foupers, jolis feftins,
    Ce fut parmi vous que naquirent
    Mille vaudevilles malins,
    Que les amours à rire enclins
    Dans leurs fottifiers recueillirent,
    Et que j'ai vus entre leurs mains.
    Ah! que j'aime ces vers badins,
    Ces riens naïfs et pleins de grâce,
    Tels que l'ingénieux Horace

En eût fait l'ame d'un repas ,
Lorſqu'à table il tenait ſa place ,
Avec Auguſte et Mécénas.

Voilà un faible crayon du portrait que nous vou-
lions faire ; mais

Il faut être inſpiré pour de pareils écrits ;
Nous ne ſommes point beaux eſprits :
Et notre flageolet timide
Doit céder cet honneur charmant
Au luth aimable , au luth galant
De ce ſucceſſeur de Clément ,
Qui dans votre temple réſide. (b)
Sachez donc que l'oiſiveté
Fait ici notre grande affaire. (1)
Jadis de la Divinité
C'était le partage ordinaire ;
C'eſt le vôtre , et vous m'avoûrez
Qu'après tant de jours conſacrés
A Mars, à la cour , à Cythère ,
Lorſque de tout on a tâté ,
Tout fait, ou du moins tout tenté ,
Il eſt bien doux de ne rien faire.

V A R I A N T E.

(1) Fait ici notre unique affaire :
Nous buvons à votre ſanté ;
Dans ce beau ſéjour enchanté ,
Nous feſons excellente chére,
Et voilà tout : en vérité ,
Vous avez la mine d'en faire
Tout autant de votre côté.

(b) L'abbé de *Chaulieu* demeurait au Temple , qui appartient aux
grands-prieurs de France. C'était autrefois la demeure des templiers.

LETTRE III.

A M. L'ABBÉ DE CHAULIEU.

De Sully, le 15 juillet.

A vous, l'Anacréon du Temple ;
A vous le fage fi vanté,
Qui nous prêchez la volupté,
Par vos vers et par votre exemple ;
Vous, dont le luth délicieux,
Quand la goutte au lit vous condamne,
Rend des fons auffi gracieux,
Que quand vous chantez la tocane,
Affis à la table des Dieux.

Je vous écris, Monfieur, du féjour du monde le plus aimable, fi je n'y étais point exilé, et dans lequel il ne me manque, pour être parfaitement heureux, que la liberté d'en pouvoir fortir. C'eft ici que *Chapelle* a demeuré, c'eft-à-dire, s'eft enivré deux ans de fuite. (1) Je voudrais bien qu'il eût laiffé dans ce château un peu de fon talent poëtique ; cela accommoderait fort ceux qui veulent vous écrire. Mais comme on prétend qu'il vous l'a laiffé tout entier, j'ai été obligé d'avoir recours à la magie, dont vous m'avez tant parlé.

(1) *Chapelle*, était un homme d'un génie facile et libertin ; il avait beaucoup bu, ce qui était le vice de fon temps ; ce vice fit beaucoup de tort à fa fanté, et enfin à fon efprit.

1717.

Et dans une tour affez fombre
Du château qu'habita jadis
Le plus léger des beaux efprits ,
Un beau foir j'évoquai fon ombre.
Aux déités des fombres lieux.
Je ne fis point de facrifice ,
Comme ces fripons qui des Dieux
Chantaient autrefois le fervice ;
Ou la forcière Pythoniffe ,
Dont la grimace et l'artifice
Avaient fait dreffer les cheveux
A ce fot prince des Hébreux,
Qui crut bonnement que le diable
D'un prédicateur ennuyeux
Lui montrait le fpectre effroyable.
Il n'y faut point tant de façon
Pour une ombre aimable et légère :
C'eft bien affez d'une chanfon,
Et c'eft tout ce que je puis faire.
Je lui dis fur mon violon :
Eh ! de grâce, monfieur Chapelle,
Quittez le manoir de Pluton
Pour cet enfant qui vous appelle.
Mais non , fur la voûte éternelle
Les Dieux vous ont reçu , dit-on,
Et vous ont mis entre Apollon
Et le fils joufflu de Semèle.
Du haut de ce divin canton ,
Defcendez , aimable Chapelle.

Cette familière oraifon
Dans la demeure fortunée

Reçut quelque approbation ;
Car enfin, quoique mal tournée,
Elle était faite en votre nom.
Chapelle vint. A son approche,
Je fentis un tranfport foudain ;
Car il avait fa lyre en main,
Et fon Gaffendi (b) dans fa poche ;
Il s'appuyait fur Bachaumont,
Qui lui fervit de compagnon
Dans le récit de ce voyage
Qui du plus charmant badinage
Fut la plus charmante leçon.

Je vous dirai pourtant en confidence, et fi la pofte
ne me preffait, je vous le rimerais ; ce *Bachaumont*
n'eft pas trop content de *Chapelle*. Il fe plaint qu'après
avoir tous deux travaillé aux mêmes ouvrages,
Chapelle lui a volé la moitié de la réputation qui lui
appartenait. Il prétend que c'eft à tort que le nom
de fon compagnon a étouffé le fien ; car c'eft moi,
me dit-il tout bas à l'oreille, qui ai fait les plus jolies
chofes du voyage, et entre autres : *Sous ce berceau
qu'amour exprès....*

Mais il ne s'agit pas ici de rendre juftice à ces
deux meffieurs ; il fuffit de vous dire que je m'adreffai
à *Chapelle* pour lui demander comment il s'y prenait
autrefois dans le monde

Pour chanter toujours fur fa lyre
Ces vers aifés, ces vers coulans,

(b) *Gaffendi* avait élevé la jeuneffe de *Chapelle*, qui devint grand partifan
du fyftème de philofophie de fon précepteur. Toutes les fois qu'il s'enivrait,
il expliquait le fyftème aux convives ; et lorfqu'ils étaient fortis de table,
il continuait la leçon au maître-d'hôtel.

De la nature heureux enfans,
Où l'art ne trouve rien à dire?
L'amour, me dit-il, et le vin
Autrefois me firent connaître
Les grâces de cet art divin ;
Puis à Chaulieu l'épicurien
Je fervis quelque temps de maître :
Il faut que Chaulieu foit le tien.

L E T T R E I V.

A M. LE DUC DE BRANCAS,

En lui envoyant une épître pour M. le Régent. (1)

Sully.

MONSIEUR LE DUC,

JE crois qu'il fuffit d'être malheureux et innocent pour compter fur votre protection, et je vous puis affurer que je la mérite. Je ne me plains point d'être exilé, mais d'être foupçonné de vers infames, également indignes, j'ofe le dire, de la façon dont je penfe et de celle dont j'écris. Je m'attendais bien à être calomnié par les mauvais poëtes, mais pas à être puni par un prince qui aime la juftice. Souffrez que je vous préfente une épître en vers que j'ai compofée pour monfeigneur le Régent ; fi vous la trouvez digne de vous, elle le fera de lui, et je vous fupplie de la lui faire lire dans un de ces momens

(1) Voyez le volume d'*Epîtres.*

qui font toujours favorables aux malheureux, quand
ce prince les paffe avec vous. J'ai tâché d'éviter dans
cet ouvrage les flatteries trop outrées et les plaintes
trop fortes, et d'y être libre fans hardieffe. Si j'avais
l'honneur d'être plus connu de vous que je ne le
fuis, vous verriez que je parle dans cet écrit comme
je penfe; et fi la poëfie ne vous en plaît pas, vous en
aimeriez du moins la vérité.

Permettez-moi de vous dire que dans un temps
comme celui-ci, où l'ignorance et le mauvais goût
commencent à régner, vous êtes d'autant plus obligé
de foutenir les beaux arts, que vous êtes prefque le
feul qui puiffe le faire; et qu'en protégeant ceux qui
les cultivent avec quelque fuccès, vous ne protégez
que vos admirateurs; je ne me fervirai point ici du
droit qu'ont tous les poëtes de comparer leurs patrons
à Mécène.

Ainfi que toi régiffant des provinces,
Comblé d'honneurs et des peuples chéri,
L'heureux Mécène était le favori
Du Dieu des vers et du plus grand des princes;
Mais à longs traits goûtant la volupté,
Son premier dieu ce fut l'oifiveté.
Si quelquefois réveillant fa molleffe,
Sa main légère entre Horace et Maron
Daignait toucher la lyre d'Apollon,
Comme la Fare il chantait la pareffe.
Pour toi, mêlant le devoir au plaifir,
Dans les travaux tu te fais un loifir;
Tu fais charmer au confeil comme à table.
Mécène à toi n'eft pas à comparer,

1717.

Et je te crois, j'ofe ici l'affurer,
Moins pareffeux, et non pas moins aimable.

Heureux, monfieur le duc, ceux qui peuvent jouir de votre protection et de votre entretien. Pour moi, la feule grâce que je vous demande, eft celle de vous voir.

L E T T R E V.

A M. LE MARQUIS D'USSÉ.

A Sully, le 20 juillet.

MONSIEUR,

JE ne fais fi vous vous fouviendrez de moi après l'honneur qu'on m'a fait de m'exiler, Souffrez que je vous demande une grâce : ce n'eft point d'employer votre crédit pour moi, car je ne veux point vous propofer de vous donner du mouvement ; ce n'eft point non plus d'aider à rétablir ma réputation, cela eft trop difficile : mais de me dire votre fentiment fur l'épître que je vous envoie. Elle ne verra le jour qu'autant que vous l'en jugerez digne ; et fi vous voulez bien avoir la bonté de me faire voir toutes les fautes que vous y trouverez, je vous aurai plus d'obligation que fi vous me fefiez rappeler. Peut-être êtes-vous occupé à préfent autour d'un

alembic,

alembic, et ferez-vous tenté d'allumer vos fourneaux
avec mes vers; mais, je vous fupplie, que la chimie   **1717.**
ne vous brouille point avec la poëfie.

> Souvenez-vous des airs charmans
> Que vous chantiez fur le Parnaffe,
> Et cultivez en même temps
> L'art de Paracelfe et d'Horace.
> Jufques au fond de vos fourneaux
> Faites couler l'eau d'Hypocrène,
> Et je vous placerai fans peine
> Entre Homberg et Defpréaux.

Jetez donc, Monfieur, un œil critique fur mon
ouvrage; et fi vous avez quelque bonté pour moi,
renvoyez-le moi avec les notes dont vous voudrez
bien l'accompagner. Vous voyez bien de quelle confé-
quence il eft pour moi que cet ouvrage foit ignoré
dans le public avant d'être préfenté au Régent; et
j'attends que vous me garderez le fecret. Surtout ne
dites point à M. le duc de *Sully* que je vous aye écrit;
enfin que tout ceci foit, je vous fupplie, entre vous
et moi.

Je fuis, &c.

L E T T R E V I.

A MADAME LA MARQUISE DE MIMEURE.

A Sully.

J E vous écris de ces rivages
Qu'habitèrent plus de deux ans
Les plus aimables perfonnages
Que la France ait vus de long-temps :
Les Chapelles, les Manicamps,
Ces voluptueux et ces fages
Qui rimans, chaffans, difputans
Sur ces bords heureux de la Loire,
Paffaient l'automne et le printemps
Moins à philofopher qu'à boire.

Il ferait délicieux pour moi de refter à Sully,
s'il m'était permis d'en fortir. M. le duc de *Sully* eft
le plus aimable des hommes, et celui à qui j'ai le
plus d'obligation. Son château eft dans la plus belle
fituation du monde ; il y a un bois magnifique dont
tous les arbres font découpés par des poliffons ou
des amans qui fe font amufés à écrire leurs noms
fur l'écorce.

A voir tant de chiffres tracés,
Et tant de noms entrelacés,
Il n'eft pas mal-aifé de croire
Qu'autrefois le beau Céladon
A quitté les bords du Lignon
Pour aller à Sully fur Loire.

Il eft bien jufte qu'on m'ait donné un exil agréable, ——
puifque j'étais abfolument innocent des indignes 1717.
chanfons qu'on m'imputait. Vous feriez peut-être
bien étonnée fi je vous difais que dans ce beau bois
dont je viens de vous parler, nous avons des *nuits*
blanches comme à Sceaux. Madame de *la Vrillière*,
qui vint ici pendant la nuit faire tapage avec madame
de *Liftenai*, fut bien furprife d'être dans une grande
falle d'ormes, éclairée d'une infinité de lampions,
et d'y voir une magnifique collation fervie au fon
des inftrumens, et fuivie d'un bal où parurent plus
de cent mafques habillés de guenillons fuperbes. Les
deux fœurs trouvèrent des vers fur leur affiette; on
affure qu'ils font de l'abbé *Courtin*. Je vous les
envoie; vous verrez de qui ils font. (*)

Après tous les plaifirs que j'ai à Sully, je n'ai
plus à fouhaiter que d'avoir l'honneur de vous voir
à Uffé, et de vous donner des nuits blanches comme
à madame de *la Vrillière*.

Je vous demande en grâce, Madame, de me mander
fi vous n'irez point en Touraine. J'irais vous faluer
dans le château de M. d'*Uffé*, après avoir paffé quelque temps à Preuilli chez M. le baron de *Breteuil*;
c'eft la moitié du chemin.

Ne me dédaignez pas, Madame, comme l'an paffé.
Songez que vous écrivîtes à *Roi*, et que vous ne
m'écrivîtes point. Vous devriez bien réparer vos
mépris par une lettre bien longue, où vous me manderiez votre départ pour Uffé; fi non je crois que
malgré les ordres du Régent j'irai vous trouver à Paris,
tant je fuis avec un véritable dévouement, &c.

(*) Voyez les Poëfies mêlées, volume de *Contes*.

L E T T R E   V I I.

A M. * * *

Jouissez, Monfieur, des plaifirs de Paris, tandis que je fuis, par ordre du roi, dans le plus aimable château et dans la meilleure compagnie du monde. Il y a peut-être quelques gens qui s'imaginent que je fuis exilé; mais la vérité eft que M. le Régent m'a donné ordre d'aller paffer quelques mois dans une campagne délicieufe, où l'automne amène beaucoup de perfonnes d'efprit; et ce qui vaut bien mieux, des gens d'un commerce aimable, grands chaffeurs pour la plupart, et qui paffent ici les beaux jours à affaffiner des perdrix.

> Pour moi chétif, on me condamne
> A refter au facré vallon;
> Je fuis fort bien près d'Apollon,
> Mais affez mal avec Diane.

Je chaffe peu, je verfifie beaucoup; je rime tout ce que le hafard offre à mon imagination,

> Et par mon démon lutiné
> On me voit fouvent d'un coup d'aile
> Paffer des fureurs de Lainé
> A la douceur de Fontenelle.
> Sous les ombrages toujours cois,
> De Sully, ce féjour tranquille,
> Je fuis plus heureux mille fois

Que le grand prince qui m'exile
Ne l'eſt près du trône des rois.

N'allez pas, s'il vous plaît, publier ce bonheur dont
je vous fais confidence, car on pourrait bien me
laiſſer ici aſſez de temps pour y pouvoir devenir mal‑
heureux ; je connais ma portée, je ne ſuis pas fait
pour habiter long-temps le même lieu.

L'exil aſſez ſouvent nous donne
Le repos, le loiſir, ce bonheur précieux
Qu'à bien peu de mortels ont accordé les Dieux ;
Et qui n'eſt connu de perſonne
Dans le ſéjour tumultueux
De la ville que j'abandonne.
Mais la tranquillité que j'éprouve aujourd'hui,
Le bien pur et parfait où je n'oſais prétendre,
Eſt par fois, entre nous, ſi ſemblable à l'ennui,
Que l'on pourrait bien s'y méprendre.

Il n'a point encore approché de Sully ;

Mais maintenant dans le parterre
Vous le verrez, comme je croi,
Aux pièces du poëte Roi ;
C'eſt là ſa demeure ordinaire.

Cependant on me dit que vous ne fréquentez plus
que la comédie italienne. Ce n'eſt pas là où ſe trouve
ce gros dieu dont je vous parle. J'entends dire que
tout Paris eſt enchanté des attraits de la nouveauté ;

Que ſon goût délicat préfère
L'enjoûment agréable et fin
De Scaramouche et d'Arlequin
Au peſant et fade Molière.

B 3

LETTRE VIII.

A M. DE LA FAYE.

LA FAYE, ami de tout le monde,
Qui favez le fecret charmant
De réjouir également
Le philofophe, l'ignorant,
Le galant à perruque blonde;
Vous qui rimez comme Ferrand
Des madrigaux, des épigrammes,
Qui chantez d'amoureufes flammes
Sur votre luth tendre et galant;
Et qui même affez hardiment
Osâtes prendre votre place
Auprès de Malherbe et d'Horace,
Quand vous alliez fur le Parnaffe
Par le café de la Laurent :

Je voudrais bien aller auffi au Parnaffe, moi qui vous parle; j'aime les vers à la fureur; mais j'ai un petit malheur, c'eft que j'en fais de déteftables; et j'ai le plaifir de jeter tous les foirs au feu tout ce que j'ai barbouillé dans la journée.

Par fois je lis une belle ftrophe de votre ami M. de *la Motte*, et puis je me dis tout bas : *Petit miférable, quand feras-tu quelque chofe d'auffi bien ?* Le moment d'après c'eft une ftrophe peu harmonieufe et un peu obfcure, et je me dis : *Garde-toi d'en faire autant.* Je tombe fur un pfaume ou fur une épigramme ordurière

de *Rousseau*, cela éveille mon odorat ; je veux lire ——— 1718.
ses autres ouvrages, mais le livre me tombe des
mains : je vois des comédies à la glace, des opéra
fort au-dessous de ceux de l'abbé *Pic*, une épître au
comte d'*Ayen* qui est à faire vomir ; un petit voyage
de Rouen fort insipide ; une ode à M. *Duché* fort
au-dessous de tout cela ; mais ce qui me révolte et
qui m'indigne, c'est le mauvais cœur qui perce à
chaque ligne. J'ai lu son épître à *Marot*, où il y a de
très-beaux morceaux ; mais je crois y voir plutôt un
enragé qu'un poëte. Il n'est pas inspiré, il est possédé ;
il reproche à l'un sa prison, à l'autre sa vieillesse ; il
appelle celui-ci athée, celui-là maroufle. Où donc
est le mérite de dire en vers de cinq pieds des injures si
grossières ? Ce n'était pas ainsi qu'en usait M. *Despréaux*
quand il se jouait aux dépens des mauvais auteurs :
aussi son style était doux et coulant ; mais celui de
Rousseau me paraît inégal, recherché, plus violent
que vif, et teint, si j'ose m'exprimer ainsi, de la bile
qui le dévore. Peut-on souffrir qu'en parlant de M. de
Crébillon, il dise qu'*il vient de sa griffe Apollon molester.*
Quels vers que ceux-ci :

,, Ce rimeur si sucré
,, Devient amer, quand le cerveau lui tinte,
,, Plus qu'aloës, ni jus de coloquinte.

De plus toute cette épître roule sur un raisonne-
ment faux ; il veut prouver que tout homme d'esprit
est honnête homme, et que tout sot est fripon ; mais
ne serait-il pas la preuve trop évidente du contraire,
si pourtant c'est véritablement de l'esprit que le seul

1718.

talent de la verſification ? Je m'en rapporte à vous et à tout Paris. *Rouſſeau* ne paſſe point pour avoir d'autre mérite ; il écrit ſi mal en proſe que ſon *factum* eſt une des pièces qui ont ſervi à le faire condamner. Au contraire celui de M. *Saurin* eſt un chef-d'œuvre, *et quid facundia poſſet , tum paruit.* Enfin voulez-vous que je vous diſe franchement mon petit ſentiment ſur MM. de *la Motte* et *Rouſſeau* ? M. de *la Motte* penſe beaucoup et ne travaille pas aſſez ſes vers ; *Rouſſeau* ne penſe guère , mais il travaille ſes vers beaucoup mieux : le point ſerait de trouver un poëte qui penſât comme *la Motte* et qui écrivit comme *Rouſſeau*, (quand *Rouſſeau* écrit bien , s'entend) mais,

> *Pauci , quos æquus amavit*
> *Jupiter , aut ardens evexit ad æthera virtus ,*
> *Dîs geniti , potuêre.* . . . .

J'ai bien envie de revenir bientôt ſouper avec vous et raiſonner des belles lettres : je commence à m'ennuyer beaucoup ici. Or il faut que je vous diſe ce que c'eſt que l'ennui :

> Car vous qui toujours le chaſſez ,
> Vous pourriez l'ignorer peut-être ;
> Trop heureux ſi ces vers à la hâte tracés ,
> Ne vous l'ont déjà fait connaître !
> C'eſt un gros dieu lourd et peſant ,
> D'un entretien froid et glaçant ,
> Qui ne rit jamais, toujours bâille ;
> Et qui depuis cinq ou ſix ans ,
> Dans la foule des courtiſans ,
> Se trouvait toujours à Verſaille.

Au refte , je fuis charmé que vous ne partiez pas
fitôt pour Gènes (1) ; votre ambaffade m'a la mine
d'être pour vous un bénéfice fimple. Faites-vous payer
de votre voyage, et ne le faites point ; ne reffemblez
pas à ces politiques errans qu'on envoie de Parme à
Florence, et de Florence à Holftein , et qui reviennent
enfin ruinés dans leur pays pour avoir eu le plaifir
de dire *le roi mon maître.* Il me femble que je vois des
comédiens de campagne qui meurent de faim après
avoir joué le rôle de *Céfar* et de *Pompée.*

> Non cette brillante folie
> N'a point enchaîné vos efprits :
> Vous connaiffez trop bien le prix
> Des douceurs de l'aimable vie
> Qu'on vous voit mener à Paris
> En affez bonne compagnie ;
> Et vous pouvez bien vous paffer
> D'aller loin de nous profeffer
> La politique en Italie.

(1) M. de *la Faye* était nommé envoyé extraordinaire à Gènes.

L E T T R E   I X.

A M. DE GENONVILLE.

Ami que je chéris de cette amitié rare
Dont Pylade a donné l'exemple à l'univers,
    Et dont Chaulieu chérit la Fare :
Vous pour qui d'Apollon les tréfors font ouverts
    Vous dont les agrémens divers,
    L'imagination féconde,
L'efprit et l'enjoûment, fans vice et fans travers,
Seraient chez nos neveux célébrés dans mes vers,
Si mes vers, comme vous, plaifaient à tout le monde:
Votre épître a charmé le pafteur de Sully ;
Il fe connaît au bon, et partant il vous aime ;
Votre écrit eft par nous dignement accueilli,
    Et vous ferez reçu de même.

Il eft beau, mon cher ami, de venir à la campagne tandis que *Plutus* tourne toutes les têtes à la ville. Etes-vous réellement devenus tous fous à Paris ? Je n'entends parler que de millions; on dit que tout ce qui était à fon aife eft dans la mifère, et que tout ce qui était dans la mendicité nage dans l'opulence. Eft-ce une réalité ? eft-ce une chimère ? la moitié de la nation a-t-elle trouvé la pierre philofophale dans les moulins à papier ? *Law* eft-il un Dieu, un fripon, ou un charlatan qui s'empoifonne de la drogue qu'il diftribue à tout le monde ? Se contente-t-on de richeffes imaginaires ? C'eft un chaos que je ne puis

débrouiller, et auquel je m'imagine que vous n'entendez rien. Pour moi je ne me livre à d'autres chimères
qu'à celle de la poëfie.

1718.

Avec l'abbé Courtin je vis ici tranquille,
        Sans aucun regret pour la ville
        Où certain écoffais malin,
            Comme la vieille fibylle
            Dont parle le bon Virgile,
Sur des feuillets volans écrit notre deftin ;
        Venez nous voir un beau matin,
        Venez, aimable Génonville ;
            Apollon dans ces climats
        Vous prépare un riant afile :
        Voyez comme il vous tend les bras,
            Et vous rit d'un air facile.

            Deux jéfuites en ce lieu,
            Ouvriers de l'Evangile,
            Viennent, de la part de Dieu,
            Faire un voyage inutile.
        Ils veulent nous prêcher demain ;
        Mais pour nous défaire foudain
        De ce couple de chatemites,
        Il ne faudra fur leur chemin
        Que mettre un gros faint Auguftin :
        C'eft du poifon pour les jéfuites.

L E T T R E X.

A M. DE FONTENELLE.

De Villars, le premier feptembre.

Les dames qui font à Villars, Monfieur, fe font
gâtées par la lecture de vos *Mondes*. Il vaudrait mieux
que ce fût par vos églogues ; et nous les verrions plus
volontiers ici bergères que philofophes. Elles mettent
à obferver les aftres un temps qu'elles pourraient
beaucoup mieux employer ; et comme leur goût
décide des nôtres, nous nous fommes tous faits phy-
ficiens pour l'amour d'elles.

> Le foir fur des lits de verdure,
> Lits que de fes mains la nature,
> Dans ces jardins délicieux,
> Forma pour une autre aventure,
> Nous brouillons tout l'ordre des cieux ;
> Nous prenons Vénus pour Mercure ;
> Car vous faurez qu'ici l'on n'a
> Pour examiner les planètes,
> Au lieu de vos longues lunettes,
> Que des lorgnettes d'opéra.

Comme nous paffons la nuit à obferver les étoiles,
nous négligeons fort le foleil, à qui nous ne rendons
vifite que lorfqu'il a fait près des deux tiers de fon
tour. Nous venons d'apprendre tout à l'heure qu'il
a paru de couleur de fang tout le matin ; qu'enfuite

fans que l'air fût obfcurci d'aucun nuage, il a perdu ⸺
fenfiblement de fa lumière et de fa grandeur : nous **1720.**
n'avons fu cette nouvelle que fur les cinq heures du
foir. Nous avons mis la tête à la fenêtre, et nous
avons pris le foleil pour la lune, tant il était pâle.
Nous ne doutons point que vous n'ayez vu la même
chofe à Paris.

C'eft à vous que nous nous adreffons, Monfieur,
comme à notre maître. Vous favez rendre aimables
les chofes que beaucoup d'autres philofophes rendent
à peine intelligibles ; et la nature devait à la France
et à l'Europe un homme comme vous pour corriger
les favans, et pour donner aux ignorans le goût des
fciences.

> Or dites-nous donc, Fontenelles,
> Vous qui par un vol imprévu,
> De Dédale prenant les ailes,
> Dans les cieux avez parcouru
> Tant de carrières immortelles,
> Où faint Paul avant vous a vu
> Force beautés furnaturelles,
> Dont très-prudemment il s'eft tu :
> Du foleil, par vous fi connu,
> Ne favez-vous point de nouvelles ?
> Pourquoi fur un char tout fanglant
> A-t il commencé fa carrière ?
> Pourquoi perd-il, pâle et tremblant,
> Et fa grandeur et fa lumière ?
> Que dira le Boulainvilliers (a)

_____

(a) Le comte de *Boulainvilliers*, homme d'une grande érudition, mais
qui avait la faibleffe de croire à l'aftrologie. Le cardinal de *Fleuri* difait

Sur ce terrible phénomène ?
Va-t-il à des peuples entiers
Annoncer leur perte prochaine ?
Verrons-nous des incurfions ,
Des édits , des guerres fanglantes ;
Quelques nouvelles actions ,
Ou le retranchement des rentes ?
Jadis quand vous étiez pafteur
On vous eût vu fur la fougère ,
A ce changement de couleur
Du Dieu brillant qui nous éclaire ,
Annoncer à votre bergère
Quelque changement dans fon cœur.
Mais depuis que votre Apollon
Voulut quitter la bergerie
Pour Euclide et pour Varignon ,
Et les rubans de Céladon
Pour l'aftrolabe d'Uranie ,
Vous nous parlerez le jargon
De calcul , de réfraction.
Mais daignez un peu , je vous prie,
Si vous voulez parler raifon ,
Nous l'habiller en poëfie ;
Car fachez que dans ce canton
Un trait d'imagination
Vaut cent pages d'aftronomie. (1)

de lui qu'il ne connaiffait ni l'avenir , ni le paffé , ni le préfent. Cependant il a fait de très-belles recherches fur l'Hiftoire de France.

(1) C'eft dans la réponfe de *Fontenelle* à ces vers que fe trouve ce vers heureux :

Il faut des hochets pour tout âge.

LETTRE XI.

A M. LE CARDINAL DUBOIS. (a)

De Cambrai, juillet.

Une beauté qu'on nomme Rupelmonde,
    Avec qui les amours et moi
    Nous courons depuis peu le monde,
    Et qui nous donne à tous la loi,
    Veut qu'à l'inftant je vous écrive.
Ma mufe, comme à vous, à lui plaire attentive,
Accepte avec tranfport un fi charmant emploi.

Nous arrivons, Monfeigneur, dans votre métro-
pole, où je crois que tous les ambaffadeurs et tous
les cuifiniers de l'Europe fe font donné rendez-vous.
Il femble que tous les miniftres d'Allemagne ne foient
à Cambrai que pour faire boire la fanté de l'empereur. Pour meffieurs les ambaffadeurs d'Efpagne, l'un
entend deux meffes par jour, l'autre dirige la troupe
des comédiens. Les miniftres anglais envoient beaucoup de courriers en Champagne, et peu à Londres.
Au refte, perfonne n'attend ici votre éminence : on
ne penfe pas que vous quittiez le palais royal pour
venir vifiter vos ouailles. Vous feriez trop fâché, et
nous auffi, s'il vous fallait quitter le miniftère pour
l'apoftolat.

(a) Cette lettre eft de 1722. On l'a imprimée plufieurs fois, mais on
la donne ici fur l'original. Madame de *Rupelmonde* était fille du maréchal
d'*Alègre*, mariée à un feigneur flamand, et mère du marquis de *Rupelmonde*
tué en Bavière.

Puiffent meffieurs du congrès,
En buvant dans cet afile,
De l'Europe affurer la paix !
Puiffiez-vous aimer votre ville,
Seigneur, et n'y venir jamais !
Je fais que vous pouvez faire des homélies,
Marcher avec un porte-croix,
Entonner la meffe par fois
Et marmoter des litanies.
Donnez, donnez plutôt des exemples aux rois ;
Uniffez à jamais l'efprit à la prudence ;
Qu'on publie en tous lieux vos grandes actions :
Faites-vous bénir de la France,
Sans donner à Cambrai des bénédictions.

Souvenez-vous quelquefois, Monfeigneur, d'un homme qui n'a en vérité d'autre regret que de ne pouvoir pas entretenir votre éminence auffi fouvent qu'il le voudrait, et qui, de toutes les grâces que vous pouvez lui faire, regarde l'honneur de votre converfation comme la plus flatteufe.

LETTRE

LETTRE XII.   1723.

A M. DE CIDEVILLE,

CONSEILLER AU PARLEMENT DE ROUEN.

28 décembre.

Déja de la Parque ennemie
J'avais bravé les rudes coups ;
Mais je fens aujourd'hui tout le prix de la vie,
Par l'efpoir de vivre avec vous.
Les vers que vous dicta l'amitié tendre et pure,
Embellis par l'efprit, ornés par la nature,
Ont rallumé dans moi des feux déjà glacés.

Mon génie excité m'invite à vous répondre :
Mais dans un tel combat que je me fens confondre !
En louant mes talens, que vous les furpaffez !
Je reffens du dépit les atteintes fecrètes.
Vos éloges touchans, vos vers coulans et doux,
S'ils ne me rendàient pas le plus vain des poëtes,
M'auraient rendu le plus jaloux.

Voilà tout ce que la fièvre et les fuites miférables
de la petite vérole peuvent me permettre. Le trifte
état où je fuis encore m'empêche de vous écrire plus
au long ; mais comptez, Monfieur, que rien ne peut
m'empêcher d'être fenfible toute ma vie à votre
amitié, et que je la mérite par ma tendreffe et mon
eftime refpectueufe pour vous.

Lettres en vers, &c.   C

L E T T R E   X I I I.

A MADAME LA DUCHESSE DU MAINE.

Toutes les princeſſes malencontreuſes qui furent jadis retenues dans des châteaux enchantés par des nécromans, eurent toujours beaucoup de bienveil-lance pour les pauvres chevaliers errans à qui même infortune était advenue. Ma baſtille, Madame, eſt la très-humble ſervante de votre Châlons ; mais il y a une très-grande différence entre l'une et l'autre :

Car à Châlons les Grâces vous ſuivirent,
Les Jeux badins priſonniers s'y rendirent ;
Et tous ces enfans éperdus
Furent bien ſurpris quand ils virent
La fermeté, la paix, et toutes les vertus,
Qui près de vous ſe réunirent.

Cet aimable aſſemblage, ſi précieux et ſi rare, vous aſſervit les cœurs de tous les habitans.

On admira ſur vos traces
Minerve auprès de l'Amour.
Ah ! ne leur donnez plus ce Châlons pour ſéjour ;
Et que les Muſes et les Grâces
Jamais plus loin que Sceaux n'aillent fixer leur cour.

Vous avez, dit-on, Madame, trouvé, dans votre château, le ſecret d'immortaliſer un âne.

Dans ces murs malheureux votre voix enchantée
Ne put jamais charmer qu'un âne et les échos :
   On vous prendrait pour une Orphée :
Mais vous n'avez point fu, trop malheureufe fée,
   Adoucir tous les animaux.

1727.

 Puiffiez-vous mener déformais une vie toujours heureufe , et que la tranquillité de votre féjour de Sceaux ne foit jamais interrompue que par de nouveaux plaifirs. Les agrémens feuls de votre efprit peuvent fuffire à faire votre bonheur.

 Dans fes écrits le favant Malézieu
 Joignit toujours l'utile à l'agréable ;
 On admira dans le tendre Chaulieu
 De fes chanfons la grâce inimitable.
 Il vous fallait les perdre un jour tous deux ,
 Car il n'eft rien que le temps ne détruife ;
 Mais ce beau dieu qui les arts favorife ,
 De fes préfens vous enrichit comme eux ,
 Et tous les deux vivent dans *Ludovife.*

L E T T R E X I V.

A M. T H I R I O T.

A TULLIE (*) , *imité de Catulle la Faye.*

QUE le public veuille ou non veuille ;
De tous les charmes qu'il accueille
Les tiens font les plus raviſſans.
Mais tu n'es encor que la feuille
Des fruits que promet ton printemps.
O ma Tullie ! avant le temps
Garde-toi bien qu'on ne te cueille.

Je me meurs , mon cher *Thiriot ;* mais avant de mourir dans mon lit comme un ſot , je viens de changer la dernière ſcène de *Tullie.* Recommandez bien à *Titus* d'en avertir nos ſeigneurs du parterre.

Mon valet de chambre arrive dans le moment, qui me dit que *Tullie* a joué comme un ange. Si cela eſt,

Ma Tullie , il eſt déjà temps ;
Allons , vîte que l'on te cueille.

Venez , mon cher ami , me dire des nouvelles.

(*) L'actrice qui jouait le rôle de *Tullie* dans Brutus.

LETTRE XV. 1731.

A M. DE CIDEVILLE.

A Paris, ce 10 janvier.

Je ne l'ai plus , aimable Cideville ,
Ce don charmant , ce feu facré , ce dieu
Qui donne aux vers un tour tendre et facile ,
Et qui dictait à la Faye , à Chaulieu
Conte , dixain , épître , vaudeville.
Las ! mon démon de moi s'eft retiré.
Depuis long-temps il eft en Normandie :
Donc quand voudrez , par Phébus infpiré ,
Me défier aux combats d'harmonie ,
Pour que je fois contre vous préparé
Renvoyez-moi , s'il vous plaît , mon génie.

Adieu ; comptez toujours fur la plus tendre amitié
de l'hypocondre *V.*

LETTRE XVI.

A M. DE MONCRIF.

mars.

MUSE aimable, mufe badine,
Efprit jufte et non moins galant,
Vous reffemblez bien mieux à la Fare, à Ferrand
Que je ne reffemble à Racine.

Grand-merci de vos bontés ; j'y fuis plus fenfible qu'à des battemens de mains. (1)

Mon cher et aimable *Tithon*, j'ai été deux fois à votre palais fans pouvoir faluer fon Alteffe. J'avais auffi à vous prier de paffer chez madame de *Fontaine-Martel*, qui fe vante d'avoir quelque chofe à vous dire. Recevez donc par écrit mon invitation de venir la voir. Si vous rencontrez dans votre palais *Rhadamifte* et *Palamède*, ayez la bonté, je vous prie, de lui dire des chofes bien tendres de la part de fon admirateur. A l'égard de votre prince, je me fuis écrié à fa porte :

J'ai par deux fois votre Alteffe ratée :
Cela veut dire, hélas, tout fimplement,
Que ma mufe deux fois s'eft en vain préfentée
　　　Pour vous faire fon compliment.
　　　Heureux qui ferait à portée
　　　De rater effectivement
　　　Votre perfonne tant vantée !
　　　Il n'en ferait rien furement.

(1) La tragédie d'Eryphile venait d'être repréfentée avec applaudiffement.

Cela est un peu irrégulier à présenter à un saint
abbé comme monseigneur le comte de *Clermont* ; mais
pour vous qui n'êtes point *in sacris*, vous pouvez lire
de ces sottises. Faites ma cour en prose à ce prince
aimable, et brûlez mes vers ; j'y gagnerai beaucoup.

Adieu. Cela est honteux que vous ne fassiez plus
de vers. Ce siècle-ci a plus besoin que jamais de grâces
et de bon goût. Il faut que vous travailliez.

L E T T R E   X V I I.

A M. D E C I D E V I L L E.

A Paris, le 10 de juillet.

Ou1, je vais, mon cher Cideville,
Vous envoyer incessamment
La pièce où j'unis hardiment
Et l'Alcoran et l'Evangile,
Et justaucorps et doliman,
Et la babouche et le bas blanc,
Et le plumet et le turban,
Comme votre muse facile
Me l'a dit très-élégamment.

Vous y verrez assurément
Des airs français, du sentiment
Avec la fierté de l'Asie.
Vous concilierez aisément
Les discours de notre patrie
Avec les mœurs d'un ottoman ;

C 4

> Car vous avez (et dans la vie
> C'eft fans doute un grand agrément)
> D'un chrétien la galanterie ,
> Et la vigueur d'un mufulman.

Mon dieu , mon cher *Cideville*, que vous écrivez
bien , et que j'ai de plaifir à recevoir de vos lettres !
je m'attirerais ce plaifir-là plus fouvent, mais comment trouver un inftant au milieu des maladies , des
affaires, et des comédiens, gens plus difficiles à mener
que mes Turcs. L'abbé *Linant* va faire une tragédie.

Macte animo , generofe puer , fic itur ad aftra.

Pendant ce temps-là on joue les cinq fens à l'opéra ,
à la comédie françaife , à l'italienne , et à la foire. On
ne fauroit trop parler de ces meffieurs-là , à qui vous
avez plus d'obligation qu'un autre. Les miens font
plus faibles que jamais , et il ne me refte que du
fentiment.

Vous favez que le parlement de Paris vient de
finir fa comédie et de reprendre fes féances. Voilà ,
mon cher ami, toutes les nouvelles des fpectacles.

J'ai reçu par la pofte de Hollande un exemplaire
de la nouvelle édition de mes ouvrages ; il y a bien
des fautes. Ces meffieurs ont affecté furtout , quand
ils ont vu deux leçons dans quelque paffage, d'imprimer le plus dangereux et le plus brûlable. J'empê-
cherai qu'il n'en entre en France , et je prierai *Jore* de
mettre quelques cartons aux exemplaires qu'il a chez
lui.

Adieu. *Formont* ne m'écrit point. Je vous embraffe,
et lui auffi , de tout mon cœur.

LETTRE XVIII.

A MADEMOISELLE DE LUBERT.

A Fontainebleau, ce 29 octobre.

MUSE ET GRACE,

MADAME de *Fontaine-Martel* m'a envoyé votre lettre, pour me servir de confolation dans l'exil où je fuis à Fontainebleau. Je vois que vous êtes inftruite des tracafferies que j'ai eues avec mon parlement, et de la combuftion où toute la cour a été pendant trois ou quatre jours, au fujet d'une mauvaife comédie que j'ai empêché d'être repréfentée. J'ai eu un crédit étonnant en fait de bagatelles, et j'ai remporté des victoires fignalées fur des chofes où il ne s'agiffait de rien du tout. Il s'eft formé deux partis : l'un de la reine et des dames du palais, et l'autre des princeffes et de leurs adhérens. La reine a été victorieufe, et j'ai fait la paix avec les princeffes. Il n'en a coûté pour cette importante affaire que quelques petits vers médiocres, mais qui ont été trouvés fort bons par celles à qui ils étaient adreffés ; car il n'y a point de déeffe dont le nez ne foit réjoui de l'odeur de l'encens. Que j'aurais de plaifir à en brûler pour vous, Mufe et Grâce ! Mais il faut vous le déguifer trop adroitement ; il faut vous cacher prefque tout ce qu'on penfe.

Je n'ofe dans mes vers parler de vos beautés
    Que fous le voile du myftère.
    Quoi ! fans art je ne puis vous plaire ,
    Lorfque fans lui vous m'enchantez ?

Non , Mufe et Grâce , il faut que vous vous accou-
tumiez à vous entendre dire naïvement qu'il n'y a rien
dans le monde de plus aimable que vous , et qu'on
voudrait paffer fa vie à vous voir et à vous entendre.
Il faut que vous raccommodiez le parlement avec la
cour , afin que vous puiffiez venir fouper très-fré-
quemment chez madame de *Fontaine - Martel ;* car fi
vous reftez à Tours feulement encore quinze jours,
il y aura affurément une députation du Parnaffe pour
venir vous chercher. Elle fera compofée de ceux qui
font des vers , de ceux qui les récitent , de ceux qui
les notent , de ceux qui les chantent , de ceux qui s'y
connaiffent. Il faudra que tout cela vienne vous enlever de Tours, ou s'y établir avec vous. Je me mêlerai
parmi meffieurs les députés , et je vous dirai :

    Un parlement n'eft néceffaire
    Que pour tout maudit chicaneur ;
    Mais les gens d'efprit et d'honneur
    Font du plaifir leur feule affaire.
    Plaignez leur deftin rigoureux :
    Six femaines de votre abfence
    Les ont tous rendus malheureux ;
    Rendez-vous à leur remontrance ,
    Et revenez vivre avec eux.
    Tout en ira bien mieux en France.

Permettez-moi d'affurer M. le préfident de *Lubert* de
mes refpects , et daignez m'honorer de votre fouvenir.

LETTRE XIX.

A M. DE CIDEVILLE,

A Paris, ce famedi 15 novembre.

J'ARRIVE de Fontainebleau, mon cher ami ; mais ne croyez pas que j'arrive de la cour. Je ne me fuis point gâté dans ce vilain pays.

> J'ai hanté ce palais du vice ,
> Où l'on fait le bien par caprice ,
> Et le mal par un goût réel ,
> Où la fortune et l'injuftice
> Ont un hommage univerfel ;
> Mais loin d'y faire un facrifice ,
> J'ai bravé fur leur maître-autel
> Ces dieux qu'adore l'avarice ;
> J'ai porté mon air naturel
> Dans le centre de l'artifice.
> Ce poifon fubtil et mortel ,
> Que l'on avale avec délice ,
> Me femblait plus amer que fiel ;
> Je l'ai renverfé comme Ulyffe ;
> Je n'ai point bu dans ce calice
> Tant vanté par Machiavel.
> Le pied ferme , et l'œil vers le ciel ,
> J'étais au bord du précipice :
> J'en fus fauvé par l'Eternel ;
> Car on peut aller au b....
> Sans y gagner la....

Je me rends tout entier, mon cher *Cideville*, aux doux plaisirs de l'amitié. Je vous écris en liberté, je jouis de la douceur de vous dire combien je vous suis attaché. Je voulais vous écrire tous les jours, mais la vie diffipée que je menais à Fontainebleau, me rendait le plus pareffeux ami du monde.

Je n'ai point répondu, ce me femble, à une de vos dernières lettres où vous me parliez de ce divertiffement en trois actes. Je ne fais comment j'avais pu oublier un article qui me paraît fi important. Je viens de relire la lettre où vous m'en parlez ; vous me femblez indécis fur le choix du fecond acte. J'imagine qu'à préfent vous ne l'êtes plus, et que vous avez pris votre parti à la campagne. Vous vous ferez aperçu, en effayant dans votre imagination les fujets que vous vous propofiez, qu'il y en a toujours un qui fe fait faire malgré qu'on en ait. Le goût fe détermine tout feul vers le fujet pour lequel on fe fent du talent.

Il eft des nœuds fecrets, il eft des fympathies...

Je crois donc votre fujet trouvé et travaillé malgré vous.

Mox, ubi publicas
Res ordinaris, grande munus
Cecropio repetes cothurno.

C'eft ce qu'*Horace* écrivait à l'autre *Cideville* ; et cela ne veut dire autre chofe finon, quand vous aurez jugé vos procès, vous recommencerez votre opéra.

On a rejoué ici Zaïre ; il y avait honnêtement du monde, et cela fut affez bien reçu, à ce qu'on m'a dit. Il n'en eft pas de même de *Biblis* et de fon

frère *Caunus*, mais on y va, quoiqu'on en dife du
mal. L'opéra eft un rendez-vous public où l'on
s'affemble à de certains jours, fans favoir pourquoi :
c'eft une maifon où tout le monde va, quoiqu'on
dife du mal du maître, et qu'il foit ennuyeux. Il faut
au contraire bien des efforts pour attirer le monde à
la comédie, et je vois prefque toujours que le plus
grand fuccès d'une bonne tragédie n'approche pas de
celui d'un opéra médiocre.

La comédie de la cour et du parlement vient de
finir par un acte fort agréable, et tout le monde
paraît content. Ce n'eft pas que l'intrigue de la pièce
ne puiffe recommencer, mais je ne me mêle pas de
ces farces-là.

Un jeune confeiller de nos enquêtes, nommé M. de
Monteffu, avait pris le parti de ne point aller au lieu
que le roi lui avait donné pour fa retraite, et s'était
tapi à Paris chez la demoifelle *Labaté*, comédienne
affez médiocre, mais affez jolie catin. Il eft mort
incognito de la petite vérole, au grand étonnement
des connaiffeurs qui s'attendaient à un autre genre de
maladie.

A propos de comédienne, fi vous n'avez point vu
mes petits verficulets pour la demoifelle *Gauffin*, je
vous les enverrai. Vous avez des droits fur mes
ouvrages, et vous en aurez fur moi toute ma vie.

Mandez-moi, un peu, je vous prie, fi vous avez
vu l'époufe de *Gilles Bernières*, et fi M. le marquis
fe trouve bien de fon ménage. M. le marquis ne m'a
pas écrit un petit mot.

LETTRE XX.

A M. DE CIDEVILLE.

8 décembre.

Je vous envoyai l'autre jour
L'abrégé d'un pélerinage
Que je fis en certain féjour
Où vous faites fouvent voyage,
Ainfi qu'au temple de l'Amour.
Pour ce dernier n'y veux paraître,
J'y fuis dès long-temps oublié ;
Mais pour celui de l'amitié,
C'eft avec vous que j'y veux être.

Or cette fredaine du *Temple du goût* doit être montrée à très-peu de monde ; et furtout qu'on n'en tire point de copie. Il y a plaifir d'avoir affaire à gens difcrets comme vous. J'aurais dû, mon cher *Cideville*, vous donner une belle place dans ce temple. Si le cardinal de *Polignac* vous connaiffait, il vous y aurait placé lui-même.

Je vous fupplie de ne laiffer fortir aucune Zaïre de vos mains fans l'errata que j'ai envoyé à *Jore*, et de vouloir bien attendre, pour la rendre publique à Rouen, qu'elle paraiffe à Paris. Vous devez avoir les premières prémices, mais Paris doit avoir les fecondes, enfuite Rouen doit avoir le pas. Il faut que les chofes foient dans les règles.

LETTRE XXI.

A MADAME LA DUCHESSE DE SAINT-PIERRE.

MOI qui dans mes amufemens
Cherchant quelque fage lecture,
Lis très-peu les nouveaux romans
Et beaucoup la fainte Ecriture ;
Hier je lifais l'aventure
De ce bon père des croyans,
Qui de Dieu chantant les louanges,
Vit arriver dans fon réduit,
Vers les approches de la nuit,
Une vifite de trois anges.

J'ai reçu, Madame, le même honneur dans mon
trou de la rue de Long-pont, et de ce jour-là j'ai cru
aux divinités comme *Abraham*. Mais la différence fut
que le trio célefte foupa chez ce bon homme, et que
vous n'avez pas daigné fouper chez moi, crainte de
faire méchante chère. Si vous aviez effectivement la
bonté qu'on attribue à votre efpèce divine, vous
auriez fait une cène dans mon hermitage ; mais votre
apparition ne fut point une apparition angélique.

Et pour revenir à la fable,
Pour moi beaucoup plus vraifemblable,
Et dont vous aimez mieux le tour,
Je reçus chez moi l'autre jour
De déeffes un couple aimable,
Conduites par le Dieu d'Amour ;

Du paradis l'heureux féjour
N'a jamais rien eu de femblable.

Le dieu d'amour n'avait point une perruque blonde, fes cheveux n'étaient pas fi dérangés que les boulets du fort de Kehl le fefaient craindre, et il avait beaucoup d'efprit, Il n'appartient pas à un mortel qui loge vis-à-vis Saint-Gervais d'ofer fupplier la déeffe vice-reine de Catalogne, l'autre déeffe et cet autre dieu, de daigner venir boire du vin de Champagne au lieu de nectar, de quitter leur palais pour une chaumière, et bonne compagnie pour un malade.

Ciel! que j'entendrais s'écrier
Marianne, ma cuifinière,
Si la duchesse de Saint-Pierre,
Du Chatelet et Forcalquier
Venaient fouper dans ma tannière!

Mais après la fricaffée de poulets et les chandelles de Charonne, que ne doit-on pas attendre de votre indulgence!

Les Dieux font bons, ils daignent tout permettre
Aux gens de bien qui leur offrent des vœux.
Le cœur fuffit, le cœur eft tout pour eux,
Et c'eft le mien qui dicta cette lettre.

LETTRE

LETTRE XXII.

A M. DE MONCRIF.

11 avril.

Du Dieu du goût j'ai le temple pollu,
Du Dieu d'amour vous ornerez l'empire,
Car vous avez mentule, plume et lyre ;
Vous savez *plaire*, aimer, chanter, écrire :
Moi je n'ai rien qu'un talent mal voulu,
Honni des sots, et qu'on prend pour satire.
Donc je verrai mon temple vermoulu.
Vous, vous serez baisé, fredonné, lu,
Claqué surtout, heureux comme un élu ;
Et moi sifflé ; mais je ne fais qu'en rire.

Du milieu de votre empire, rendez-moi un bon office, s'il vous plaît. Ce grand lévrier de *Crébillon* fils a envoyé à son singulier père ce misérable *Temple*, pour être lu et approuvé. On prétend qu'on l'a remis ès mains d'une vieille muse, qui est la gouvernante de M. de *Crébillon ;* et cette vieille a dit qu'elle ferait tenir le paquet à Berci. Mais si vous ne daignez vous en faire informer par vos gens, le Temple du goût ira à tous les diables. Ce n'est pas encore tout, car ils disent que M. de *Crébillon* laissera manger mon Temple par ses chats, et qu'il fera long-temps sans le lire ; et il fera bien ; car il vaut mieux qu'il achève Catilina, que de perdre son temps à lire mes guenilles. Cependant si vous vouliez un peu le presser, il aurait du temps pour lire mon Temple et pour achever son

divin Catilina. Ecrivez-lui donc un petit mot , mon
aimable *Quin-monte*. Je vous fouhaite , et à *Lull-braff*,
tout le plaifir que nous aurons màrdi. Je ne fortirai
que ce jour-là , et je ferai à midi au parterre. *J love
you with all my heart.*

L E T T R E X X I I I.

A M. D E M O N C R I F.

Il faut fe lever de bon matin pour voir les princes
et meffieurs leurs confidens. Il n'y a pas moyen, mon
cher *Moncrif*, que quelqu'un qui arrive à midi trouve
un chat à l'hôtel de Clermont. Je venais vous faire
une propofition hardie : c'était de m'aider à travailler
auprès de fon Alteffe pour obtenir de lui qu'il honorât
nos dîners des dimanches de fa préfence.

    Madame de *Fontaine-Martel* difait à ce propos:

> Puiffe-t-il fans cérémonie,
>   Au faint jour de l'Epiphanie,
> Dîner avec les Arts dont lui feul eft l'appui!
>   Ah! s'il venait dans cet afile,
> Nous ferions plus de cas d'un prince tel que lui
>   Que des trois rois de l'Evangile.

    Voilà ce que nous chantions madame la baronne
et moi chétif. Mais comment faire pour obtenir cette
faveur? Ce n'eft pas mon affaire, c'eft la vôtre.

    Principibus placuiffe viris non ultima laus eft.

    Vous qui favez ce fecret, enfeignez - nous comme
il faut s'y prendre.

LETTRE XXIV.

A MADAME

LA DUCHESSE DE SAINT-PIERRE.

LES lettres charmantes que vous écrivez, Madame,
et celles qu'on vous envoie , tournent la tête aux
gens qui les voient, et donnent une furieufe envie
d'écrire. Mais je n'ofe plus écrire en profe depuis que
je vois la vôtre et celle de votre amie.

> Ce ftyle aimable et gracieux ,
> Et cette profe fi polie ,
> Me font voir que la poëfie
> N'eft pas le langage des Dieux.

Je fuis réduit à ne vous parler qu'en vers par vanité ,
car fi vous et votre amie vous vous avifiez jamais de
faire des vers, je n'oferais plus en faire. Vous avez
pris pour vous toutes les grâces de l'efprit et du fentiment , il ne me refte plus que des rimes. Je vous
rimerai donc que

> Dans l'afile de ma retraite
> Je fuyais les chagrins , j'ai trouvé le bonheur ,
> Occupé fans tumulte , amufé fans langueur ,
> Je méprife le monde , et je vous y regrette ;
> L'étude et l'amitié me tiennent fous leur loi ,
> Sage , heureux à la fois , dans une paix profonde
> Je bénis mon deftin d'être ignoré du monde ;
> Mais il fera plus doux fi vous penfez à moi.

D 2

——— Permettez, Madame, que j'affure M. de *Forcalquier*
1733. de mon tendre dévouement.

> J'aime fa grâce enchantereffe ;
> Il parle avec efprit et penfe fagement :
> Nos vieux barbons font cas de fon difcernement,
> Et notre brillante jeuneffe
> Veut imiter fon enjoûment ;
> Avec tant d'agrémens qui le fuivent fans ceffe
> N'obtiendra-t-il jamais celui d'un régiment ?

L E T T R E   X X V.

A M. D E C I D E V I L L E.

14 augufte.

I L y a bien long-temps, mon charmant ami, que je
ne réponds qu'en vile profe à vos agaceries poëtiques
qui ont fi fort l'air des lettres de *Chaulieu*, de *Ferrand*
ou de *la Faye*,

> Mais une trifte maladie,
> Des affaires le poids fatal
> Ont long-temps ma voix affaiblie ;
> Je ne chante plus qu'Emilie :
> Encor la chanté-je bien mal.

J'ai montré à *Emilie* votre ingénieufe lettre. *Emilie*
a répondu comme *Benferade* à *Dangeau*, au nom des
filles de la reine :

> *Vous demandez fi bien qu'on ne peut refufer.*

Elle m'a donc donné la permiſſion de vous envoyer les vers en queſtion, à condition que vous les renver- rez ſans les avoir copiés. Je ſuis ſûr que vous ſerez fidelle, car c'eſt l'amitié qui vous fait ſavoir les ordres de la beauté. Elle a été extrêmement contente de ces vers de votre façon:

> Je l'adore comme les Dieux
> Qu'on invoque ſans les connaître.

Permettez-moi, s'il vous plaît, d'ajouter à cette penſée,

> Une petite différence
> Eſt entre Emilie et les Dieux :
> C'eſt que plus on s'informe d'eux,
> Et moins alors on les encenſe.
> Mais celle que vous adorez
> Mérite un peu mieux votre hommage :
> Sachez que quand vous la verrez,
> Vous l'invoquerez davantage.

Quelle eſt donc, me direz-vous, cette divinité? Eſt-ce quelque madame de *la Rivaudaye* ? Eſt-ce une perſonne en l'air? Non, mon cher *Cideville*.

> Je vais, ſans vous dire ſon nom,
> Satisfaire un peu votre envie.
> Voici ce que c'eſt qu'Emilie :
> Elle eſt belle et fait être amie ;
> Elle a l'imagination
> Toujours juſte et toujours fleurie ;
> Sa vive et ſublime raiſon
> Quelquefois a trop de ſaillie ;

D 3

Elle a chaffé de fa maifon
Certain enfant tendre et fripon,
Mais retient la coquetterie ;
Elle a, je vous jure, un génie
Digne d'Horace et de Newton,
Et n'en paffe pas moins fa vie
Avec le monde qui l'ennuie,
Et des banquiers de Pharaon.

Je vais lui montrer ce portrait-là, et je vous réponds
qu'il eft fi vrai, qu'elle eft la feule qui ne s'y recon-
naîtra pas. Pour moi qui lui fuis attaché à proportion
de fon mérite, ce qui veut dire infiniment,

Ne croyez pas qu'un tel hommage
Soit l'effet d'un peu trop d'ardeur :
L'amour ferait votre partage,
A moi n'appartient tant d'honneur.
Grands Dieux ! (s'il en eft d'autres qu'elle)
Ayez de moi quelque pitié :
Ecartez une ardeur cruelle
Qui corromprait mon amitié !
L'amitié jamais ne s'altère ;
Elle rend fagement heureux,
Sans emportement, fans myftère.
L'amour aurait plus de quoi plaire ;
Mais c'eft un feu trop dangereux.
On a des momens fi fâcheux
Avec gens de ce caractère !

Adieu ; vous êtes *Emilie* en homme, et elle eft
Cideville en femme. Notre ami *Formont* m'a écrit une
lettre fur *Locke*, dans laquelle je crois qu'il ne s'eft

pas affez fouvenu des fentimens de ce philofophe. Je ——— 1733.
veux lui écrire fur cet article.

Pardon, aimable *Cideville ;* je ne vous écris point de ma main, mais je fuis fi malade qu'il n'y a que mon cœur en vie.

Renvoyez l'*Epître à Emilie ;* vous verrez que je hais *Rouffeau,* mais qui ne fait pas haïr, ne fait pas aimer.

LETTRE XXVI.

A M. L'ABBÉ DE SADE.

A Paris, le 29 d'augufte.

VOTRE lettre, Monfieur, pouvait feule me dédommager de votre charmante converfation. La divine *Emilie* favait combien je vous étais attaché, et fait à préfent combien je vous regrette. Elle connaît ce que vous valez, et elle mêle fes regrets aux miens : c'eft une femme que l'on ne connaît pas ; elle eft affurément bien digne de votre eftime et de votre amitié. Regardez-moi comme fon fecrétaire ; écrivez-lui et écrivez-moi malgré les amufemens que vous donnent les femmes d'Avignon.

On a déjà enlevé à Londres la traduction anglaife de mes lettres. C'eft une chofe affez plaifante que la copie paraiffe avant l'original ; j'ai heureufement arrêté l'impreffion du manufcrit français, craignant beaucoup plus le clergé de la cour de France que l'Eglife anglicane.

D 4

On brûlait autrefois les gens
Pour un peu de philofophie ;
Aujourd'hui les gens de bon fens
Ne font brûlés qu'en l'autre vie.

Vous me demandez l'*Epître à Emilie ;* mais vous
favez bien que c'eft à la divinité même, et non à l'un
de fes prêtres, qu'il faut vous adreffer, et que je ne peux
rien faire fans fes ordres. Vous devez croire qu'il
eft impoffible de lui défobéir. Vous avez bien raifon
de dire que vous auriez voulu paffer votre vie auprès
d'elle. Il eft vrai qu'elle aime un peu le monde :

Cette belle ame eft d'une étoffe
Qu'elle brode en mille façons ;
Son efprit eft très-philofophe ,
Et fon cœur aime les pompons.

Mais les pompons et le monde font de fon âge , et
fon mérite eft au-deffus de fon âge, de fon fexe et du
nôtre.

J'avoûrai qu'elle eft tyrannique :
Il faut , pour lui faire fa cour ,
Lui parler de métaphyfique
Quand on voudrait parler d'amour.

Mais moi qui aime affez la métaphyfique , et qui
préfère l'amitié d'*Emilie* à tout le refte , je n'ai aucune
peine à me contenir dans mes bornes.

Ovide autrefois fut mon maître ,
C'eft à Locke aujourd'hui de l'être.

L'art de penfer eft confolant
Quand on renonce à l'art de plaire.
Ce font deux beaux métiers vraiment,
Mais où je ne profitai guère.

J'aurais du moins fait quelque profit dans l'art de penfer entre *Emilie* et vous ; j'aurais été l'admirateur de tous deux ; je n'aurais jamais été jaloux des préférences que vous méritez. J'aurais dit de fa maifon comme *Horace* de celle de *Mécène* :

> *Nil mihi officit unquam ,*
> *Ditior hic aut eft quia doctior. Eft locus uni-*
> *Cuique fuus.*

Mais vous allez courir à Avignon : *Emilie* eft toujours à la cour, et cette divine abeille va porter fon miel aux bourdons de Verfailles. Pour moi je refte prefque toujours dans ma folitude, entre la poëfie et la philofophie.

Je connais fort M. de *Caumont* de réputation, et c'en eft affez pour l'aimer. Si je peux me flatter de votre fuffrage et du fien, *fublimi feriam fidera vertice.*

LETTRE XXVII.

A MADAME

LA COMTESSE DE LA NEUVILLE.

Je vous envoie, Madame, cette *Epître fur la calomnie*, qui ne mérite votre attention que par la perfonne à qui elle eft adreffée. (1)

> Daignez donc parcourir de vos yeux pleins d'attraits
> Ces vers contre la calomnie ;
> Ce monftre dangereux ne vous bleffa jamais ;
> Vous êtes cependant fa plus grande ennemie.
> Votre efprit fage et mefuré ,
> Non moins indulgent qu'éclairé ,
> Plaint nos travers au lieu d'en rire ,
> Excufe quand il peut médire ;
> Et des vices de l'univers
> Votre vertu , mieux que mes vers ,
> Fait à tout moment la fatire.

Je joins à mon obéiffance une petite œuvre de furé-rogation : *La mule du pape.* C'eft une fatire que j'ai retrouvée dans mes paperaffes. Vous me pardonnerez bien de m'être un peu émancipé fur le faint père. J'ai l'honneur d'être réuni avec les janféniftes par une honnête averfion pour la cour de Rome ; mais je vous fuis bien plus attaché que je ne hais le pape, et j'aime mille fois mieux chanter vos louanges que de me moquer de la cour romaine.

(1) A madame du *Châtelet.* Voyez le volume d'*Epîtres.*

LETTRE XXVIII. 1733.

A M. DE CIDEVILLE.

Ce 27 septembre.

L'AUTRE jour l'amitié, d'un air fimple et facile,
Vint m'apporter des vers écrits en ma faveur.
Ils font, tu le vois bien, du charmant Cideville,
Dit-elle, et tu connais l'air tendre et féducteur
    Dont cet ingénieux pafteur,
Par fes accens nouveaux à fon gré reffufcite
Les fons du doux Virgile et ceux de Théocrite;
Mais il t'a prodigué dans fon ftyle enchanteur
    Tous les éloges qu'il mérite.

Quelle faible réponfe, mon aimable ami, à votre
charmante églogue, et que j'ai de remords de vous
payer fi tard et fi mal ! N'accufez point ma pareffe;
mon cœur furtout n'eft point pareffeux, mais vous
favez que ma déteftable fanté me met quelquefois
dans l'impuiffance de penfer et d'écrire; cela met
dans ma vie des vides effroyables. Il faut quelquefois
que je demeure plufieurs jours privé de la confolation
des belles lettres et de la douceur de votre commerce.
Moi qui voudrais, vous le favez bien, paffer ma vie
entre ces lettres et vous, faut-il que je ne la paffe
prefque qu'en regrets ! L'abbé *Linant*, ou plutôt
Linant qui n'eft plus abbé vient d'arriver, toujours rempli de vous. Il lui faudra du temps pour
reprendre l'habitude de la vie inquiéte et tumultueufe

—— de Paris , après avoir joui d'une fi douce tranquillité
1733. auprès de vous. Il eft bien mal logé chez moi , mais
ce n'eft pas ma faute, c'eft la fienne. Il a trouvé en
arrivant un compagnon que je lui ai donné, et dont
je crois qu'il fera content. C'eft un jeune homme
nommé *le Febvre*, qui fait auffi des vers harmonieux,
et qui eft né, comme *Linant*, poëte et pauvre. Je
voudrais bien que ma fortune fût affez honnête pour
leur rendre la vie plus agréable ; mais n'ayant point
de richeffes à leur faire partager , ils daignent partager
ma pauvreté. Je ne fuis pas comme la plupart de
nos parifiens , j'aime mieux avoir des amis que du
fuperflu ; et je préfère un homme de lettres à un
bon cuifinier et à deux chevaux de carroffe. On en a
toujours affez pour les autres quand on fait fe borner
pour foi. Rien n'eft fi aifé que d'avoir du fuperflu.
Voilà une morale que M. le marquis (1) ne goûtera
pas , mais qui eft furement de votre goût.

A l'heure que je vous parle, mes deux amis font à
la comédie , à une pièce nouvelle d'un nommé *la
Chauffée*, intitulée **La fauffe antipathie**. Ce titre a l'air
de *Marivaux ;* mais *Marivaux* ne fait pas de vers,
et *la Chauffée* en fait de très-bons , du moins dans le
genre didactique. Ce n'eft pas un bon préjugé pour le
genre de la comédie.

Adieu ; fur nos vieux jours nous irons enfemble
aux premières repréfentations.

(1) M. de *Lezeau.*

LETTRE XXIX. 1733.

A M. L'ABBÉ DE SADE.

A Paris, 25 de novembre.

J'INTERROMPS mon agonie pour vous dire que vous êtes une créature charmante. Vous m'avez écrit une lettre qui me rendrait la fanté, fi quelque chofe pouvait me guérir.

On dit que vous allez être prêtre et grand-vicaire: voilà bien des facremens à la fois dans une famille. C'eft donc pour cela que vous me dites que vous allez renoncer à l'amour.

> Ainfi donc vous vous figurez,
> Alors que vous poffèderez
> Le jufte nom de grand-vicaire,
> Qu'auffitôt vous renoncerez
> A l'amour, au talent de plaire.
> Ah ! tout prêtre que vous ferez,
> Mon cher ami, vous aimerez :
> Fuffiez-vous évêque ou faint-père,
> Vous aimerez et vous plairez,
> Voilà votre vrai miniftère;
> Et toujours vous réuffirez
> Et dans l'Eglife et dans Cythère.

Vos vers et votre profe font bien affurément d'un homme qui fait plaire. Je fuis fi malade que je ne vous en dirai pas davantage ; et d'ailleurs que pourrais-je vous dire de mieux, finon que je vous aime de tout mon cœur.

—— J'ai envoyé trois Henriades de la nouvelle édition
1733. à M. de *Caumont*. Je ne lui écris point, et à vous je
ne vous écris guère, car je n'en peux plus.

Adieu ; confervez bien votre fanté ; il eft affreux
de l'avoir perdue et d'aimer le plaifir. *Vale, vale*. Ne
parlez pas à madame *du Châtelet* de fon anglais ; c'eft
un fecret qu'il faut qu'elle vous apprenne. Adieu ; je
vous ferai attaché tout le temps de ma courte et
chiènne de vie.

LETTRE XXX.

A M. LE MARQUIS D'USSÉ.

MONSIEUR,

—— La fille d'un de vos meilleurs amis, beaucoup plus
1734. aimable encore que fon père, a été également touchée
de votre fouvenir et de la manière dont vous l'expri-
mez. Elle a cru d'abord que l'épître était de monfieur
votre fils, au feu brillant qui règne dans vos vers ;
mais fachant que votre imagination a toujours la
grâce et la vigueur de la jeuneffe, elle a bien vu que
l'ouvrage eft de vous. Quoique vous m'ayez adreffé la
lettre, Monfieur, je fens que ce n'était qu'un fidéi-
commis pour madame *du Châtelet*.

> Je ne fuis rien qu'un prête-nom ;
> Votre épître a paru fi belle
> Et fi neuve, et d'un fi bon ton,
> Que fans doute elle était pour elle.

Je ne fais pas comment vous pouvez vous défier
de votre raifon, quand vous la faites parler d'une
manière fi charmante.

>Si d'Horace le doux langage,
>Et la profe de Cicéron,
>La vérité, le badinage,
>Si tout cela n'eft pas raifon,
>Apprenez-nous quel autre nom
>Il faut qu'on donne à votre ouvrage.
>Cette raifon, je l'avoûrai,
>N'eft pas le don le plus facré
>Que l'homme reçut en partage :
>Il en eft un autre, à mon gré,
>Au-deffus de l'efprit du fage,
>Un don plus beau, plus précieux,
>Par qui la raifon embellie,
>Plaît en tout temps comme en tous lieux.
>Quel eft ce don ? C'eft le génie.
>
>On a vu ce génie heureux
>Vous infpirer dès votre enfance.
>En vain de l'âge qui s'avance
>La main vient blanchir vos cheveux,
>Votre efprit ferme et vigoureux
>Ne connaît point la décadence.
>Vous n'êtes point tel que Rouffeau
>Dont l'ennuyeufe hypocrifie
>Change fon or en oripeau,
>Et fes chanfons en homélie.
>Vos vers font dignes des premiers
>Que votre beau printemps fit naître ;
>Vous fûtes, vous ferez mon maître.

Vivez , rimez ; puiſſiez-vous être
Immortel comme vos lauriers.

Voilà , Monſieur , une partie des choſes que je
penſe de vous. Je reſpecterai , j'aimerai en vous toute
ma vie le véritable philoſophe , qui a quitté la cour
depuis long-temps , qui vit pour ſoi , pour ſa famille
et pour ſes amis ; l'homme de lettres et de génie qui
n'eſt point de l'académie , qui aime les arts pour eux-
mêmes , qui a toujours écouté ſes goûts et jamais la
vanité ; l'ami dont la ſociété eſt toujours égale , qui
n'exige rien et qu'on retrouve toujours. Malgré mon
éloignement , malgré mon ſilence , comptez , Monſieur ,
que je ſuis tendrement attaché à toute votre famille ,
et que ſi jamais je quittais l'heureuſe ſolitude que
j'habite pour le tumulte de Paris , je ne pourrais m'en
conſoler qu'en venant chercher la ſolitude auprès de
vous.

Recevez , Monſieur , auſſi-bien que madame d'*Uſſé*
et monſieur votre fils , les aſſurances de mon tendre et
reſpectueux dévouement.

LETTRE

LETTRE XXXI.

A M. DE CIDEVILLE.

Ce 5 novembre.

JE fuis trop malade , mon très-cher ami , pour répondre une feule rime à vos vers charmans, mais j'ai du moins affez de force pour vous fupplier, au nom de la tendre amitié que vous avez pour moi, de ne point prendre d'autre maifon que la mienne, et de vouloir bien loger dans mon appartement. *Demoulin* et fa femme vous marqueront par leurs foins, avec quel zèle je voudrais vous y recevoir moi-même. Je ne pourrai vraifemblablement être à Paris qu'à Noël. Mais vous, mon cher ami, pour combien de temps y êtes-vous? Puis-je me flatter de vous y retrouver encore? Vous me parlez en très-jolis vers de mes prétendus voyages, et vous ne me dites rien de vous ! Pourquoi donc faites-vous plus de cas de mon efprit que de mon cœur?

> Ami, ne me confeillez pas
> De parcourir ces beaux climats
> Que jadis honora Virgile.
> Mantoue eft aujourd'hui l'afile
> Des Allemands et des combats ;
> Mais fût-elle toujours tranquille ,
> Je ne connais d'autre féjour
> Que les lieux où règne l'Amour,
> Et ceux qu'habite Cideville.

Lettres en vers, &c.   E

Je vous embraffe tendrement ; fi vous m'aimez,
logez chez moi.

1734.

Adieu ; quand viendra donc le temps où je vous
accablerai tout le jour de profe et de vers ! Ne fachant
pas votre adreffe , j'ai priè M. *d'Argental* de vous
rendre ce chiffon. Ce *d'Argental* eft bien digne de
vous. Je lui envoie Samfon pour vous être montré,
en attendant mieux.

L E T T R E   X X X I I.

A M. DE C I D E V I L L E.

6 février.

1735.

ALLEZ, mes vers, aux rivages de Seine,
N'arrêtez point dans les murs de Paris;
Gardez-vous-en; les arts y font profcrits:
Des gens dévots la fottife et la haine
Y font la guerre à tous les bons écrits.

Vers indifcrets, enfans de la nature,
Dictés fouvent par ce fripon d'Amour,
Ou par la voix de la vérité pure,
Fuyez Paris, n'allez point à la cour ,
Si vous n'avez onguent pour la brûlure.
Allez plus loin , fur le bord neuftrien ;
Vous y verrez certain homme de bien
Qui réunit , voluptueux et fage,
L'art de penfer au riant badinage.
Il veut vous voir, allez ; et plût aux Dieux
Qu'ainfi que vous je paruffe à fes yeux !

Ne craignez point fon goût ni fa prudence,
Puifqu'il eft fage, il eft plein d'indulgence.
Allez d'abord faluer humblement
Ses vers heureux, fes vers qui vous effacent;
Aimez-les tous, encor qu'ils vous furpaffent,
Et faites-leur ce petit compliment :

Frères très-chers, enfans de Cideville,
Recevez-nous avec cet air facile
Que votre père a répandu fur vous.
Nous fommes fils de fon ami Voltaire.
Par charité, beaux vers, apprenez-nous
L'art d'être aimé : c'eft l'art de votre père.

Voilà le petit compliment que je vous fefais, mon
cher ami, en arrangeant ces guenilles (1) que j'aurais
dû vous envoyer il y a long-temps. Votre lettre du
24 janvier me fait rougir de ma pareffe; mais quand
il faut revoir tant de petites pièces dont la plupart
font bien faibles, et qu'on fent qu'il faut vous les
envoyer, on eft honteux et l'on demande du temps.
Enfin vous les aurez ce mois-ci.

N'êtes-vous pas bien content de l'épître de M. de
Formont à l'abbé *du Rénel*? Mais comment va la tragédie de *Linant*? Je lui ai donné là un fujet bien
hardi et bien difficile à traiter. S'il s'en tire avec
honneur, fon coup d'effai fera un coup de maître. Je
réponds qu'il y aura des vers mâles et tout brillans de
penfées. A l'égard de l'intérêt et de l'art d'attacher et
d'émouvoir le cœur pendant cinq actes, c'eft un don
de DIEU qu'il refufe quelquefois même à fes élus. Et

_____

(1) Le recueil manufcrit de fes poëfies fugitives.

E 2

puis il y a fur les pièces de théâtre une deftinée bizarre qui trompe la prévoyance de prefque tous les jugemens qu'on porte avant la repréfentation. Je n'aurais jamais ofé prédire le fuccès de Didon ; cependant elle a réuffi. Il y a une chofe fûre, c'eft que le public eft toujours favorable à la première pièce d'un jeune homme. J'ai une grande impatience de voir Ramefsès. Engagez M. *Linant* à m'en envoyer une copie.

Mon cher *Cideville*, fi je vous revoyais, j'ai bien de quoi vous amufer. Nous avons huit chants de faits de notre Pucelle ; mais, Dieu merci, notre Pucelle eft dans le goût de l'*Ariofte*, et non dans celui de *Chapelain*.

LETTRE XXXIII.

A M. L'ABBÉ DE BRETEUIL.

Venus et le dieu de la table,
Et Martelière à leur côté,
Chantaient tous trois un air aimable
Que tous trois vous avaient dicté :
Mais bientôt réduits à fe taire,
Quelle douleur trouble leurs fens
Quand on leur dit qu'en fon printemps
Le plus gai, le plus fait pour plaire,
Des convives et des amans,
Laiffait-là Comus et Cythère
Pour être grand vicaire à Sens !

Plaifirs, Amours, troupe légère,
Il faut calmer votre douleur :

La fainte Eglife aura beau faire,
Vous ferez toujours dans fon cœur.
Du froid féjour de la Prudence
Il faura defcendre en vos bras,
Efcorté de la Bienféance
Qui relève encor vos appas,
Et qui donne une jouiffance
Que Lattaignant ne connaît pas.

Un cœur indifcret et volage,
Toujours occupé de jouir,
A fouvent l'ennui pour partage ;
Mais celui qui fait s'affervir
A fes devoirs et vivre en fage,
Eft bien plus digne du plaifir,
Et le goûte bien davantage.

Ainfi Boffuet autrefois,
Ce dernier père de l'Eglife,
Dans les bras de la jeune Life.
Devint père auffi quelquefois

Monfieur fon neveu dans le temple
Apporta les mêmes vertus.
C'eft un bel exemple de plus ;
Mais on n'a pas befoin d'exemple.

Il ne vous manque plus que l'évêché, Monfieur ;
vous avez tout le refte : et pour moi je ne fouhaite
autre chofe que d'être votre diocéfain. Vous auriez
eu déjà de grands bénéfices fi vous étiez né du temps
qu'on donnait un évêché à *Godeau* pour des vers, et

une abbaye confidérable à *Defportes* pour un fonnet.
Vous faites des vers mieux qu'eux, quand vous voulez jouer avec les Mufes. Mais puifque la fortune ne
fe fait plus aujourd'hui par la rime, vous la ferez par
la raifon, par la fupériorité de votre efprit, par vos
talens pour les affaires et par la vraie éloquence qui
n'eft pas, je crois, d'entaffer des figures d'orateur, mais
de concevoir clairement, de s'énoncer de même, et
d'avoir toujours le mot propre à commandement.

Voilà ce que j'ai cru apercevoir en vous, voilà ce
qui vous donnera une vraie fupériorité fur tous vos
confrères, et qui fera votre réputation autant que
votre fortune. Vous êtes un homme de toutes les
heures ; vous me paraiffez auffi folide en affaires
qu'aimable à fouper. Il y a quelque fée qui préfide à
ces talens-là, et qui a eu foin de votre éducation
comme de celle de madame votre fœur. Je vous
retrouve à tout moment dans elle, et je crois qu'elle
ne vous regrette pas plus que moi.

Adieu, Monfieur ; confervez quelque bonté pour
un homme dont vous connaiffez la refpectueufe tendreffe pour vous.

LETTRE XXXIV.

A MADAME

LA COMTESSE DE LA NEUVILLE.

Une fanté à laquelle vous daignez vous intéreffer, Madame, ne peut pas être long-temps mauvaife. L'envie de vivre pour vous et pour vos amis, eft un excellent médecin. Je vous demande pardon, Madame, de la témérité de *Linant* ; le zèle l'a emporté.

<blockquote>

Il eft difficile de taire

Ce qu'on fent au fond de fon cœur ;

L'exprimer eft une autre affaire.

Il ne faut point parler fi l'on n'eft fûr de plaire ;

Souvent on eft un fat, en montrant trop d'ardeur.

Mais foupirer tout bas, ferait-ce vous déplaire ?

Puniffez-vous, ainfi qu'un téméraire,

L'amant difcret, foumis dans fon malheur,

Qui fait cacher fa flamme et fa douleur ?

Ah ! trop de gens vous mettraient en colère.

</blockquote>

Voilà des vers auffi. Je ferais trop jaloux fi *Linant* était votre feul poëte. Toute votre famille eft faite pour la fociété. Madame *du Châtelet* connaît tout le prix de la vôtre.

Bien des refpects à M. de *la Neuville*, et quelque chofe de plus à madame de *Champbonin*.

L E T T R E   X X X V.

A M. DE CIDEVILLE,

Qui avait envoyé à M. de Voltaire un opéra de
Daphnis et Chloé.

A Cirey.

Lorsque la divine Emilie
A l'ombre des bois entendit
Cette élégante bergerie,
Où l'ignorant Daphnis languit
Près de fon innocente amie,
Où le dieu d'amour s'applaudit
De leur naïve fympathie,
Où des jeux la troupe choifie
Danfe avec eux et leur fourit,
Où fans art, fans coquetterie,
Le fentiment règne et bannit
Ce qu'on nomme galanterie,
Où ce qu'on penfe et ce qu'on dit
Eft tendre fans afféterie :
Alors notre belle Emilie
Soupira tendrement et dit :
Si les innocens que conduit
La nature fimple et fauvage
Ont tant de tendreffe en partage,
Que feront donc les gens d'efprit ?

Vous voyez, mon cher *Cideville*, que la fublime
Emilie a entendu et approuvé votre aimable ouvrage,

et qu'elle juge que celui qui a mis tant de tendreſſe dans la bouche de ces amans ignorans , doit avoir le cœur bien ſavant.

Nous ſommes M. *Linant* et moi dans ſon château. Il ne tient qu'à elle d'enſeigner le latin au précepteur qui reſtituera au fils ce qu'il aura reçu de la mère. Nous apprendrons tous deux d'elle à penſer. Il faut que nous mettions à profit un temps ſi heureux. Je me flatte que *Linant* fera ſous ſes yeux quelque bonne tragédie , à moins qu'elle n'en veuille faire un géomètre et un métaphyſicien. Il faudrait être univerſel pour être digne d'elle. Pour moi, je ne ſuis actuellement que ſon maçon.

Ma main peu juſte , mais légère ,
Tenait autrefois tour à tour
Ou le flageolet de l'Amour
Ou la trompette de la guerre ;
Aujourd'hui diſciple nouveau
De Manſard et de la Guépierre ,
Je tiens une toiſe , une équerre ,
Je mets une cour au niveau ;
J'arrondis la forme groſſière
D'un pilaſtre ou d'un chapiteau ,
Et je fais façonner la pierre
Sous le dur tranchant du ciſeau.

Dans la fable on nous fait entendre
Que du haut des cieux Apollon
Vint bâtir les murs d'Ilion
Sur les rivages du Scamandre.
Mon fort eſt plus beau mille fois ,
Plus heureux , plus digne d'envie :

Il était le maçon des rois ,
Et je fuis celui d'Emilie.
Apollon , banni par les Dieux ,
Regretta la voûte azurée ,
Que regretterais-je en ces lieux ?
C'eft moi qui fuis dans l'empyrée.

Je vous plains, mon cher ami , de n'être pas ici.
Que vous êtes malheureux de juger des procès ! Que
ne quittez-vous tout cela pour venir faire votre cour
à *Emilie !*

Adieu , mon cher ami ; je vais faire pofer des
planches, et entendre enfuite des chofes charmantes,
et profiter plus dans fa converfation que je ne ferais
dans tous les livres. Le *Siècle de Louis XIV* eft entamé.
Je ne fais comment nommer cet ouvrage : ce n'eft
point une hiftoire , c'eft la peinture d'un fiècle admirable. *Vale , ama et fcribe.*

LETTRE XXXVI.

A MADAME

LA MARQUISE DU DEFFANT.

J'AI reçu, Madame, une lettre charmante ; comment
ne le ferait-elle pas , écrite par vous et par M. de
Formont ? Une lettre de vous eft une faveur dont je
n'avais pas befoin d'être privé fi long-temps pour en
fentir tout le prix. Mais des vers ! des vers, des rimes
redoublées ! voilà de quoi me tourner la cervelle mille
fois, fi votre profe d'ailleurs ne fuffifait pas.

De qui font-ils ces vers heureux,
Légers, faciles, gracieux ?
Ils ont comme vous l'art de plaire.
Du Deffant, vous êtes la mère
De ces enfans ingénieux.
Formont, cet autre pareffeux,
En est-il avec vous le père ?
Ils font bien dignes de tous deux,
Mais je ne les méritais guère.

Je fuis enchanté pourtant comme fi je les méritais.
Il est trifte de n'avoir de ces bonnes fortunes-là qu'une
fois par an, tout au plus.

Ah! ce que vous faites fi bien,
Pourquoi fi rarement le faire ?
Si tel eft votre caractère,
Je plains celui qu'un doux lien
Soumet à votre humeur févère.

Il eft bien vrai qu'il y a des perfonnes fort paref-
feufes en amitié, et très-actives en amour; il eft vrai
encore qu'une de vos faveurs eft fans doute plus pré-
cieufe que mille empreffemens d'une autre. Je le fens
bien par cette lettre féduifante que vous m'avez écrite,
et c'eft précifément ce qui fait que j'en voudrais avoir
de pareilles tous les jours.

Je me fais bien bon gré d'avoir griffonné dans ma
vie tant de profe et de vers, puifque cela a l'honneur
de vous amufer quelquefois. Mes pauvres quakers
vous font bien obligés de les aimer; ils font bien plus
fiers de votre fuffrage que fâchés d'avoir été brûlés.

—— Vous plaire eſt un excellent onguent pour la brûlure.
1735. Je vois que DIEU a touché votre cœur, et que vous
n'êtes pas loin du royaume des cieux , puiſque vous
avez du penchant pour mes bons quakers.

> Ils ont le ton bien familier,
> Mais c'eſt celui de l'innocence.
> Un quakre dit tout ce qu'il penſe.
> Il faut, s'il vous plaît, eſſuyer
> Sa naïve et rude éloquence ;
> Car en voulant vous avouer
> Que ſur ſon cœur ſimple et groſſier
> Vous avez entière puiſſance,
> Il eſt homme à vous tutoyer,
> En dépit de la bienſéance.

> Heureux le mortel enchanté
> Qui dans vos bras , belle Délie,
> Dans ces momens où l'on s'oublie ,
> Peut prendre cette liberté ,
> Sans choquer la civilité
> De notre nation polie !

Quelque bégueule reſpectable trouvera peut-être ,
Madame, ces derniers vers un peu forts ; mais vous
qui êtes reſpectable ſans être bégueule , vous me les
pardonnerez.

LETTRE XXXVII.

A M. DE CIDEVILLE.

A Cirey, ce 20 septembre.

Que devient donc mon Cideville?
Et pourquoi ne m'écrit-il plus?
Est-ce Thémis, est-ce Vénus
Qui l'a rendu si difficile?

Soit que d'un vieux papier timbré
Il débrouille le long grimoire,
Soit qu'un tendre objet adoré
Lui cède une douce victoire;

Il faut que loin de m'oublier
Il m'écrive avec allégresse,
Ou fur le dos de fon greffier,
Ou fur le *fein* de fa maîtresse.

Ah! datez du *fein* de Manon;
C'est de-là qu'il me faut écrire.
C'est le vrai trépied d'Apollon,
Plein du beau feu qui vous inspire.

Ecrivez donc ces vers badins;
Mais en commençant votre épître,
La plume échappe de vos mains,
Et vous *baifez* votre pupitre.

Mais d'où vient que j'écris de ces vilenies-là? c'est
que je deviens grossier, mon cher ami, depuis que

vous m'abandonnez. Savez-vous bien qu'il y a plus de trois mois que je n'ai mis deux rimes l'une auprès de l'autre. J'avais compté que *Linant* foufflerait un peu mon feu poëtique qui s'éteint ; mais le pauvre homme paffe fa vie à dormir , et qui pis eft, *non fomniat in Parnaffo*. Il ne cultive en lui d'autre talent que celui de la pareffe. Son corps et fon ame facrifient à l'indolence ; c'eft-là fa vocation. Je ne compte plus fur des tragédies de fa façon ; je ne lui demande à préfent que de favoir au moins un peu de latin. Hélas ! à propos de tragédie , je ne fais quel infame a fait imprimer ma pièce de *la Mort de Céfar*. Il eft dur de voir ainfi mutiler fes enfans ; cela crie vengeance. L'éditeur a plus maffacré *Céfar* que *Brutus* et *Caffius* n'ont jamais fait. Cependant ne doutez pas que le public malin ne me juge fur cette édition , et que les gens de lettres , grands calomniateurs de leur métier , ne difent que c'eft moi qui ai fait clandeftinement imprimer la pièce.

Le pays de la littérature me paraît actuellement inondé de brochures ; nous fommes dans l'automne du bon goût , et au temps de la chute des feuilles. Le *Pour et contre* (1) eft plus infipide que jamais , et les obfervations de l'abbé *Desfontaines* font des outrages qu'il fait régulièrement une fois par femaine à la raifon , à l'équité , à l'érudition et au goût. Il eft difficile de prendre un ton plus fuffifant , et d'entendre plus mal ce qu'il loue et ce qu'il condamne. Ce pauvre homme , qui veut fe donner pour entendre l'anglais , donne l'extrait d'un livre anglais fait en faveur de la

---

(1) Journal de l'abbé *Prévoft*.

religion, comme d'un livre d'athéifme. Il n'y a pas
une de fes feuilles qui ne fourmille de fautes. Je me
repens bien de l'avoir tiré de bicêtre, et de lui avoir
fauvé la grève. Il vaut mieux après tout brûler un
prêtre que d'ennuyer le public. *Oportet aliquem mori
pro populo.* Si je l'avais laiffé cuire, j'aurais épargné
au public bien des fottifes.

J'attends depuis près d'un mois le quatrième livre
de l'Enéide en vers français, de la façon de notre ami
Formont : on l'a mis dans un ballot de porcelaines
que nous efpérons recevoir inceffamment. Son épître
fur la décadence du goût me donne grande opinion
de fa traduction. Je ne fais fi l'abbé *du Rénel* a fini celle
qu'il a entreprife de l'Effai de *Pope* fur l'homme. Ce
font des épîtres morales en vers, qui font la para-
phrafe de mes petites remarques fur les Penfées de
Pafcal. Il prouve en beaux vers que la nature de
l'homme a toujours été et toujours dû être ce qu'elle
eft. Je fuis bien étonné qu'un prêtre normand ofe
traduire de ces vérités.

J'ai lu les Fêtes indiennes et très-indiennes ; les
Adieux de *Mars* tout propres à être reliés avec la
Didon, à être loués par le mercure galant et par l'abbé
Desfontaines, et à faire bâiller les honnêtes gens. J'ai
voulu lire Vert-vert, poëme digne d'un élève du père
du Cerceau, et je n'ai pu en venir à bout. Heureufement je n'ai point reçu Abenfaïd.

Je me confole avec le Siècle de *Louis XIV* de toutes
les fottifes du fiècle préfent. J'attends quelque chofe
de vous comme un baume fur toutes ces bleffures. Je
me flatte que vous avez reçu ma lettre où je vous
parlais de vos petits Daphnis et Chloé.

Adieu, mon très-cher ami.

1735.

Emilie me fait décacheter ma lettre pour vous dire qu'elle voudrait bien que Cirey fût auprès de Rouen. Mais comment oferais-je vous parler de la fublime et délicate *Emilie*, après la lettre groffière que je vous ai écrite? Son nom épure tout cela. Vous croyez bien qu'elle n'a point lu cette lettre.

LETTRE XXXVIII.

A M. THIRIOT.

A Cirey, le 13 octobre.

Vous êtes de ceux dont parle madame *Deshoulières*,

Gens dont le cœur s'exprime avec efprit.

Votre lettre, mon tendre ami,
Porte ce double caractère,
Auffi ce n'eft point à demi
Que votre miffive a fu plaire
A la nymphe fage et légère,
Dont le bon goût s'eft affermi
Si loin des routes du vulgaire.
Elle fait penfer et fentir,
Et philofopher et jouir;
Ce que peu de gens favent faire.
Ah! je vous verrais accourir
A fon aimable fanctuaire,
La voir, l'admirer, la chérir.

Vous

Vous m'avoûriez que fa lumière
Sait éclairer fans éblouir;
Oui, vous vous laifferiez ravir
Par cette ame fi fingulière,
Qui fans effort fait réunir
Les arts, la raifon, le plaifir,
Les travaux et le doux loifir,
Tout le Parnaffe et tout Cythère.
Je vous connais, et de ce pas
Vous franchiriez votre hémifphère,
Pour voir, pour aimer tant d'appas.
Mais je fais qu'on ne quitte pas
Pollion de la Poplinière.

Du moins fi vous ne pouvez venir, écrivez donc bien fouvent, et n'allez pas imaginer qu'il faille attendre ma réponfe pour me récrire. Vous êtes à la fource de tout ce qu'on peut mander; et moi, quand je vous aurai dit que je fuis heureux loin du monde, occupé fans tumulte, philofophe pour moi tout feul, tendre pour vous et pour une ou deux perfonnes, j'aurai tout dit. C'eft à vous à m'inonder de nouvelles; vos lettres feront pour moi *hifloria noftri temporis*.

Je fuis bien aife d'avoir deviné que la mufique de *Rameau* ne pouvait jamais tomber. L'abbé *Desfontaines* en a fait une critique qui ne peut être que d'un ignorant qui manque d'un fens, comme de bon fens. S'il n'a pas d'oreille, du moins devrait-il fe taire fur les chofes qui ne font pas de fa compétence. Il parle de mufique comme de poëfie.

Si je croyais qu'on pût repréfenter le Samfon, je le travaillerais encore; mais il faut s'attendre que le

Lettres en vers, &c.   F

poëme fera auffi extraordinaire dans fon genre que la muſique de notre ami l'eſt dans le ſien.

En attendant, je vous dirai un petit mot de la tra-gédie de Jules-Céſar. *Demoulin* doit vous envoyer la dernière ſcène. Vous jugerez par là combien le reſte de l'ouvrage eſt différent de l'imprimé. Je crois qu'il eſt néceſſaire de faire une édition correcte de l'ouvrage. Voici quel eſt mon projet :

Faites faire cette édition ; que le libraire donne un peu d'argent et quelques livres à votre choix ; l'argent ſera pour vous, et les livres pour moi. Seulement je voudrais que le pauvre abbé de *la Mare* pût avoir de cette affaire une légère gratification que vous réglerez. Il eſt dans un triſte état. Je l'aide autant que je peux ; mais je ne ſuis pas en état de faire beaucoup.

Mille tendres complimens à l'imagination forte et naïve de notre petit *Bernard* : il y a mille ans que je ne lui ai écrit. Mais ſavez-vous bien que je n'ai pas de temps, et que je ſuis auſſi occupé qu'heureux ?

Vive memor noſtrî.

LETTRE XXXIX.

A M. DE FORMONT. (1)

En lui renvoyant des livres de métaphyfique.

O Qu'entre Cideville et vous ,
J'aurais voulu paffer ma vie !
C'eft dans un commerce fi doux
Qu'eft la bonne philofophie
Que n'ont point ces myftiques fous ,
Ni tous ces pieux loups-garous ,
Gens députés de l'autre vie ,
Nicole et Quefnel , enfin tous ,
Tous ces conteurs de rapfodie
Dont le nom me met en courroux ,
Autant que leur œuvre m'ennuie.

Revenez donc , aimables amis (2) , philofopher avec moi , et ne vous avifez point de chercher les beaux jours à une lieue de Rouen (*). Vous n'avez point de mois de mai en Normandie.

Vos climats ont produit d'affez rares merveilles ,
C'eft le pays des grands talens ,
Des Fontenelles , des Corneilles ;
Mais ce ne fut jamais l'afile du printemps.

(1) Les cinq lettres fuivantes paraiffent écrites de 1731 à 1735.
(2) MM. de *Cideville* et *Formont.*
(*) Canteleu.

F 2

Si Rouen avait d'auffi beaux jours que de bons efprits, je vous avoue que je voudrais m'y fixer pour le refte de ma vie. Je vous dirais avec *Virgile* :

> *Soli cantare periti*
> *Arcades. O mihi tum quam molliter offa quiefcant,*
> *Atque utinam ex vobis unus, veftrique fuiffem*
> *Aut cuftos gregis, aut maturæ vinitor uvæ !*
> *Serta mihi Phyllis legeret, cantaret Amintas.*

Mais votre climat n'a point *maturam uvam*. Ma malheureufe machine m'obligera de m'éloigner du pays où l'on penfe, pour aller chercher ceux où l'on tranfpire ; mais dans quelque pays du monde que j'habite, vous aurez toujours en moi un homme plein de tendreffe et d'eftime pour vous. C'eft avec ces fentimens, mes chers Meffieurs, que je ferai toute ma vie votre, &c.

LETTRE XL.

A M. DE FORMONT.

En réponfe à des vers fur la décadence de la poëfie.

Les beaux arts font perdus, le goût refte ; et peut-être
Des poëtes naiffans vont par vous s'animer.
> Il ne tenait qu'à vous de l'être ;
> Mais vous aimez mieux les former.
Ils écrivent pour vous, et vous êtes leur maître.

Mon cher ami, j'écrivis avant-hier à M. de *Cideville*
un petit mot qui doit vous plaire à tous deux : c'eſt 1735.
que je corrige *Eryphile*. Elle n'eſt encore digne ni de
vous, ni du public, ni même de moi chétif. J'avais
cru facilement que les beautés de détail qui y ſont
répandues, couvriraient les défauts que je cherchais
à me cacher. Il ne faut plus ſe faire illuſion. Il faut
ôter les défauts, et augmenter encore les beautés. Il
y a encore à retoucher aux derniers actes, mais quand
tout cela ſera fait, et que j'aurai paſſé ſur l'ouvrage
le vernis d'une belle poëſie, j'oſe croire que cette
tragédie ne fera point déshonneur à ceux qui en ont
eu les prémices, à mes chers amis de Rouen, que
j'aimerai toute ma vie, et à qui je ſoumettrai toujours tout ce que je ferai.

Vous m'avez envoyé tous deux des vers charmans
et je n'y ai pas répondu ;

> Mais, chers Formont et Cideville,
> Quand j'aurai fait tous les enfans
> Dont j'accouche avec Eryphile,
> Prêtez-moi tous deux votre ſtyle,
> Et je ferai des vers galans
> Que l'on chantera par la ville.

Je vous en dirais bien davantage ſans les douleurs
où je ſuis. Rien ne pouvait les ſuſpendre que votre
charmante épître.

F 3

1735.

LETTRE XLI.

A M. DE FORMONT.

Formont chez nous tant regretté,
Toi qui, parlant avec fineſſe,
Penſes avec ſolidité,
Et ſans languir dans la pareſſe,
Vis heureux dans l'oiſiveté;
Dis nous un peu ſans vanité
Des nouvelles de la Sageſſe
Et de ſa ſœur la Volupté;
Car on ſait bien qu'à ton côté
Ces deux filles vivent ſans ceſſe.
L'une et l'autre eſt une maîtreſſe
Pour qui j'ai beaucoup de tendreſſe,
Mais dont Formont ſeul a tâté.

Je compte, mon cher *Formont*, que vous aurez
inceſſamment quelques manuſcrits de ma façon,
puiſqu'on vous a débarraſſé du dépôt de mes folies
imprimées. Je vous enverrai Eryphile de la nouvelle
fournée, avec trois actes nouveaux, le tout accompagné d'une façon de compliment en vers, ſelon la
méthode antique (1), lequel ſera récité par *Dufreſne*
jeudi prochain. C'eſt ce jour-là que le parterre
jugera Eryphile en dernier reſſort; mais je veux
qu'auparavant elle ſoit jugée par vous et par M. de

(1) Voyez le premier volume du Théâtre, page 391.

Cideville, les deux meilleurs magiſtrats de mon parlement. J'écrivis hier à notre cher *Cideville*, mais j'étais
ſi preſſé, que je ne lui mandai rien du tout. Vous
aurez aujourd'hui la petite épigramme, aſſez naïve
à mon ſens, ſur *Néricault Deſtouches*.

> Néricault dans ſa comédie
> Croit qu'il a peint le Glorieux;
> Pour moi je crois, quoi qu'il nous die,
> Que ſa préface le peint mieux.

D'ailleurs il n'y a ici rien qui vaille en ouvrages
nouveaux. Nous allons avoir cet été une comédie
en proſe du ſieur *Marivaux*, ſous le titre des *Sermens
indiſcrets*. Vous croyez bien qu'il y aura beaucoup
de métaphyſique et peu de naturel, et que les cafés
applaudiront pendant que les honnêtes gens n'enten-
dront rien.

Vous ſavez que la petite *Dufreſne*, *in articulo
mortis*, a ſigné un beau billet conçu en ces termes :
*Je promets à Dieu et à M le curé de Saint-Sulpice, de ne
jamais remonter ſur le théâtre.* Tout le monde dit, oh !
le beau billet qu'a *la Châtre* ! Pour nous autres
Fontaine-Martel, nous jouons la comédie aſſez régulièrement. Nous répétâmes hier la nouvelle Eryphile.
Nous feſons quelquefois bonne chère, aſſez ſouvent
mauvaiſe ; mais ſoit qu'on meure de faim ou qu'on
ſe crève, on dit toujours, ah ! ſi M. de *Formont* était
là ! Adieu, mon cher ami, perſonne ne vous aime
plus tendrement que *Voltaire*.

LETTRE XLII.

A M. DE FORMONT.

Rempli de goût, libre d'affaire,
Formont, vous favez fagement
Suivre en paix le fentier charmant
De Chapelle et de Sablière ;
Car vous m'envoyez galamment
Des vers écrits facilement,
Dont le plaifir feul eft le père,
Et quoiqu'ils foient faits doctement,
C'eft pour vous un amufement.
Vous rimez pour vous fatisfaire,
Tandis que le pauvre Voltaire,
Efclave maudit du parterre,
Fait fa befogne triftement.
Il barbotte dans l'élément
Du vieux Danchet et de la Serre. (1)
Il rimaille éternellement,
Corrige, efface affidûment
Et le tout, Meffieurs, pour vous plaire.

Je vous foupçonne de philofopher à Canteleu avec
mon cher, aimable et tendre *Cideville*. Vous favez
combien j'ai toujours fouhaité d'apporter mes folies
dans le féjour de votre fageffe.

(1) Il travaillait alors à un opéra, et c'était probablement à celui de
Tanis et Zélide, ou les Rois pafteurs, dans lequel il eft queftion d'*Ofiris*.
Du moins peut-on le conjecturer par la fuite de cette lettre. (Voyez
Théâtre, tome IX.)

Atque utinam ex vobis unus , veſtrique fuiſſem
Aut cuſtos gregis , aut maturæ vinitor uvæ !
Hìc gelidi fontes , hìc mollia prata , Lycori ,
Hìc nemus , hìc ipſo tecum conſumerer ævo.

Mais je ſuis entre *Adélaïde du Gueſclin*, le ſeigneur
Oſiris et *Newton*. Je viens de relire ces lettres
angleſes moitié frivoles , moitié ſcientifiques. En
vérité , ce qu'il y a de plus paſſable dans ce petit
ouvrage , eſt ce qui regarde la philoſophie ; et c'eſt ,
je crois , ce qui ſera le moins lu. On a beau dire , le
ſiècle eſt philoſophe. On n'a pourtant pas vendu
deux cents exemplaires du petit livre de M. de
Maupertuis, où il eſt queſtion de l'attraction ; et ſi
on montre ſi peu d'empreſſement pour un ouvrage
écrit de main de maître , qu'arrivera-t-il aux faibles
eſſais d'un écolier comme moi ? Heureuſement j'ai
tâché d'égayer la ſéchereſſe de ces matières et de les
aſſaiſonner au goût de la nation. Me conſeilleriez-
vous d'y ajouter quelques petites réflexions détachées
ſur les Penſées de *Paſcal* ? Il y a déjà long-temps que
j'ai envie de combattre ce géant. Il n'y a guerrier ſi
bien armé qu'on ne puiſſe percer au défaut de la
cuiraſſe ; et je vous avoue que ſi , malgré ma
faibleſſe , je pouvais porter quelques coups à ce vainqueur de tant d'eſprits , et ſecouer le joug dont il les
a affublés , j'oſerais preſque dire avec *Lucrèce* :

> *Quare ſuperſtitio pedibus ſubjecta viciſſim*
> *Obteritur , nos exæquat victoria cælo.*

Au reſte , je m'y prendrai avec précaution , et je
ne critiquerai que les endroits qui ne ſeront point

tellement liés avec notre fainte religion qu'on ne puiffe déchirer la peau de *Pafcal* fans faire faigner le chriftianifme. Adieu. Mandez-moi ce que vous penfez des lettres imprimées et du projet fur *Pafcal*. En attendant je retourne à *Ofiris*. J'oubliais de vous dire que le pareffeux *Linant* échafaude fon *Sabinus*.

LETTRE XLIII.

A M. DE FORMONT.

L'EXTREME plaifir que j'ai eu à lire votre épître à M. l'abbé *du Refnel* fait que je vous pardonne, mon cher ami, de ne me l'avoir pas envoyée plutôt; car lorfqu'on eft bien content, il n'y a rien que l'on ne pardonne.

> Votre ferme pinceau, qui rien ne diffimule,
> Peint du fiècle paffé les nobles attributs
>   A notre fiècle ridicule.
> Vous nous montrez les biens que nous avons perdus.
> Les poëtes du temps feront bien confondus
>   Quand ils liront votre opufcule.
> Devant des indigens votre main accumule
>   Les vaftes tréfors de Créfus;
>   Vous vantez la taille d'Hercule
>   Devant des nains et des boffus.

En vérité, je ne faurais vous dire trop de bien de ce petit ouvrage. Vous avez ranimé dans moi cette ancienne idée que j'avais d'un essai sur le siècle de *Louis XIV.* S'il n'y avait que l'histoire d'un roi à faire, je ne m'en donnerais pas la peine : mais son siècle mérite assurément qu'on en parle ; et si jamais je suis assez heureux pour avoir sous ma main les secours nécessaires, je ne mourrai pas que je n'aye mis à fin cette entreprise. Ce que vous dites en vers de tous les grands hommes de ce temps-là, sera le modèle de ma prose ;

> Car s'ils n'étaient connus par leurs écrits sublimes,
>   Vous les eussiez rendus fameux ;
> Juste en vos jugemens, et charmant dans vos rimes,
>   Vous les égalez tous, lorsque vous parlez d'eux.

Il est bien vrai que M. *Cassini* n'a pas découvert la route des astres, et qu'il ne nous a rien appris sur cela ; mais il a découvert le cinquième satellite de Saturne, et a observé le premier ses révolutions. Cela suffit pour mériter l'éloge que vous lui donnez. On sait bien que ce n'est pas lui qui a fait le premier almanach. On pourrait, si on voulait, vous dire encore que *Boileau* a commencé à travailler long-temps avant que *Quinault* fit des opéra. On doit être assez content quand on n'essuie que de pareilles critiques.

Je n'ai lu aucun ouvrage nouveau hors l'*Ecumoire* de ce grand enfant, et les *Princesses de Malabar* de je ne sais quel animal qui a trouvé le secret de faire un fort mauvais livre sur un sujet où il est pourtant fort aisé de réussir.

Je connaissais les Mémoires du maréchal de *Villars*. Il m'en avait lu quelque chose il y a plusieurs années.

—————— Il chargea l'abbé *Houteville*, deux ans avant sa mort, du soin de les arranger. Vous croyez bien que les endroits familiers sont du maréchal, et que ceux qui sont trop tournés sont de l'auteur de la *Religion prouvée par les faits.* Je crois que M. le duc de *Villars* a eu la bonté de me les envoyer dans un paquet qu'il a fait adresser vis-à-vis Saint-Gervais, mais que je n'ai point encore reçu. J'entends dire beaucoup de bien de la *Vie de l'empereur Julien*, quoique faite par un prêtre. Je m'en étonne; car si cette histoire est bonne, le prêtre doit être à la bastille. On m'a parlé aussi d'un *Traité sur le commerce*, de M. *Melon*; la suppression de son livre ne m'en donne pas une meilleure idée : car je me souviens qu'il nous régala il y a quelques années d'un certain *Mahmoud*, qui pour être défendu n'en était pas moins mauvais. Je veux lire cependant son *Traité sur le commerce*; car, au bout du compte, M. *Melon* a du sens et des connaissances, et il est plus propre à faire un ouvrage de calcul qu'un roman. J'attends avec impatience la comédie de M. de *la Chaussée*; il y aura sûrement des vers bien faits, et vous savez combien je les aime. Mais écrivez-moi donc souvent, mon cher et aimable philosophe. Vous avez soupé avec *Emilie*; j'aurais été assez aise d'en être. Voyez-vous toujours madame *du Deffant*? elle m'a abandonné net. Je dois une lettre à notre tendre et charmant *Cideville*. Pour *Thiriot*, je ne sais ce que je lui dois; on me mande qu'il m'a tourné casaque publiquement : je ne le veux pas croire pour l'honneur de l'humanité. *Vale, te amplector.*

LETTRE XLIV. 1735.

A M. BERGER.

A Cirey, le premier décembre.

Au nom de *Rameau* ma froide veine se réchauffe, Monsieur; vous me dites qu'il a besoin de quelque guenille pour faire exécuter des morceaux de musique chez M. le prince de *Carignan*. Voici de mauvais vers; mais tels qu'il les faut, je crois, pour faire briller un musicien. S'il veut broder de son or cette étoffe grossière, la voici :

> Fille du ciel, ô charmante Harmonie,
> Descendez, et venez briller dans nos concerts,
> La nature imitée est par vous embellie.
> Fille du ciel, reine de l'Italie,
> Vous commandez à l'univers.
> Brillez, divine Harmonie,
> C'est vous qui nous captivez.
> Par vos chants vous vous élevez
> Dans le sein du Dieu du tonnerre;
> Vos trompettes et vos tambours
> Sont la voix du Dieu de la guerre.
> Vous soupirez dans les bras des amours.
> Le Sommeil caressé des mains de la nature
> S'éveille à votre voix,
> Le badinage avec tendresse
> Respire dans vos chants, folâtre sous vos doigts :
> Quand le Dieu terrible des armes
> Dans le sein de Vénus exhale ses soupirs,
> Vos sons harmonieux, vos sons remplis de charmes,

Redoublent leurs défirs.
Pouvoir suprême,
L'Amour lui-même,
Te doit des plaifirs.
Fille du ciel, ô charmante Harmonie! &c.

Il me femble qu'il y a là un *rimbombo* de paroles et une variété fur laquelle tous les caractères de la mufique peuvent s'exercer. Si *Orphée-Rameau* veut couvrir cette misère de doubles croches, il en eft le maître, pourvu qu'on ne me nomme point.

S'il avait demandé M. de *Fontenelle* ou quelque autre honnête homme pour examinateur, il aurait fait jouer Samfon, et je lui aurais fait tous les vers qu'il aurait voulu. Peut-être en eft-il temps encore. Quand il voudra je fuis à fon fervice. Je n'ai fait Samfon que pour lui. Je partageais le profit entre lui et un pauvre diable de bel efprit. Pour la gloire, elle n'eût point été partagée; il l'aurait eue tout entière.

Ecrivez-moi fouvent : vos lettres valent mieux que de l'argent et de la gloire. Vous êtes le plus aimable correfpondant du monde, bon ami de près et de loin. Je vous embraffe et fuis à vous pour la vie.

P. S. Qu'eft-ce qu'une eftampe de moi, qui fe vend chez *Odièvre?* Voyez cela, je vous prie; j'en ferai venir pour le bailli du village, au cas que cela foit reffemblant.

Vous m'avez parlé d'une gravure où j'ai l'honneur d'être avec le berger, le philofophe, le galant *Fontenelle*. J'aimerais mieux cette gravure que l'eftampe. Etant derrière *Fontenelle*, on eft sûr d'être au moins regardé; mais étant feul on ne m'ira point déterrer. *Vale.*

L E T T R E   X L V.

A M. B E R G E R,

Qui lui avait envoyé la Description du hameau, de Bernard,
en vers de quatre syllabes, et qui commence ainsi :

Rien n'eſt ſi beau
Que mon hameau , &c.

A Cirey , janvier.

DE ton Bernard
J'aime l'eſprit,
J'aime l'écrit
Que de ſa part
Tu viens de mettre
Avec ta lettre.
C'eſt la peinture
De la nature;
C'eſt un tableau
Fait par Vatteau.
Sachez auſſi
Que la déeſſe
Enchantereſſe
De ce lieu-ci,
Voyant l'eſpèce
De vers ſi courts
Que les Amours
Eux-même ont faits ,
A dit qu'auprès

De ces vers nains
Vifs et badins ,
Tous les plus longs
Faits par Voltaire ,
Ne pourraient guère
Etre auffi bons.

Mille complimens à notre ami *Bernard* de ce qu'il cultive toujours les mufes aimables. Je ne fais pas pourquoi le public s'obfline à croire que j'ai fait *Montezume.* La fcène eft au Pérou, Meffieurs, féjour peu connu des poëtes. *La Condamine* mefure ce pays, les Efpagnols l'épuifent , et moi je le chante. Dieu me garde des fifflets. *Le Franc* fait bien tout ce qu'il peut pour m'attirer cette aubade. Il empêche mademoifelle *Dufrefne* de jouer : je ne fais fi le rôle eft propre pour mademoifelle *Gauffin.* Si je ne fuis pas fifflé, voilà une belle occafion d'écrire à M. *Sinetti* l'américain. Adieu ; je ne me porte guère bien. Adieu, charmant correfpondant.

LETTRE XLVI.

A M. DE LA ROQUE,

Auteur du Mercure de France.

A Cirey, 10 février.

JE suis bien fâché, Monsieur, qu'un peu d'indif-position m'empêche de vous écrire de ma main. Je n'ai que la moitié du plaisir en vous marquant ainsi combien je suis sensible à vos politesses. Il est bien doux de plaire à un homme qui, comme vous, connaît et aime tous les beaux arts. Vous me rappelez toujours par votre goût, par votre politesse et par votre impartialité, l'idée du charmant M. de *la Faye* qu'on ne peut trop regretter. Je pense bien comme vous sur les beaux arts.

> Vers enchanteurs, exacte prose,
> Je ne me borne point à vous.
> N'avoir qu'un goût, c'est peu de chose ;
> Beaux arts, je vous invoque tous :
> Musique, danse, architecture,
> Art de graver, docte peinture,
> Que vous m'inspirez de désirs !
> Beaux arts, vous êtes des plaisirs ;
> Il n'en est point qu'on doive exclure.

Je voudrais bien, Monsieur, vous envoyer quel-ques-unes de ces bagatelles, pour lesquelles vous

Lettres en vers, &c.   G

1736. avez trop d'indulgence; mais vous favez que ces petits vers que j'adreſſe quelquefois à mes amis, refpirent une liberté dont le public févère ne s'accommoderait pas. Si parmi ces libertins, qui vont toujours nus, il s'en trouve quelques-uns vêtus à la mode du pays, j'aurai l'honneur de vous les envoyer.

Je fuis, &c.

L E T T R E   X L V I I.

A MADAME DE CHAMPBONIN.

Je ne me porte pas trop bien, Madame, mais j'irai vous faire ma cour demain, dans quelque état que je fois. Si je me porte bien, je ferai extrêmement gai; fi je fuis malade, votre converfation me guérira bien vîte.

> Que m'importe le vain murmure
> De cette canaille à tonfure (1)
> Qui n'entend rien de mes écrits ?
> Tous les maudiſſons qu'ils me dònnent,
> Et les orémus qu'ils entonnent,
> Sont tous pour moi du même prix.
> Je confens qu'on m'excommunie,
> Pourvu qu'un jour au Champbonin
> Avec toi je paſſe ma vie.

(1) Elle lui avait donné avis que des prêtres avaient écrit contre lui à la cour.

Je confens que dans ton jardin
On m'enterre comme un impie
Honnête homme et mauvais chrétien,
Philofophe non fans folie,
Avec un cœur digne du tien.
Si tu m'aimes, il faudra bien
Et qu'on m'eftime et qu'on m'envie.

Allez-vous promener, Madame, avec votre très-humble fervante; comptez que je vous fuis refpec-tueufement attaché pour la vie.

LETTRE XLVIII.

A MADAME DE CHAMPBONIN.

Autrefois pour payer le zèle
De Baucis et de Philémon,
On difait que de leur maifon
Jupiter fit une chapelle.
Si j'avais fon pouvoir divin,
Je n'imiterais pas fes auguftes fottifes.
Je démolirais vingt églifes
Pour vous bâtir un Champbonin.

Vous êtes trop bonne, adorable amie. Quelque fuccès que l'Enfant prodigue puiffe avoir, c'eft un orphelin dont je ne m'avoue pas le père; mais je fuis bien plus flatté de l'intérêt que vous y prenez, que de l'éloge du public. M. *du Châtelet* n'eft point de retour. Les colonels font contre-mandés, foit

G 2

—— par les exceffives précautions de M. de *Bellifle*,
1736. foit par crainte de quelques remuemens des ennemis.
On ne croit point la paix faite. Je n'en fais rien.
Tout ce que je fais, c'eft que nous fommes des
moutons à qui le boucher ne dit jamais quand
il les tuera.

L E T T R E   X L I X.

A   M.   D E   F O R M O N T.

A Cirey, le 13 . . . . .

AIMABLE philofophe, nous avons reçu votre
profe et vos vers ; la profe eft d'un fage, les vers
font d'un poëte.

> Votre ftyle jufte et coulant,
> Votre raifon ferme et polie,
> Plaifent tous deux également
> A la philofophe Emilie,
> Qui joint la force du génie
> A la douceur du fentiment.
> Entre vous deux affurément
> Le ciel mit de la fympathie.
> A l'égard de notre Linant,
> Il vous approuve et dort d'autant,
> Commence un ouvrage et l'oublie.
> Moi, je raifonne et verfifie,
> Mais non certes fi doctement
> Que votre fage Polymnie.

1736.

Voilà de la rimaille qui m'a échappé ; venons à la raison que je n'attraperai peut-être point.

Il eſt vrai que nous ne pouvons comprendre ni comment la matière penſe, ni comment un être penſant eſt uni à la matière. Mais de ces deux choſes également incompréhenſibles, il faut que l'une ſoit vraie, comme de la diviſibilité ou de l'indiviſibilité de la matière, il faut que l'une ou l'autre ſoit, quoique ni l'une ni l'autre ne ſoit compréhenſible. Ainſi, la création et l'éternité de la matière ſont inintelligibles, et cependant il faut que l'une des deux ſoit admiſe.

Pour ſavoir ſi la matière penſe ou non, nous n'avons point de règle fixe qui nous puiſſe conduire à une démonſtration, comme en géométrie ; cette vérité, *entre deux points la ligne droite eſt la plus courte*, mène à toutes les démonſtrations. Mais nous avons des probabilités ; il s'agit donc de ſavoir ce qui eſt le plus probable. L'axiome le plus raiſonnable en fait de phyſique eſt celui-ci : *les mêmes effets doivent être attribués à la même cauſe*. Or, les mêmes effets ſe voient dans les bêtes et dans les hommes, donc la même cauſe les anime. Les bêtes ſentent et penſent à un certain point ; elles ont des idées ; les hommes n'ont au-deſſus d'elles qu'une plus grande combinaiſon d'idées, un plus grand magaſin. Le plus et le moins ne change point l'eſpèce, donc, &c. Or, perſonne ne s'aviſe de donner une ame immortelle à une puce ; il n'en faudra donc point donner à l'éléphant ni au ſinge, ni à mon valet champenois, ni à un bailli de village, qui a un peu plus d'inſtinct que mon valet ; enfin, ni à vous ni à *Emilie*.

G 3

1736.

La penfée et le fentiment ne font pas effentiels, fans doute, à la matière, comme l'impénétrabilité. Mais le mouvement, la gravitation, la végétation, la vie, ne lui font pas effentielles, et perfonne n'imaginerait ces qualités dans la matière, fi on ne s'en était pas convaincu par l'expérience.

Il eft donc très-probable que la nature a donné des penfées à des cerveaux, comme la végétation à des arbres; que nous penfons par le cerveau, de même que nous marchons avec le pied, et qu'il faut dire comme *Lucréce :*

Primùm, animum dico, mentem quem fæpe vocamus,
In quo confilium vitæ, regimenque locatum eft,
Effe hominis partem nihilominus ac manus et pes.

Voilà, je crois, ce que notre raifon nous ferait penfer, fi la foi divine ne nous affurait pas du contraire ; c'eft ce que penfait *Locke*, et qu'il n'a pas ofé dire.

De plus, quand même cette analogie des animaux ne ferait pas une extrême probabilité, le *fruftra per plura quod poteft per pauciora*, eft encore une excellente raifon. Or, le chemin eft bien plus court de faire penfer un cerveau, que de fourrer dans un cerveau je ne fais quel *être* dont nous n'avons aucune idée. Cet être qui croît et décroît avec nos fens, a bien la mine d'être un fixième fens; et fi ce n'était notre divine religion, je ferais tenté de le croire ainfi.

Je trouve très-mauvais que vous parliez de *Newton* comme d'un fefeur de fyftêmes. Il n'en a fait aucun.

Il a découvert dans la matière des propriétés incontestables, démontrées par les expériences. Il eſt auſſi 1736. certain que les forces centripètes agiſſent ſur tous les corps, ſans aucune matière intermédiaire, qu'il eſt certain que l'air pèſe. Il eſt auſſi ſûr que la lumière ſe réfléchit dans le vide par la force de l'attraction, c'eſt-à-dire par les forces centripètes, qu'il eſt ſûr que les rayons de la lumière ſe briſent dans l'eau.

Je vous en dirais davantage, mais j'ai une tragédie qui me preſſe. *Le Franc* m'a volé mon ſujet et toutes mes ſituations; il s'eſt hâté de bâtir ſur mon fonds, et eſt allé propoſer ſon vol aux comédiens. C'eſt voler ſur l'autel. Adieu, mille tendres complimens à *Cideville* : *Emilie* vous en fait beaucoup.

LETTRE L.

A M. LE COMTE DE TRESSAN.

A Cirey, 21 octobre.

Tandis qu'aux fanges du Parnaſſe,
D'une main criminelle et baſſe,
Rufus va cherchant des poiſons,
Ta main délicate et légère
Cueille aux campagnes de Cythère
Des fleurs dignes de tes chanſons.

Les Grâces accordent ta lyre;
Le Plaiſir mollement t'inſpire,
Et tu l'inſpires à ton tour.
Que ta muſe tendre et badine

G 4

Se fent bien de fon origine !
Elle eft la fille de l'Amour.

Loin ce rimeur atrabilaire,
Ce cynique, ce plagiaire
Qui, dans fes efforts odieux,
Fait fervir à la calomnie,
A la rage, à l'ignominie,
Le langage facré des Dieux.

Sans doute les premiers poëtes,
Infpirés, ainfi que vous l'êtes,
Etaient des Dieux ou des amans :
Tout a changé, tout dégénère,
Et dans l'art d'écrire et de plaire ;
Mais vous êtes des premiers temps.

Ah, Monfieur, votre charmante épître, vos vers
qui, comme vous, refpirent les grâces, méritaient
une autre réponfe. Mais s'il fallait vous envoyer des
vers dignes de vous, je ne vous répondrais jamais ;
vous me donnez en tout des exemples que je fuis
bien loin de fuivre. Je fais mes efforts ; mais malheur à qui fait des efforts.

Votre fouvenir, votre amitié pour moi, enchan-
tent mon cœur autant que vos vers éveilleraient mon
imagination. J'ofe compter fur votre amitié. Il n'y
a point de bonheur qui n'augmente par votre
commerce. Pourquoi faut-il que je fois privé de ce
commerce délicieux ! Ah ! fi votre mufe daignait
avoir pour moi autant de bienveillance que de coquetterie, fi vous daigniez m'écrire quelquefois, me parler
de vos plaifirs, de vos fuccès dans le monde, de

tout ce qui vous intéreſſe , que je défierais les
Rouſſeaux et les *Desfontaines* de troubler ma félicité! 1736.

Je vous envoie le *Mondain*. C'était à vous à le
faire. J'y décris une petite vie aſſez jolie ; mais que
celle qu'on mène avec vous eſt au-deſſus !

Comptez , Monſieur , ſur le tendre et reſpectueux
attachement de *Voltaire*.

L E T T R E   L I.

A M. LE COMTE D'ARGENTAL.

A Cirey, ce 2 novembre.

Tout mon chagrin eſt donc à préſent de ne
pouvoir vous embraſſer en vous félicitant du 1737.
meilleur de mon cœur. Il ne me manque pour
ſentir un bonheur parfait que d'être témoin du vôtre.
Que je ſuis enchanté, mon cher et reſpectable
ami , de ce que vous venez de faire ! que je
reconnais bien-là votre cœur tendre et votre eſprit
ferme !

On diſait que l'Hymen a l'Intérêt pour père :
Qu'il eſt triſte, ſans choix , aveugle , mercenaire;
Ce n'eſt point là l'Hymen. On le connaît bien mal.
Ce dieu des cœurs heureux eſt chez vous, d'Argental;
La vertu le conduit, la tendreſſe l'anime ,
Le bonheur ſur ſes pas eſt fixé ſans retour ;
Le véritable Hymen eſt le fils de l'Eſtime ,
　　　Et le frère du tendre Amour.

Permettez-moi donc de vous faire ici à tous deux des complimens de la part de tous les honnêtes gens , de tous les gens qui penfent , de tous les gens aimables. Mon Dieu que vous avez bien fait l'un et l'autre ! partagez , Madame , les bontés de monfieur d'*Argental* pour moi. Ah ! s'il vous prenait fantaifie à tous deux de venir paffer quelque temps à la campagne pendant qu'on dorera votre cabinet, qu'on achèvera votre meuble , madame *du Châtelet* va vous en écrire fur cela de bonnes. Enfin , ne nous ôtez point l'efpérance de vous revoir. Les heureux n'ont pas befoin de Paris. Nous n'irons point; il faut donc que vous veniez ici. Vivez heureux , couple aimable, couple eftimable. Vendez vîte votre vilaine charge de confeiller au parlement, qui vous prend un temps que vous devez aux charmes de la fociété; quittez ce trifte fardeau qui fait qu'on fe lève matin. Il n'y a pas moyen que le plaifir , dont votre bonheur me pénètre , me permette de vous parler d'autre chofe. Une autre fois je vous entretiendrai de *Melpomène*, de *Thalie*, mais aujourd'hui la divinité à qui vous facrifiez a tout mon encens.

LETTRE LII.

A M. DE CIDEVILLE.

A Cirey, ce 23 décembre.

L'AMITIÉ, ma déesse unique,
Vient enfin de me réveiller
De cette langueur léthargique
Où je paraissais sommeiller,
Et m'a dit d'un ton véridique :
N'as-tu pas assez barbouillé
Ton système philosophique ?
Assez énoncé, détaillé
De Louis l'histoire authentique ?
N'as-tu pas encor rimaillé
Récemment une œuvre tragique ?
Seras-tu sans cesse embrouillé
De vers et de mathématique ?
Renonce plutôt à Newton,
A Sophocle, aux vers de Virgile,
A tous les maîtres d'Hélicon,
Mais sois fidelle à Cideville.

J'ai répondu du même ton :
O ma patronne, ô ma déesse !
Cideville est le plus beau don
Que je tienne de ta tendresse ;
Il est lui seul mon Apollon ;
C'est lui dont je veux le suffrage ;
Pour lui mon esprit tout entier
S'occupait d'un trop long ouvrage ;

Et fi j'ai paru l'oublier ,
C'eft pour lui plaire davantage.

Voilà une de mes excufes , mon cher *Cideville* ,
et cette excufe vous arrivera inceffamment par le
coche. C'eft une tragédie. C'eft Mérope , tragédie
fans amour , et qui peut-être n'en eft que plus
tendre. Vous en jugerez , vous qui avez un cœur
fi bon et fi fenfible , vous qui feriez le plus tendre
des pères, comme vous avez été le meilleur des
fils, et comme vous êtes le plus fidelle ami et le
plus fenfible des amans.

Une autre excufe bien cruelle de mon long filence :
c'eft que la calomnie , qui m'a perfécuté fi indignement, m'a forcé enfin de rompre tout commerce
avec mes meilleurs amis pendant une année. On
ouvrait toutes mes lettres ; on empoifonnait ce qu'elles
avaient de plus innocent , et des perfonnes qui avaient
apparemment juré ma perte , en fefaient des extraits
odieux, qu'ils portaient jufqu'aux miniftres dans
l'occafion. J'avais cru apaifer la rage de ces perfécuteurs en fefant un tour en Hollande ; ils m'y
ont pourfuivi. *Roujjeau* , entre autres, ce monftre
né pour calomnier, écrivit que j'étais venu en
Hollande prêcher contre la religion , que j'avais tenu
école de déifme chez M. *s'Gravefende* , fameux philofophe de Hollande. Il fallut que M. *s'Gravefende*
démentît ce bruit abominable dans les gazettes. Je
ne m'occupai dans mon féjour en Hollande qu'à
voir les expériences de la phyfique neutonienne que
fait M. *s'Gravefende* , qu'à étudier, et qu'à mettre
en ordre les élémens de cette phyfique , commencés

à Cirey. Je n'ai oppofé à la rage de mes ennemis qu'une vie obfcure, retirée, des études férieufes auxquelles ils n'entendent rien. Bientôt l'amitié me fit revenir en France. Je retrouvai à Cirey madame *du Châtelet* et toute fa famille. Ils connaiffent mon cœur ; ils ne fe font jamais démentis un moment pour moi. J'y ai trouvé le repos et la douceur, la vie que mes ennemis voudraient m'arracher. Pour montrer une docilité fans réferve à ceux dont je peux dépendre, j'ai, par le confeil de M. d'*Argental*, envoyé, il y a plus de fix mois, mes *Elémens de Newton* à la cenfure à Paris. Ils y font reftés, on ne me les rend point. J'en ai fufpendu la publication en Hollande. Je la fufpends encore. Les libraires (qui fe font trouvés par hafard d'honnêtes gens) ont bien voulu différer par amitié pour moi. J'attendais quelque décifion en France de la part de ceux qui font à la tête de la littérature. Je n'en ai aucune. Voilà quant à la philofophie ; car je veux vous rendre un compte exact.

Quant aux autres ouvrages, j'ai fait Mérope, dont vous jugerez inceffamment. J'ai corrigé toutes mes tragédies, entre autres les trois premiers actes d'Oedipe. J'ai retouché beaucoup jufqu'aux petites pièces détachées que vous avez entre les mains. J'ai pouffé l'hiftoire de *Louis XIV* jufqu'à la bataille de Turin. Je m'amufe d'ailleurs à me faire un cabinet de phyfique affez complet. Madame *du Châtelet* eft dans tout cela mon guide et mon oracle. On a imprimé l'Enfant prodigue, mais je ne l'ai point encore vu.

Comme je fuis en train de vous rendre compte

—— de tout, il faut vous dire que ce misérable *Dumoulin*,
1737. qui voulait faire imprimer vos lettres , eſt celui qui
me fufcita l'infame procès de *Jore*. Il m'avait diſſipé
vingt mille francs que je lui avais confiés , et pour
m'empêcher de lui faire rendre compte , il m'em-
barraſſa dans ce procès. Il vient aujourd'hui de me
demander pardon, et de me tout avouer. O hommes,
ô monftres ! qu'il y a peu de *Cidevilles* !

Continuons ; vous aurez tout le détail de mes
peines. Une des plus grandes a été d'avoir donné
à madame *du Châtelet* les *Linant*. Vous favez quel
prix elle a reçu de fes bontés. Je crois la fœur plus
coupable que le frère. Je fuis d'autant plus affligé,
que *Linant* femblait vouloir travailler. Il reprenait fa
tragédie à cœur ; je m'y intéreſſais ; je le fefais
travailler ; il me ferait devenu cher à mefure qu'il
eût cultivé fon talent ; mais il ne m'eſt plus permis
de conferver avec lui le moindre commerce.

Mon cher ami , cette lettre eft une jérémiade.
Je pleure fur les hommes. Mais je me confole, car
il y a des *Emilies* et des *Cidevilles.*

LETTRE LIII.

A M. DE FORMONT.

A Cirey, 23 décembre.

A mon très-cher ami Formont,
Demeurant fur le double mont,
Au deſſus de Vincent Voiture,
Vers la taverne où Bachaumont
Buvait et chantait fans meſure,
Où le plaiſir et la raiſon
Ramenaient le bon Epicure.

Vous voulez donc que des filets
De l'abſtraite philoſophie
Je revole au brillant palais
De l'agréable poëſie,
Au pays où règne Thalie
Et le cothurne et les ſifflets.

Mon ami, je vous remercie
D'un conſeil ſi doux et ſi ſain.
Vous le voulez ; je cède enfin
A ce conſeil, à mon deſtin ;
Je vais de folie en folie,
Ainſi qu'on voit une catin
Paſſer du guerrier au robin,
Au gras prieur d'une abbaye,
Au courtiſan, au citadin :

Ou bien, si vous voulez encore,
Ainsi qu'une abeille au matin
Va sucer les pleurs de l'Aurore
Ou sur l'absinthe ou sur le thim,
Toujours travaille et toujours cause,
Et nous pétrit son miel divin
Des gratte-cus et de la rose. (1)

J'ai donc, suivant votre conseil, abandonné pour
un temps *la raison réciproque des quarrés des distances*,
et la progression en nombres impairs dans laquelle
tombent les corps graves et autres casses-tête, pour
retourner à *Melpoméne*. J'ai fait Mérope, mon cher
ami, *arbiter elegantiarum et judex noster*. Ce n'est pas
la Mérope de *Maffey*, c'est la mienne. Je veux vous
l'envoyer à vous et à notre aimable *Cideville*. Il y a
si long-temps que je n'ai payé aucun tribut à notre
amitié, qu'il faut bien réparer le temps perdu. Ce
n'était pas la seule tragédie qu'on fesait à Cirey.
Linant avait remis sur le métier cette intrigue égyp-
tiaque que je lui avais fait commencer, il y a sept
ans. Enfin il avait repris vigueur, et je me flattais
que dans quatorze ans il aurait fini le cinquième
acte. Raillerie à part, s'il avait voulu un peu
travailler, je crois que l'ouvrage aurait eu du succès,
mais vous savez que le démon d'écrire en prose
avait tellement possédé la sœur, que madame *du
Châtelet* a été dans la nécessité absolue de renvoyer la
sœur et le frère. Ils ont grand tort l'un et l'autre. Ils
pouvaient se faire un sort très doux, et se préparer

(1) Ces vers se trouvent dans le *Commentaire historique*, &c. *Mélanges
littéraires*, tome II. On a cru devoir rétablir ici la lettre dans son entier.

un avenir agréable. *Linant* aurait paffé fa vie dans
la maifon avec une penfion. Son pupille en aurait
eu foin toute fa vie. Il y a de la probité, de l'honneur dans cette maifon *du Châtelet*. Celui qui avait
élevé M. *du Châtelet*, eft mort dans leur famille affez
à fon aife. Que pouvait faire de mieux un pareffeux
comme *Linant*, un homme qui d'ailleurs a fi peu de
reffources, un homme qui doit craindre à tout
moment de perdre la vue ; que pouvait-il, dis-je,
faire de mieux que de s'attacher à cette maifon ? Je
crois qu'il fe repentira plus d'un jour ; mais il ne
me convient pas de conferver avec lui le moindre
commerce. Mon devoir a été de lui faire du bien,
quand vous et M. de *Cideville* me l'avez recommandé.
Mon devoir eft de l'oublier puifqu'il a manqué à
madame *du Châtelet*.

Voulez-vous, en attendant Mérope, une ode que
j'ai faite fur la paix (1) ? On a tant fait de ces drogues
que je n'ai pas voulu donner la mienne. Envoyez-la
à notre ami *Cideville*, et dites m'en votre avis, mais
qu'elle n'ennuie que *Cideville* et vous. Les efprits font
à Paris dans une petite guerre civile ; les janféniftes
attaquent les jéfuites, les caffiniftes s'élèvent contre
Maupertuis, et ne veulent pas que la terre foit plate
aux pôles. Il faudrait les y envoyer pour leur peine.
Les lulliftes appellent les partifans de *Rameau*, les
ramoneurs. Pour moi, fans parti, fans intrigue,
retiré dans le paradis terreftre de Cirey, je fuis fi peu
attaché à tout ce qui fe paffe à Paris, que je ne
regrette pas même la diablerie de *Rameau* (2), où les

(1) Voyez le volume d'Epitres.
(2) Les enfers dans *Caftor et Pollux*

Lettres en vers, &c.   H

—— beaux airs de *Perſée*. Si je peux regretter quelque
1737. choſe , c'eſt vous , mon cher *Formont* , que j'eſtimerai
et que j'aimerai toute ma vie. Madame *du Châtelet*
qui partage mes ſentimens pour vous , vous fait les
plus ſincères complimens.

On arrête en France l'impreſſion de ma *Philoſophie* de *Newton*. Sans doute il y a dans cet ouvrage
des erreurs que je n'ai pas aperçues.

L E T T R E L I V.

A M. D E M A U P E R T U I S.

A Cirey-Kittis (1) , 22 mai.

—— Je viens de lire , Monſieur, une hiſtoire et un
1738. morceau de phyſique (2) plus intéreſſant que tous
les romans. Madame *du Châtelet* va le lire ; elle en
eſt plus digne que moi. Il faut au moins , pendant
qu'elle aura le plaiſir de s'inſtruire, avoir celui de
vous remercier.

Il me ſemble que votre préface eſt très-adroite,
qu'elle fait naître dans l'eſprit du lecteur du reſpect
pour l'importance de l'entrepriſe , qu'elle intéreſſe
les navigateurs , à qui la figure de la terre était aſſez
indifférente , qu'elle inſinue ſagement les erreurs des
anciennes meſures et l'infaillibilité des vôtres , qu'elle
donne une impatience extrême de vous ſuivre en
Laponie.

(1) Alluſion à l'Obſervatoire de Kittis , ſous le cercle polaire.

(2) L'ouvrage de M. de *Maupertuis* , ſur la figure de la terre , imprimé
au Louvre , en 1738.

1738.

Dès que le lecteur y eſt avec vous, il croit être dans un pays enchanté dont les philoſophes ſont les fées. Les Argonautes qui s'en allèrent commercer dans la Crimée, et dont la bavarde Gréce a fait des demi-dieux, valaient-ils, je ne dis pas les *Clairauts*, les *Camus* et les *le Moniers*, mais les deſſinateurs qui vous ont accompagné? On les a diviniſés : et vous! quelle eſt votre récompenſe! je vais vous le dire : l'eſtime des connaiſſeurs qui vous répond de celle de la poſtérité. Soyez ſûr que les ſuffrages des êtres penſans du dix-huitième ſiècle ſont fort au-deſſus des apothéoſes de la Gréce.

Je vous ſuis avec tranſport et avec crainte à travers de vos cataractes, et ſur vos montagnes de glace :

Quod latus mundi nebulæ, maluſque
Jupiter urget.

Certainement vous ſavez peindre; il ne tenait qu'à vous d'être notre plus grand poëte comme notre plus grand mathématicien. Si vos opérations ſont d'*Archimède*, et votre courage de *Chriſtophe Colomb*, votre deſcription des neiges de Tornéo eſt de *Michel Ange*, et celle des eſpèces d'aurores boréales eſt de l'*Albane*. Tout ce qui m'étonne, c'eſt que vous n'ayez pas voulu nous dire la raiſon pourquoi un ciel ſi charmant couvrait une terre ſi affreuſe. Eh bien! moi qui la fais (et c'eſt la ſeule choſe que je ſache mieux que vous), je vous la dirai :

Lorſque la vérité, ſur les gouffres de l'onde,
Dirigeait votre courſe aux limites du monde,

H 2

Tout le Nord treffaillit, tout le confeil des Dieux
Defcendit de l'Olympe, et vint fur l'hémifphère
Contempler à quel point les enfans de la terre
Oferaient pénétrer dans les fecrets des Cièux.
Iris y déployait fa charmante parure
Dans cet arc lumineux que nous peint la nature :
Prodige pour le peuple, et charme de nos yeux.
Pour la feconde fois, oubliant fa carrière,
Détournant fes chevaux et fon char de rubis,
Le père des faifons franchiffait fa barrière ;
Il vint, il tempéra les traits de fa lumière :
Il avança vers vous tel qu'il parut jadis,
Lorfque dans fon palais il embraffa fon fils,
Son fils qui moins que vous lui parut téméraire.

Atlas par qui le ciel fut, dit-on, foutenu,
Aux champs de Tornéo parut avec Hercule.
On vante en vain leurs noms chez la Gréce crédule ;
Ils ont porté le ciel, et vous l'avez connu.
Hercule en vous voyant s'étonna que l'Envie,
Dans les glaces du Nord, expirât fous vos coups,
Lui qui ne put jamais terraffer dans fa vie
Cet ennemi des dieux, des héros et de vous.

Dans ce confeil divin Newton parut fans doute ;
Défcartes précédait, incertain dans fa route ;
Tel qu'une faible aurore, après la trifte nuit,
Annonce les clartés du foleil qui la fuit :
Il cherchait vainement, dans le fein de l'efpace,
Ces mondes infinis qu'enfanta fon audace,
Ses tourbillons divers et fes trois élémens,
Chimériques appuis du plus beau des romans.

Mais le fage de Londre et celui de la France ,
S'uniffaient à vanter votre entreprife immenfe.

Tous les temps à venir en parleront comme eux.
Pourfuivez , éclairez ce fiècle et nos neveux ;
Et que vos feuls travaux foient votre récompenfe.
Il n'appartient qu'à vous , après de tels exploits ,
De ne point accepter les dons des plus grands rois.
Eft-ce à vous d'écouter l'ambition funefte ,
Et la foif des faux biens dont on eft captivé ?
Un inftant les détruit ; mais la vérité refte.
Voilà le feul tréfor ; et vous l'avez trouvé.

Je laiffe à madame *du Châtelet* , la plus digne
amie affurément que vous ayez , le foin de vous
dire combien de fortes de plaifirs votre excellent
ouvrage nous caufe. Ce.qu'il y a de trifte , c'eft que
fon fuccès infaillible vous arrêtera dans Paris , et
nous privera de vous.

Nous apprenons dans l'inftant , par votre lettre ,
que vos fuccès ne vous retiennent point à Paris ,
mais que la fenfibilité de votre cœur vous fait
partir pour Saint-Malo. Comment faites-vous avec
cet efprit fublime pour avoir auffi un cœur ?

Je ne vous ai point envoyé mon ouvrage , parce
que je ne l'avais point ; il vient enfin de m'en venir
un exemplaire de Paris : on ne peut pas imprimer
un livre avec moins d'exactitude ; cela fourmille
de fautes. Les ignorans pour lefquels il était deftiné
ne pourront les corriger , et les favans me les attri-
bueront.

Je ne fuis ni furpris ni fâché que l'abbé *Desfontaines*

H 3

essaye de donner des ridicules à l'attraction. Un
1738. homme aussi entiché du péché anti-physique, et
qui est d'ailleurs aussi peu physicien, doit toujours
pécher contre nature.

J'ai lu le livre de M. *Algarotti* (1). Il y a, comme
de raison, plus de tours et de pensées que de vérités.
Je crois qu'il réussira en italien, mais je doute qu'en
français *l'amour d'un amant qui décroît en raison du cube
de la distance de sa maîtresse, et du carré de l'absence,*
plaise aux esprits bien faits qui ont été choqués de
la beauté blonde du soleil et de *la beauté brune de la
lune* dans le livre des *Mondes.*

Ce livre a besoin d'un traducteur excellent. Mais
celui qui est capable de bien traduire, s'amuse rarement à traduire.

J'apprends dans le moment qu'on réimprime mon
maudit ouvrage. Je vais sur le champ me mettre à
le corriger. Il y a mille contre-sens dans l'impression.
J'ai déjà corrigé les fautes de l'éditeur sur la lumière,
mais si vous vouliez consacrer deux heures à me
corriger les miennes et sur la lumière et sur la
pesanteur, vous me rendriez un service dont je
ne perdrai jamais le souvenir. Je suis si pressé par le
temps, que j'en ai la vue éblouie ; le torrent de
l'avidité des libraires m'entraîne ; je m'adresse à vous
pour n'être point noyé.

La femme de l'Europe la plus digne, et la seule
digne peut-être de votre société, joint ses prières aux
miennes. On ne vous supplie point de perdre beaucoup de temps : et d'ailleurs est-ce le perdre que de

(1) *Il Newtonianismo per le dame.*

catéchifer fon difciple ? C'eft à vous à dire, quand
vous n'aurez pas inftruit quelqu'un : *amici*, *diem*
perdidi.

Comptez que Cirey fera à jamais le très-humble
ferviteur de Kittis.

LETTRE LV.

A M. THIRIOT.

Le 5 juin.

Mon cher ami, vous paffez donc une partie
de vos beaux jours à la campagne, et vous n'aurez
pas plus daigné affifter à une noce bourgeoife,
que vous ne daignez aller voir jouer des pièces
ennuyeufes à la comédie. Affemblées de parens,
quolibets de noces, plates plaifanteries, contes
lubriques, qui font rougir la mariée, et pincer les
lèvres aux bégueules, grand bruit, propos inter-
rompus, grande et mauvaife chère, ricanemens fans
avoir envie de rire, lourds baifers donnés lourdement, petites filles regardant tout du coin de l'œil ;
voilà les noces de la rue des deux Boules, et la rue
des deux Boules eft par-tout. Cependant voilà ma
nièce, votre amie, bien établie, et dans l'efpérance
de venir manger à Paris un bien honnête. Si elle
ne vous aime pas de tout fon cœur, je lui donne
ma fainte malédiction.

Quand aurai-je la démonftration de *Rameau* contre
Newton ? Lit-on le livre de *Maupertuis* ? C'eft un

H 4

——— chef-d'œuvre. Il a eu raison de ne rien vouloir des rois. *Regum æquabat opes meritis.* Les Français ont-ils la tête assez rassise pour lire ce livre excellent ?

Un de mes amis, qui n'est pas un sot, sachant que le sodomite *Desfontaines* avait osé blasphémer l'attraction, m'a envoyé ce petit correctif.

> Pour l'amour anti-physique
> Desfontaines flagellé
> A, dit-on, fort mal parlé
> Du système newtonique.
> Il a pris tout à rebours
> La vérité la plus pure ;
> Et ses erreurs sont toujours
> Des péchés contre nature.

Pour moi j'avoue que j'aime beaucoup mieux cet ancien conte que vous aviez, ce me semble, perdu à Paris, et que je viens de retrouver dans mes paperasses.

L'abbé Desfontaines et le ramoneur, ou le ramoneur et l'abbé Desfontaines, conte par feu M. de la Faye.

> Un ramoneur à face basanée,
> Le fer en main, les yeux ceints d'un bandeau,
> S'allait glissant dans une cheminée,
> Quand de Sodome un antique bedeau,
> Qui pour l'Amour prenait ce jouvenceau,
> Vint endosser son échine inclinée.
> L'Amour cria ; le quartier accourut.

1738.

On verbalife, et Desfontaine en rut,
Eft encagé dans le clos de bicêtre.
On vous le lie, on le fait dépouiller.
Un bras nerveux fe complaît d'étriller
Le lourd feffier du fodomite prêtre.
Filles riaient, et le cuiftre écorché
Criait : Monfieur, pour Dieu foyez touché,
Lifez de grâce et mes vers et ma profe.
Le feffeur lut, et foudain plus fâché,
Du renégat il redoubla la dofe,
Vingt coups de fouet pour fon vilain péché,
Et trente en fus pour l'ennui qu'il nous caufe.

Pour la confolation des gens de bien, mon cher ami, vous devriez faire tenir cela au fieur *Giot* afin qu'il en dife fon avis dans quelques obfervations. Je me recommande à vos charitables foins. Mais paffons à d'autres articles de littérature honnête. J'ai été fi mécontent de la fautive et abfurde édition des *Elémens de Newton*, et je crois vous avoir dit qu'elle fourmille de tant d'énormes fautes, que mon avertiffement pour les journaux eft devenu fort inutile. J'en ai écrit au *Trublet* que je connais un peu, et je lui ai dit que je le priais feulement qu'on décriât l'édition et non moi. Le petit journalifte ne m'a pas encore répondu; vous devriez le relever un peu de fentinelle; et fur ce je vous embraffe tendrement.

LETTRE LVI.

A M. DE PONT DE VEYLE.

A Cirey, 23 juin.

ENFIN nous avons lu le *Fat puni;* nous fommes provinciaux, mais nous ne pouvons pas dire que nous prenons les modes quand Paris les quitte; la mode d'aimer cet ouvrage charmant ne paffera jamais.

> Du Fat que fi bien l'on punit,
> Le portrait n'eft pas ordinaire,
> Et le Rigaut qui le peignit
> Me paraît en tout fon contraire.
> C'eft le modèle des auteurs,
> Qui connaît le monde et l'enchante,
> Et qui fait jouir des faveurs
> Dont monfieur le Marquis fe vante.

Je pourrais bien être un fat auffi de vous envoyer des vers fi miférables, mais que je ne fois pas le fat puni. Pardonnez à un mauvais phyficien d'être mauvais poëte. Madame *du Châtelet* eft enchantée de cette petite pièce; eft-ce que nous n'en connaîtrons jamais l'auteur?

Notre affliction du départ de M. votre frère (1) augmente à mefure que le départ approche. Si *Pollux* va en Amérique, *Caftor* au moins nous reftera en France.

(1) M. le comte d'*Argental.*

LETTRE LVII.

A M. DE CIDEVILLE.

A Cirey , le 14 juillet.

MALGRÉ mon filence coupable
Et mes égaremens divèrs,
Cideville toujours aimable ,
Toujours à lui-même femblable ,
Daigne encor m'envoyer des vers.

Il eft ma première maîtreffe ,
Qui , prenant fes plus beaux atours ,
Vient rendre à fes premiers amours
Un cœur formé pour la tendreffe ,
Que je crus ufé pour toujours.

Croyez , mon cher *Cideville* , que je pourrai renoncer aux vers, mais jamais à votre tendre amitié.
Cette philofophie de *Newton* a un peu pris fur
notre commerce, mais rien fur mes fentimens.
Périffe le carré des diftances, périffent les lois de
Kepler plutôt qu'il me foit reproché que j'ai abandonné mon ami. Quelle fcience vaut l'amitié ! Non,
mon cher *Cideville* , non-feulement je ne vous oublie
point , mais je ne perds point l'efpérance de vous
revoir. Il eft bien vrai que les *Elémens de Newton*
me font des ennemis. Il y a deux bonnes raifons
pour cela. Cette philofophie eft vraie , et elle combat

—— celle de *Defcartes*, que les Français ont adoptée avec auffi peu de raifon qu'ils l'avaient profcrite.

Je ne fuis point étonné que vous ayez entendu une philofophie raifonnable et dégagée de toutes ces hypothèfes qui ne préfentent à l'efprit que des romans confus. Je ne fuis point furpris non plus que vous l'ayez fait entendre à la perfonne aimable à qui fans doute vous avez fait entendre des vérités d'un ufage plus réel, et qui par-là en eft plus refpectable pour moi. Il faut, quand on a un maître tel que vous, que le cœur et l'efprit aillent de compagnie. Permettez que je lui réponde en vers (∗). Elle ne m'a point écrit dans fa langue ; fa langue eft fans doute celle des dieux.

Vous avez dû avoir quelque peine avec cette édition d'Amfterdam ; elle eft très-fautive. Il faut fouvent fuppléer le fens. Les libraires fe font hâtés de la débiter fans me confulter. Vous recevrez inceffamment quelques exemplaires d'une édition qu'on dit plus correcte. Vous aurez Mérope en même temps. Je vous payerai mes tributs en vers et en profe pour réparer le temps perdu.

Nous n'avons point entendu parler de *Formont* depuis qu'il eft à la fuite de *Plutus*.

> Il eft mort, le pauvre Formont :
> Il a quitté le double mont.
> Mufique, vers, philofophie,
> Plutus lui fait tout renier.
> Pleurez, Erato, Polymnie,
> Chapelle s'eft fait fous-fermier.

(1) Voyez à la fin de cette lettre les vers à mademoifelle de *T* ∗ ∗ ∗.

Nous recevons dans le moment une lettre de
lui, ainfi nous nous rétractons. Elle eft datée de la 1738.
campagne.

> Quand cette lettre fut écrite
> D'un ftyle fi vif et fi doux,
> Sans doute il était près de vous;
> Il a repris tout fon mérite.

Il faut que je vous dife une fingulière nouvelle.
Roufeau vient de me faire envoyer une ode de fa
façon, accompagnée d'un billet dans lequel il dit
que c'eft par humilité chrétienne qu'il m'adreffe fon
ode; qu'il m'a toujours eftimé, et que j'aurais été
fon ami fi j'avais voulu. J'ai fait réponfe que fon
ode n'eft pas affez bonne pour me raccommoder
avec lui; que puifqu'il m'eftimait, il ne fallait pas
me calomnier; et que puifqu'il m'a calomnié, il
fallait fe rétracter; que j'entendais peu de chofe à
l'humilité chrétienne, mais que je me connaiffais
très-bien en probité, et pas mal en odes; qu'il
fallait enfin corriger fes odes et fes procédés pour
bien réparer tout.

Je vous envoie fon ode, vous jugerez fi elle
méritait que je me réconciliaffe. Il eft dur d'avoir
un ennemi, mais quand les fujets d'inimitié font fi
publics et fi injuftes, il eft lâche de fe raccommoder,
et un honnête homme doit haïr le mal-honnête
homme jufqu'au dernier moment. Celui qui m'a
offenfé par faibleffe retrouvera toujours une voie
pour rentrer dans mon cœur; un coquin n'en trouvera
jamais. Je me croirais indigne de votre amitié, fi

je penfais autrement. Adieu, mon cher ami, que j'ai
tant de raifon d'aimer. Madame *du Châtelet* ne vous
connaît que comme les bons auteurs, par vos
ouvrages ; vos lettres font des ouvrages charmans.

*A mademoifelle de T . . . . . de Rouen, qui avait écrit
à l'auteur conjointement avec M. de Cideville.*

Q<small>UOI</small>, celle qui n'a dû connaître
Que les Grâces fes tendres fœurs,
De qui les mains cueillent des fleurs
Et de qui les pas les font naître,
En philofophe ofe paraître
Dans les profondeurs des détours,
Où l'on voit les épines craître :
Et la maîtreffe des Amours
A choifi Newton pour fon maître !

Je vois cette jeune beauté,
Du palais de la Volupté,
Se promener d'un pas agile
Au temple de la Vérité.
La route en était difficile,
Mais elle eft avec Cideville
Dans ces deux temples fi fêté.
Jufqu'où n'a-t-elle point été
Avec ce conducteur habile ?

Je vois que la nature à fait,
Parmi fes œuvres infinies,
Deux fois un ouvrage parfait ;
Elle a formé deux Emilies.

LETTRE LVIII.

A M. LE BARON DE KEISERLING.

Favori d'un prince adorable,
Courtifan qui n'es point flatteur,
Allemand qui n'es point buveur,
Voyageant fans être menteur,
Souvent goutteux, toujours aimable;
Le caprice injufte du fort
T'avait fait naître fur le bord
De la pefante Mofcovie:
Le ciel, pour réparer ce tort,
Te donna le feu du génie
Au milieu des glaces du Nord.
Orné de grâces naturelles,
Tu plairais à Rome, à Paris,
Aux papiftes, aux infidelles;
Citoyen de tous les pays,
Et chéri de toutes les belles.

Voilà, Monfieur, un petit portrait de vous, plus fidelle encore que le plan que vous avez emporté de Cirey. Nous avons reçu vos lettres dans lefquelles vous faites voir des fentimens qui ne font point d'un voyageur. Les voyageurs oublient; vous ne nous oubliez point : vous fongez à nous confoler de votre abfence. Madame *du Châtelet* et tout ce qui eft à Cirey, et moi, Monfieur, nous nous fou-viendrons toute notre vie que nous avons vu

────── *Alexandre de Rémusberg* dans *Epheſtion Keiſerling.* Je
trouve déjà le prince royal un très-grand politique;
il choiſit pour ambaſſadeurs ceux dont il connaît le
caractère conforme à celui des puiſſances auprès deſ-
quelles il faut négocier. Il a envoyé à madame
la marquiſe *du Châtelet*, un homme ſenſible à la
beauté, à l'eſprit, à la vertu, et qui a tous les
goûts, comme il parle toutes les langues : en un mot
ſon envoyé était chargé de plaire, et il a mieux
rempli ſa légation que le cardinal d'*Oſſat* ou *Grotius*
n'auraient fait. Vous négociez ſans doute ſur ce pied-
là auprès de meſdames de *Naſſau.* En quelque endroit
du monde que vous ſoyez, ſouvenez-vous qu'il y
a en France une petite vallée riante, entourée de
bois, où votre nom ne périra point tant que nous
l'habiterons. Parlez quelquefois de nous à *Frédéric
Marc-Aurèle* quand vous aurez le bonheur de vous
retrouver auprès de lui. Vous avez été témoin de
cette tendreſſe plus forte que le reſpect dont nos
cœurs ſont pénétrés pour lui. Nous ne feſons guère
de repas ſans faire commémoration du prince et de
l'ambaſſadeur, nous ne paſſons point devant ſon
portrait ſans nous arrêter, ſans dire : Voilà donc
celui à qui il eſt réſervé de rendre les hommes
heureux, voilà le vrai prince et le vrai philoſophe.
J'apprends encore que vous ne bornez point votre
ſenſibilité pour Cirey au ſeul ſouvenir, vous ſongez
à rendre ſervice à M. *Linant*, vos bons offices
pour lui ſont un bienfait pour moi ; ſouffrez que
je partage la reconnaiſſance.

Il y a donc deux terres de Cirey dans le monde,
deux paradis terreſtres, meſdames les princeſſes de
Naſſau

Naſſau ont l'un, mais madame *du Châtelet* a l'autre. ——
Ce que vous me dites de Veilbourg augmente la 1738.
reſpectueuſe eſtime que j'avais déjà pour les princeſſes dont vous me parlez; adieu, Monſieur, nous ne
perdrons jamais celle que nous avons pour vous.
Ma malheureuſe ſanté m'a empêché de vous écrire
plutôt, mais elle ne diminuera rien de mes tendres
ſentimens.

Si dans votre chemin vous rencontrez des gens
dignes de voir *Emilie*, et qui voyagent en France,
envoyez-nous-les, ils feront reçus en votre nom
comme vous-même. Madame *du Châtelet* ſera comptée
au rang des choſes qu'il faut voir en France, parmi
celles qu'on y regrette.

Je ſuis avec l'eſtime la plus reſpectueuſe et la plus
tendre, &c.

LETTRE LIX.

A. M THIRIOT.

Le 7 augufté.

Je reçois, mon cher ami, votre lettre du premier, celle du 3, la lettre de fon Alteffe royale, l'extrait du père *Caftel*, les vers attribués à *Bernard*. Grand merci de tout cela, et furtout de vos lettres.

Je vous ai mandé avant-hier que j'écrivais au prince par la même voie par laquelle j'avais reçu fon paquet.

Le père *Caftel* a peu de méthode dans l'efprit, c'eft le rebours de l'efprit de ce fiècle. On ne peut guère faire un extrait plus confus et moins inftructif.

Les vers de *Bernard*, ou de qui il vous plaira, font plus remplis de molleffe et de grâces que piquans de nouvaeuté. Je pourrais répondre à ceux qui penfent comme lui :

Le bonheur de jouir, moins rare que charmant,
Eft-il donc l'ennemi du bonheur de connaître ?
Ne peut-on rapprocher le fage de l'amant ?
N'eft-ce que chez les fots que l'amour pourra naître ?
Vos vers et votre efprit nous font affez connaître
Qu'on peut penfer beaucoup et fentir tendrement.
L'amour eft des humains le plus cher avantage ;
C'eft le premier des biens, c'eft donc celui du fage.
Que Vénus fache aimer, je n'en fuis pas furpris ;
Trop de dieux ont goûté les faveurs de Cypris.

Mais au cœur de Pallas infpirer la tendreffe,
Couronner la raifon des mains de la molleffe,   1738.
Enchaîner la vertu de guirlandes de fleurs,
     C'eft la première des douceurs
     Et le comble de la fageffe.

Voilà des vers qui échappent à ma philofophie.
On pourrait les réciter s'ils étaient limés, mais non
les donner. *Oh quanti e quanti ne vederete, vhen you
are at Cirey ?*

Ceux qui reprochent à M. *Algarotti* le ton affirmatif
ne l'ont pas lu. On n'aurait à lui reprocher que de
n'avoir pas affez affirmé, je veux dire de n'avoir pas
affez dit de chofes et d'avoir trop parlé. D'ailleurs, fi le
livre eft traduit comme il le mérite, il doit réuffir.
A l'égard du mien, il eft jufqu'à préfent le premier
en Europe qui ait appelé *parvulos ad regnum cœlorum*, car *regnum cœlorum*, c'eft *Newton*. Les Français en général font affez *parvuli*. Il n'y a point,
comme vous dites, *d'opinions nouvelles* dans *Newton;*
il y a des expériences et des calculs, et avec le
temps il faudra que tout le monde fe foumette. Les
Renauds et les *Caftels* n'empêcheront pas à la longue
le triomphe de la raifon. Adieu, père *Merfenne*, vous
vous apercevrez bientôt des fentimens du prince
royal pour vous.

L E T T R E   L X.

A M LE BARON DE KEISERLING.

Cirey , octobre.

Très-aimable Céfarion,
Par votre épître j'apprends comme
Quelques vers griffonnés *fur l'homme*
Ont eu votre approbation.
J'ai peint cette abfurde fageffe
Des fous fottement orgueilleux ;
C'eft à vous à vous moquer d'eux ;
Vous n'êtes pas de leur efpèce.

M. *Michelet* nous a envoyé, Monfieur, les plans du paradis terreftre de l'Allemagne, car celui de France eft à Cirey. Je ne fais ce que j'aime le mieux en vous , ou la plume de l'écrivain qui écrit de fi jolies chofes , ou le crayon qui deffine une fi aimable retraite. Vous nous fourniffez tous les plaifirs qu'on peut goûter quand on n'a pas le bonheur de vous voir. Madame la marquife *du Châtelet* va vous écrire. Elle eft feule digne de vos préfens ; mais j'en fens le prix auffi vivement qu'elle. Nous fommes unis tous en *Frédéric*, comme les dévots le font dans leur patron. Je ferai , Monfieur, toute ma vie , avec l'attachement le plus tendre , votre , &c.

LETTRE LXI.

A M. DE FORMONT.

A Cirey, ce 11 novembre.

Est-il vrai, cher Formont, que ta mufe charmante,
Du Dieu qui nous infpire interprète éclatante,
Vient par les fons hardis de tes nouveaux concerts
De confondre à jamais ces ennemis des vers,
Qui, hériffés d'algèbre et bouffis de problèmes,
Au monde épouvanté parlent par théorèmes;
Obfervant, calculant, mais ne fentant jamais.
Ces Atlas qui des cieux femblent porter le faix,
Ne baiffent point les yeux vers les fleurs de la terre;
Aux douceurs de la vie ils déclarent la guerre.
Jadis en façonnant ce peuple raifonneur,
Prométhée oublia de leur donner un cœur.
On dit que de tes chants le pouvoir invincible
Donne aujourd'hui la vie à leur maffe infenfible :
Ils fentent le plaifir qui naît d'un vers heureux;
C'eft un fens tout nouveau que tu produis en eux.

Quand verrai-je ces vers, enfans de ton génie,
Ces vers où la raifon parle avec harmonie;
Ils font faits pour charmer les beaux lieux où je fuis.
Du jardin d'Apollon nous cueillons tous les fruits;
Newton eft notre maître, et Milton nous délaffe;
Nous combattons Malbranche et relifons Horace.
Ajoute un nouveau charme à nos plaifirs divers.
Heureux le philofophe épris de l'art des vers;

I 3

Mais heureux le poëte épris de la fcience :
Les mots ne bornent point fa vive intelligence ;
Des mouvemens du ciel il dévoile le cours,
Il fuit l'aftre des nuits et le flambeau des jours ;
Loin des fentiers étroits de la Gréce aveuglée
Son efprit monte aux cieux qu'entr'ouvrit Galilée ;
Il connaît, il admire un univers nouveau.
On ne le verra point fur les pas de Boileau
Douter fi le foleil tourne autour de fon axe,
Et l'aftrolabe en main chercher un parallaxe ;
Il attaque, il détrône, il enchaîne en beaux vers
Les affreux préjugés, tyrans de l'univers.

Je connais le poëte à ces marques fublimes,
Non dans un alphabet de pédantefques rimes,
Non dans ces vers forcés, furchargés d'un vieux mot,
Où l'auteur nous ennuie en phrafes de Marot.
De ce ftyle emprunté tu profcris la baffeffe.
Qui penfe hautement, s'exprime avec nobleffe.
Et le fage Formont laiffe aux efprits mal faits
L'art de moralifer du ton de Rabelais.

Nardi parvus onyx eliciet cadum.

Envoyez-nous donc, mon cher philofophe-poëte,
votre belle épître : à qui la donnerez-vous, fi vous la
refufez à la divinité de Cirey ? Vous favez combien
madame *du Châtelet* aime votre efprit, vous favez
fi elle eft digne de voir vos ouvrages ; pour moi
je demande, au nom de l'amitié, ce qu'elle a droit
d'exiger de l'eftime que vous avez pour elle. Nous
fommes bien loin d'abandonner ici la poëfie pour
les mathématiques ; nous nous fouvenons que c'eft
Virgile qui difait :

Nos verò dulces teneant ante omnia mufæ ,
Defectus folis varios et fidera monftrent.   ·1738.

Ce n'eſt pas dans cette heureuſe folitude qu'on eſt
aſſez barbare pour mépriſer aucun art ; c'eſt un
étrange rétréciſſement d'eſprit que d'aimer une ſcience
pour haïr toutes les autres ; il faut laiſſer ce fana-
tiſme à ceux qui croient qu'on ne peut plaire à
DIEU que dans leur fecte ; on peut donner des préférences, mais pourquoi des excluſions ? La nature
nous a donné ſi peu de portes par où le plaiſir et
l'inſtruction peuvent entrer dans nos ames ; faudra-
t-il n'en ouvrir qu'une ? Vous êtes un bel exemple
du contraire ; car qui raiſonne plus juſte , et qui
écrit avec plus de grâces que vous ? Vous trouvez
encore du temps de reſte pour paſſer du témple de
la poëſie et de la métaphyſique à celui de *Plutus*,
et je vous en fais mon compliment. Vous avez dit
comme *Horace :*

Det vitam , det opes , animum æquum mî ipſe parabo.

Je vois que vos nouvelles occupations ne vous
ont point enlevé à la littérature , qu'elles ne vous
enlèvent donc point à vos amis ; écrivez un petit
mot , et envoyez l'épître. Vous voyez ſans doute
ſouvent madame *du Deffant ;* elle m'oublie, comme
de raiſon, et moi je me ſouviens toujours d'elle ;
j'en ferai une ingrate , je lui ſerai toujours attaché.
Quand vous ſouperez avec le philoſophe *baylien* ,
M. *Defalleurs* l'aîné, et avec ſon frère le philoſophe
mondain , buvez à ma ſanté avec eux, je vous
prie. Eſt - il vrai que votre épître eſt adreſſée à

I 4

M. l'abbé de *Rothelin*? il le mérite ; il a la critique très-jufte et très-fine ; je vous prierais de lui préfenter mes très-humbles complimens , fi je ne me regardais comme un peu trop profané. Adieu , mon cher ami, que j'aimerai toujours. Madame *du Châtelet* vous renouvelle les affurances de fon eftime et de fon amitié , et joint fes prières aux miennes,

LETTRE LXII.

A M. DE MAUPERTUIS,

A Cirey , le 20 décembre,

SIR ISAAC,

MADAME la marquife *du Châtelet* , et moi indigne, nous fommes fi attachés à ce qui a du rapport à votre mefure de la terre et à votre voyage au pôle, nous fommes d'ailleurs fi éloignés des mœurs de Paris, que nous regardons votre lapone trompée comme notre compatriote. Nous propoferions bien qu'on mît en faveur de cette tendre hyperboréenne une taxe fur tous ceux qui ne croient pas la terre aplatie ; mais nous n'ofons exiger de contributions de nos ennemis. Demandons feulement des fecours à nos frères. Fefons une petite quête. Ne trouverons-nous point quelques cœurs généreux que votre exemple et celui de madame *Clairaut* auront touchés ? Madame *du Châtelet*, qui n'eft pas riche, donne déjà 50 liv. ; moi qui fuis bien moins bon

philofophe qu'elle, et pas fi riche, mais qui n'ai point
de grande maifon à gouverner, je prends la liberté
de donner 100 francs. Voilà donc cinquante écus
qu'on vous apporte ; que quelqu'un de vous tienne
la bourfe, et je parie que vous faites mille écus
en peu de jours. Cette petite collecte eft digne
d'être à la fuite de vos obfervations ; et la morale
des Français leur fera autant d'honneur dans le
Nord que leur phyfique.

Le Nord eft fécond en infortunes amoureufes
depuis l'aventure de *Califto*. Si *Jupiter* avait eu
mille écus, je fuis perfuadé que *Califto* n'eût point
été changée en ourfe.

Pour encourager les ames dévotes à réparer les
torts de l'amour, je ferais d'avis qu'on quêtât à
peu-près en cette façon :

La voyageufe académie
Recommande à l'humanité,
Comme à la tendre charité,
Un gros tendron de Laponie.
L'amour, qui fait tout fon malheur,
De fes feux embrafa fon cœur
Parmi les glaces de Bothnie.
Certain français la féduifit :
Cette erreur eft trop ordinaire ;
Et c'eft la feule que l'on fit
En allant au cercle polaire.

Français, montrez-vous aujourd'hui
Auffi généreux qu'infidelles :
S'il eft doux de tromper les belles,
Il eft doux d'être leur appui.

Que les Lapons fur leur rivage
Puiffent dire dans tous les temps :
Tous les Français font bienfefans ;
Nous n'en avons vu qu'un volage.

Vous me direz que cela eft trop long : il n'y a qu'à l'exprimer en algèbre.

Adieu ; je n'ai point d'expreffion pour vous dire combien mon cœur et mon efprit font les très-humbles ferviteurs et admirateurs du vôtre.

Madame *du Châtelet*, feule digne de vous écrire, ne vous écrit point, je crois, cet ordinaire.

V O L T A I R E.

N. B. Je vous fupplie d'écrire toujours français par un *a*, car l'académie *françoife* l'écrit par un *o*.

LETTRE LXIII.

A M. THIRIOT.

JE n'ai reçu qu'aujourd'hui votre lettre du 22, mon cher ami. La route eft plus longue, mais plus sûre. Nos cœurs peuvent fe parler, et voilà ce que je voulais.

Premièrement je ne vous crois point inftruit de la raifon qui m'a obligé à me priver fi long-temps du commerce de mes amis; mais je crois enfin pouvoir vous la dire. Savez-vous bien qu'on avait accufé plufieurs perfonnes d'athéifme? Savez-vous bien que vous étiez du nombre? Je n'en dirai pas plus. Ah! mon ami, que nous fommes loin de mériter cette fotte et abominable accufation! Il eft au moins de notre intérêt qu'il y ait un DIEU, et qu'il puniffe ces monftres de la fociété, ces fcélérats qui fe font un jeu de la plus damnable impofture.

A l'égard de la nouvelle calomnie dont vous me parlez, j'ai cru devoir en écrire à fon Alteffe royale. Je vous inftruis de cette démarche afin que vous vous y conformiez, et que vous m'éclairiez en cas que cette impertinence continue. Le roi de Pruffe, avec de grands Etats, beaucoup d'argent comptant et une armée de géans, peut très-bien fe moquer d'un fot libelle; mais moi, chétif, qui ne fuis ni roi ni rien, je tremble toujours de la calomnie, quelque abfurde qu'elle foit; et je fuis comme le lièvre qui craignait qu'on ne prît fes oreilles pour des cornes.

Tout cela m'attristerait bien; mais la vie douce dont je jouis me console; la sagesse, l'esprit, la bonté extrême dont le prince royal m'honore, me rassurent; et je ne crains rien avec votre amitié.

Vous deviez bien m'envoyer les versiculets de notre prince et la réponse. Vous me direz que c'était à moi d'en faire; que je suis bien impertinent de rester dans le silence quand les savans et les princes s'empressent à louer madame de *la Poplinière;* mais je vous répondrai :

> Vainement ma muse échauffée,
> De ses tristes lauriers coiffée,
> Eût loué cet objet charmant
> Qui réunit si noblement
> Les talens d'Euclide et d'Orphée ;
> Ce serait un faible ornement
> Au piédestal de son trophée.
> La louer n'est pas mon emploi ;
> Elle régnera bien sans moi
> Dans ce monde et dans la mémoire ;
> Et l'heureux maître de son cœur ,
> Celui qui fait seul son bonheur ,
> Pourrait seul augmenter sa gloire.

A propos de vers , je ne peux m'empêcher de vous dire que je trouve des traits charmans dans Castor et Pollux. Le tout ensemble n'est pas, je crois, assez bien tissu ; les choses y sont trop brusques ; il y manque le *molle* et l'*amœnum;* il n'y a point d'intérêt. C'est un beau cheval dont le pas est presque toujours désuni, &c.

LETTRE LXIV.

A M. DE CIDEVILLE.

Ce 26 septembre.

TIBULLE de la Normandie,
Vous qui ne vivant qu'à la cour
Du Dieu des vers et de Lesbie,
Ne voyageâtes de la vie
Que fur les ailes de l'Amour;
Venez à Paris, je vous prie,
Sur les ailes de l'Amitié :
Voltaire et la reine Emilie,
S'ils n'écoutaient que leur envie,
Du chemin feraient la moitié.

Ah, mon cher ami, par quel contre-temps cruel
ne vous verrai-je qu'un moment! Je pars mercredi
pour Richelieu. Sera-t-il dit que nous reffemblerons
aux deux héros du roman de Zaïde qui fe virent
de loin une fois, et s'éloignèrent pour un temps fi
long ? Quand nous retrouverons-nous, quand paffe-
rai-je avec vous le foir tranquille de ce jour nébuleux
qu'on nomme la vie ?

L E T T R E   L X V.

A M. H E L V E T I U S.

Bruxelles , 24 janvier.

Ne les verrai-je point ces beaux vers que vous faites ,
    Ami charmant, sublime auteur?
Le ciel vous anima de ces flammes secrettes
Que ne sentit jamais Boileau l'imitateur ,
Dans ses tristes beautés si froidement parfaites.
Il est des beaux esprits , il est plus d'un rimeur ;
    Il est rarement des poëtes.
    Le vrai poëte est créateur ;
Peut-être je le fus, et maintenant vous l'êtes.

Envoyez-moi donc un peu de votre création.
Vous ne vous reposerez pas après le sixième jour ;
vous corrigerez , vous perfectionnerez votre ouvrage,
mon cher ami. Votre dernière lettre m'a un peu
affligé. Vous tâtez donc aussi des amertumes de ce
monde , vous éprouvez des tracasseries , vous sentez
combien le commerce des hommes est dangereux ;
mais vous aurez toujours des amis qui vous con-
soleront, et vous aurez , après le plaisir de l'amitié ,
celui de l'étude ;

    Nam nil dulcius est benè quam munita tenere
    Edita doctrinâ sapientum templa serena ,
    Despicere undè queas alios passimque videre
    Errare atque viam palantes quærere vitæ.

Il y a bientôt huit ans que je demeure dans le
temple de l'amitié et de l'étude. J'y fuis plus heureux
que le premier jour. J'y oublie les perfécutions des
ignorans en place, et la baffe jaloufie de certains
animaux amphibies qui ofent fe dire gens de lettres.
J'y puife des confolations contre l'ingratitude de
ceux qui ont répondu à mes bienfaits par des
outrages. Madame *du Châtelet*, qui a éprouvé à peu-
près la même ingratitude, l'oublie avec plus de
philofophie que moi, parce que fon ame eft au-
deffus de la mienne.

Il y a peu de grands feigneurs de deux cents mille
livres de rente qui faffent pour leurs parens ce que
madame *du Châtelet* avait fait pour *Koenig*. Elle avait
foin de lui et de fon frère, les logeait, les nourriffait,
les accablait de préfens, leur donnait des domeftiques, leur fourniffait à Paris des équipages. Je fuis
témoin qu'elle s'eft incommodée pour eux ; et en
vérité c'était bien payer la métaphyfique romanefque
de *Leibnitz*, dont *Koenig* l'entretenait quelquefois les
matins. Tout cela a fini par des procédés indignes
que madame *du Châtelet* veut encore avoir la grandeur d'ame d'ignorer.

Vous trouverez, mon cher ami, dans votre vie
peu de perfonnes plus dignes qu'elle de votre eftime
et de votre attachement.

Adieu, mon jeune *Apollon*, je vous embraffe,
je vous aime à jamais.

L E T T R E   L X V I.

A M. D E F O R M O N T.

A Bruxelles, premier avril.

Vo u s voilà dans l'heureux pays
Des belles et des beaux efprits,
Des bagatelles renaiffantes,
Des bons et des mauvais écrits.
Vous entendez les vendredis
Ces clameurs longues et touchantes
Dont le Maure enchante Paris.
Des foupers avec gens choifis,
De vos jours filés par les ris,
Finiffent les heures charmantes.
Mais ce qui vaut affurément
Bien mieux qu'une pièce nouvelle
Et que le fouper le plus grand,
Vous vivez avec du Deffant :
Le refte eft un amufement,
Le vrai bonheur eft auprès d'elle.

Pour la trifte ville où je fuis,
C'eft le féjour de l'ignorance,
De la pefanteur, des ennuis,
De la ftupide indifférence ;
Un vrai pays d'obédience,
Privé d'efprit, rempli de foi ;
Mais Emilie eft avec moi ;
Seule, elle vaut toute la France.

En

En vous remerciant, mon cher ami, des marques
de votre fouvenir. Vous avez donc lu ce fatras inutile **1740.**
fur la teinture, que monfieur le père *Caftel* appelle fon
optique. Il eft affez plaifant qu'il s'avife de dire que
Newton s'eft trompé, fans en donner la plus légère
preuve, fans avoir fait la moindre expérience fur
les couleurs primitives. C'eft à préfent la phyfique
qui fe met à être plaifante depuis que la comédie
ne l'eft plus. J'ai lu le 4ᵉ tome des Leçons de Phyfique de *Jofeph Privat de Molières*, de l'académie des
fciences. Cela eft encore affez comique ; mais j'aime
mieux l'autre *Molière* que celui-ci. *Jofeph Privat* ne
peut réjouir que quelques philofophes malins qui
aiment à rire des abfurdités imprimées avec approbation et privilége. Le cher homme a une preuve
toute nouvelle de l'exiftence de DIEU, à faire pouffer
de rire. C'eft, dit-il, qu'il y a des cas où une boule
de cinq livres en pèfe fept, ce qui ne peut arriver
que par permiffion divine ; or, vous pouvez être fûr
que ni *Privat de Molières*, ni fa boule, ne pèferont
jamais un grain de plus en aucun cas. Six vieux
régens de l'univerfité ont donné fix approbations
autheñtiques à cette belle découverte, à laquelle ils
n'entendent rien ; mais au moins meffieurs de *Mairan*
et de *Bragelogne*, députés de l'académie pour louer
M. *Privat*, n'ont pas donné dans le traquet. Ils ont
déclaré nettement qu'il y avait certaines hypothèfes
dans ce livre qu'ils ne pouvaient admettre.

> Quand il s'agit de prouver DIEU,
> Ces Meffieurs de l'Académie
> Tirent leur épingle du jeu
> Avec beaucoup de prud'hommie.

Lettres en vers, &c.   K

Pour moi, qui crois en DIEU autant et plus que perfonne, fi je n'avais d'autres preuves que celle de ce *Privat de Molières*, je fens bien qu'il me refterait encore quelques petits fcrupules.

J'ai lu la tragédie de Vert-vert, qu'il m'a fait l'honneur de m'envoyer ; ainfi il faut que j'en dife du bien. Il y a d'ailleurs un certain air anglais qui ne me déplaît pas.

On dit que ces Anglais ont pillé Porto-Bello et Panama ; c'eft bien-là une vraie tragédie. Si le dénouement de cette pièce eft telle qu'on le dit, il y aura beaucoup de négocians français et hollandais ruinés. Je ne fais quand finira cette guerre de pirates. Pour celle que fait ici madame *du Châtelet* avec d'autres pirates nommés avocats et procureurs, elle fera peut-être plus longue que la querelle de l'Efpagne et de l'Angleterre. J'ai l'air de refter du temps à Bruxelles, mais que m'importe ! avec *Emilie* et des livres, je fuis dans la capitale de l'univers, pourvu que je n'y végette pas comme *Roufſeau*. Mille refpects à madame *du Deffant*, je vous embraffe du meilleur cœur du monde, &c.

LETTRE LXVII.

A M. BERNARD.

Bruxelles, 27 mai.

LE fecrétaire de l'amour eft donc le fecrétaire des dragons. Votre deftinée, mon cher ami, eft plus agréable que celle d'*Ovide*; auffi votre *Art d'aimer* me paraît au-deffus du fien; je fais mon compliment à M. de *Coigny* de ce qu'il joint à fes mérites celui de récompenfer et d'aimer le vôtre. Vous me dites que fa fortune a des ailes : Voilà donc tous les dieux ailés qui fe mettent à vous favorifer.

> Vous êtes formés tous les deux
> Pour plaire aux héros comme aux belles ;
> Mais fi fa fortune a des ailes,
> Je vois que la vôtre a des yeux.

On ne l'appellera plus aveugle, puifqu'elle prend tant de foin de vous. Vous ferez toujours des *trois Bernards* celui pour qui j'aurai le plus d'attachement, quoique vous ne foyez encore ni un *Créfus* ni un faint. Je vous remercie pour les acteurs de Paris, à qui vous fouhaitez de la fanté ; pour moi je leur fouhaite une meilleure pièce que Zulime. C'eft de la pluie d'été. J'avais quelque chofe de plus paffable dans mon porte-feuille ; mais on dit qu'il faut attendre l'hiver. Vous voyez que *Newton* ne me fait pas renoncer aux Mufes ; que les dragons ne vous y

K 2

——— faſſent pas renoncer. Vous avez commencé, mon
1740. charmant *Bernard*, un ouvrage unique en notre
langue, et qui ſera auſſi aimable que vous.
Continuez, et ſouvenez-vous de moi au milieu de
vos lauriers et de vos myrtes. Je vous embraſſe de
tout mon cœur.

L E T T R E   L X V I I I.

A M. L'ABBÉ MOUSSINOT.

Juillet.

MON cher abbé, je reçois votre lettre, qui m'ap-
prend la banqueroute générale de ce receveur général
nommé *Michel;* il m'emporte donc une aſſez bonne
partie de mon bien. *Deus dedit, Deus abſtulit; ſit
nomen Domini benedictum!* mais je ſuis aſſez réſigné.

> Souffrir nos maux en patience
> Depuis quarante ans eſt mon lot,
> Et l'on peut, ſans être dévot,
> Se ſoumettre à la Providence,

J'avoue que je ne m'attendais pas à cette banqueroute. Je ne conçois pas comment un receveur
général des finances de ſa majeſté très-chrétienne
a pu tomber ſi lourdement, à moins qu'il n'ait voulu
être encore plus riche. En ce cas, M. *Michel* a double
tort, et je m'écrierais volontiers :

> *Michel*, au nom de l'Eternel,
> Mit jadis le diable en déroute;

Mais après cette banqueroute,
Que le diable emporte *Michel*.

Mais ce ferait une mauvaife plaifanterie, et je ne veux me moquer ni des pertes de M. *Michel*, ni de la mienne.

Cependant, mon cher abbé, vous verrez que l'événement fera que les enfans de M. *Michel* refteront fort riches, fort bien établis. Le confeiller au grand confeil me jugera, fi j'ai un procès devant l'augufte tribunal dont on eft membre à beaux deniers comp-tans. Son frère, l'intendant des menus plaifirs du roi, empêchera, s'il veut, qu'on ne joue mes pièces à Verfailles; et moi, moitié philofophe et moitié poëte, j'en ferai pour mon argent : je ne jugerai perfonne, et n'aurai point de charge à la cour.

Je voudrais bien favoir le nom que prend en cour cet intendant des menus, qui aura fans doute quitté celui de *Michel* pour le nom de quelque belle terre.

Voyez M. de *Nicolaï*, et plaignez-vous à lui ; voyez le caiffier de *Michel*, demandez-lui la manière de nous y prendre pour ne pas tout perdre ; faites oppofition au fcellé, fi cela fe pratique et fi cela eft utile. Bon foir, mon cher abbé, je vous embraffe de toute mon ame. Confolez-vous de la déroute de *Michel*, votre amitié me confole de ma perte.

K 3

LETTRE LXIX.

A M. DE FORMONT.

A Bruxelles, 3 mars.

FORMONT ! vous et les du Deffans ,
C'eft-à-dire les agrémens ,
L'efprit, les bons mots , l'éloquence ,
Et vous, plaifirs qui valez tout ,
Plaifirs , je vous fuivis par goût ,
Et les Newtons par complaifance.
Que m'ont fervi tous ces efforts
De notre incertaine fcience ?
Et ces carrés de la diftance ,
Ces corpufcules , ces refforts ,
Cet infini fi peu traitable ?
Hélas ! tout ce qu'on dit des corps ,
Rend-il le mien moins miférable ?

Mon efprit eft-il plus heureux ,
Plus droit, plus éclairé , plus fage ,
Quand de René le fonge-creux
J'ai lu le romanefque ouvrage ?
Quand , avec l'oratorien ,
Je vois qu'en Dieu je ne vois rien ?
Ou qu'après quarante efcalades
Au château de la vérité ,
Sur le dos de Leibnitz monté ,
Je ne trouve que des monades ?

Ah ! fuyez, fonges impofteurs,
Ennuyeufe et froide chimère !
Et puifqu'il nous faut des erreurs,
Que nos menfonges fachent plaire.
L'efprit méthodique et commun
Qui calcule un par un, donne un,
S'il fait ce métier importun,
C'eft qu'il n'eft pas né pour mieux faire.

Du creux profond des antres fourds
De la fombre philofophie,
Ne voyez-vous pas Emilie
S'avancer avec les amours ?
Sans ce cortège qui toujours
Jufqu'à Bruxelles l'a fuivie,
Elle aurait perdu fes beaux jours
Avec fon Leibnitz qui m'ennuie.

Mon cher ami, voilà comme je penfe, et après avoir bien examiné s'il faut fupputer la force motrice des corps par la fimple vîteffe, ôu par le carré de cette vîteffe, j'en reviens aux vers, parce que vous me les faites aimer. J'ofe donc vous envoyer quatre volumes de revêries poëtiques. Je trouve qu'il eft encore plus difficile d'avoir des fonges heureux en poëfie qu'en philofophie. *Mahomet* eft un terrible problème à réfoudre ; et je ne crois pas que je fois prophète dans mon pays, comme il l'a été dans le fien. Mais fi vous m'aimez toujours, je ferai *plus que prophète*, comme dit l'autre. C'eft l'opinion que j'ai de votre extrême indulgence qui me fait hafarder ces quatre volumes par le coche de Bruxelles. C'eft à vous maintenant, mon cher ami, à vous fervir de

K 4

1741.

votre crédit, et à faire quelque brigue à la cour pour pouvoir retirer de la douane ce paquet qui pèfe environ deux livres. Une de vos converfations avec madame *du Deffant* vaut mieux que tout ce qui eft à la chambre fyndicale des libraires.

Madame *du Châtelet* vous fait mille complimens. Elle fait ce que vous valez, tout comme madame *du Deffant*. Ce font deux femmes bien aimables que ces deux femmes-là !

Adieu, mon cher ami.

LETTRE LXX.

A M. DE MAIRAN.

A Bruxelles, ce 12 mars.

DES favans digne fecrétaire,
Vous qui favez inftruire et plaire,
Pardonnez à mes vains efforts.
J'ai parlé des forces des corps,
Et je vous adreffe l'ouvrage : (1)
Et fi j'avais, dans mon écrit,
Parlé des forces de l'efprit,
Je vous devrais le même hommage.

Je vous fupplie, Monfieur, quand vous aurez un moment de loifir, de me mander fi vous êtes de mon avis. Il fe peut faire que vous n'en foyez point, quoique je fois du vôtre, et que j'aye très-mal foutenu une bonne caufe.

(1) *Mémoire fur les forces vives.* Voyez le volume de *Phyfique.*

Madame *du Châtelet* l'a mieux attaquée que je ne
l'ai foutenue. Vous devriez troquer d'adverfaire et de
défenfeur. Mais nous fommes elle et moi très-
réunis dans les fentimens de la parfaite eftime avec
laquelle je ferai toute ma vie, Monfieur, votre
très-humble et très-obéiffant ferviteur. *Voltaire.*

1741.

L E T T R E   L X X I.

A MADAME LA COMTESSE D'ARGENTAL.

A Bruxelles, 13 mars,

Au très-aimable fecrétaire de mon ange gardien.

Près de vous perdre la lumière,
C'eft doublement être accablé :
Qui vous entend eft confolé ;
Mais celui qui fachant vous plaire
Vous aime et vit auprès de vous ,
Celui-là n'a plus rien à craindre.
Quoi qu'il perde , fon fort eft doux ,
Et les feuls abfens font à plaindre.

Cependant il faut que mon cher et refpectable
ami ceffe d'être Quinze-Vingts, car encore faut-il voir
ce que l'on aime.

Quand il vous aura bien vue , Madame , je vous
demande en grâce à tous deux de lire le nouveau
Mahomet qui eft tout prêt. Je l'ai remanié , corrigé ,
repoli de mon mieux. Il eft néceffaire qu'il foit

entre vos mains avant Pâques , fi mon confeil ordonne qu'il foit joué cette année.

Je n'ai vu aucune des pauvretés qui courent dans Paris. Nous étudions de vieilles vérités, et nous ne nous foucions guère des fottifes nouvelles. Madame *du Châtelet* a gagné ces jours-ci un incident très-confidérable de fon procès ; et elle l'a gagné à force de courage d'efprit, et de fatigues. Cela abrégera le procès de plus de deux ans ; et toutes les apparences font qu'elle gagnera le fond de l'affaire comme elle a gagné ce préliminaire.

Alors , Madame , nous irons vivre dans ce beau palais peint par *le Brun* et *le Sueur* (1), et qui eft fait pour être habité par des philofophes qui aient un peu de goût.

Je ne fais pas encore fi le roi de Pruffe mérite l'intérêt que nous prenons à lui : il eft roi, cela fait trembler. Attendons tout du temps.

Adieu ; je vous embraffe , mes chers anges gardiens. Madame *du Châtelet* vous aime plus que jamais.

(1) L'hôtel *Lambert.*

LETTRE LXXII.

A M. DE CIDEVILLE.

A Bruxelles , ce 13 mars.

Devers Pâque on doit pardonner
Aux chrétiens qui font pénitence.
Je la fais ; un fi long filence
A de quoi me faire damner ;
Donnez-moi plenière indulgence.

Après avoir en grand courrier
Voyagé pour chercher un fage ,
J'ai regagné mon colombier ,
Je n'en veux fortir davantage ;
J'y trouve ce que j'ai cherché ,
J'y vis heureux , j'y fuis caché.
Le trône et fon fier efclavage ,
Ces grandeurs dont on eft touché
Ne valent pas notre hermitage.

Vers les champs hyperboréens
J'ai vu des rois dans la retraite ,
Qui fe croyaient des Antonins ;
J'ai vu s'enfuir leurs bons deffeins
Aux premiers fons de la trompette.
Ils ne font plus rien que des rois ;
Ils vont par de fanglans exploits
Prendre ou ravager des provinces.
L'ambition les a foumis.

Moi j'y renonce : adieu les princes ,
Il ne me faut que des amis.

Ce font furtout des amis tels que mon cher
Cideville qui font très-au-deffus des rois. Vous me
direz que j'ai donc grand tort de leur écrire fi rarement ; mais auffi il faut m'écouter dans mes défenfes.
Malgré ces rois , ces voyages , malgré la phyfique
qui m'a encore tracaffé , malgré ma mauvaife fanté
qui eft fort étonnée de toute la peine que je donne
à mon corps , j'ai voulu rendre Mahomet digne de
vous être envoyé. Je l'ai remanié , refondu , repoli
depuis le mois de janvier. J'y fuis encore. Je le
quitte pour vous écrire. Enfin je veux que vous
le lifiez tel qu'il eft ; je veux que vous ayez
mes prémices , et que vous me jugiez en premier et dernier reffort. *La Noue* vous aura mandé
fans doute que nos deux Mahomets fe font em-
braffés à Lille. Je lui lus le mien ; il en parut affez
content , mais moi je ne le fus pas , et je ne le
ferai que quand vous l'aurez lu à tête repofée.
Ce *la Noue* me paraît un très-honnête garçon , et
digne de l'amitié dont vous l'honorez. Il faut que
mademoifelle *Gaucher* ait récompenfé en lui la vertu,
car ce n'eft pas à la figure qu'elle s'etait donnée ; mais .
à la fin elle s'eft laffée de rendre juftice au mérite.

Or, mandez-moi , mon cher ami , comment il
faut s'y prendre pour vous faire tenir mon manufcrit. Je ne fais fi vous avez reçu l'Anti-Machiavel
que j'envoyai pour vous à *Prault* le libraire à Paris.
Je le foupçonne d'être avec les autres dans la
chambre infernale qu'on nomme *fyndicale.* Il eft

plaifant que le Machiavel foit permis , et que l'anti-
dote foit de contrebande. Je ne fais pas pourquoi
on veut cacher aux hommes qu'il y a un roi qui
a donné aux hommes des leçons de vertu. Il eft
vrai que l'invafion de la Siléfie eft un héroïfme
d'une autre efpèce que celui de la modération tant
prêchée dans l'Anti-Machiavel. La chatte, métamor-
phofée en femme , court aux fouris dès qu'elle en
voit , et le prince jette fon manteau de philofophe
et prend l'épée dès qu'il voit une provincè à fa
bienféance.

Puis fiez-vous à la philofophie !

Il n'y a que la philofophe madame *du Châtelet*
dont je ne me défie pas. Celle-là eft conftante dans
fes principes, et plus fidelle encore à fes amis qu'à
Leibnitz.

A propos , monfieur le Confeiller, vous faurez
que cette philofophe a gagné un préliminaire de
fon procès, fort important et qui paraiffait défef-
péré. Son courage et fon efprit l'ont bien aidée.
Enfin , je crois que nous fortirons heureufement du
labyrinthe de la chicane où nous fommes.

Mais vous, que faites-vous ? Où êtes vous ? *Quæ*
circum volitas agilis thyma? Mandez un peu de vos
nouvelles au plus ancien, et au meilleur de vos
amis. Bonjour , mon très-aimable , mon très-cher
Cideville. Madame *du Châtelet* vous fait mille complimens.

LETTRE LXXIII.

A M. LE COMTE D'ARGENTAL.

A Bruxelles, le 7 avril.

O Vous qui cultivez les vertus du vrai fage,
        L'amour des arts et l'amitié,
        Vous dont la charmante moitié
Augmente encor vos goûts puifqu'elle les partage ;
De mon efprit laffé qu'énervait fa langueur
Vous avez ranimé la verve dégoûtée ;
Vous rallumez dans moi ce feu de Prométhée
Dont la froide phyfique avait éteint l'ardeur :
Ranimez donc Paris où les beaux arts gémiffent
        Sans récompenfe et fans appui.
Qu'on penfe comme vous, j'y revole aujourd'hui.

    Mais de la France, hélas ! les jours heureux finiffent ;
Apollon négligé fuit en d'autres climats.
De nos maîtres en vain j'avais fuivi les pas,
En vain par une heureufe et pénible induftrie
J'ai d'un poëme épique enrichi ma patrie.
Hélas ! quand je courais la carrière des arts,
La déteftable Envie, aux farouches regards,
La Perfécution m'accabla de fes armes.
Sur mes lauriers flétris je répandis des larmes ;
Je maudis mes travaux, et mon fiècle et les arts.
Je fuyais une gloire ou funefte ou frivole
        Qui trompe fes adorateurs.
Mais vous me rengagez : un ami me confole
Des jaloux, des bigots, et des perfécuteurs.

C'eſt vous, mon cher ange gardien, qui m'encou-
rageâtes à donner Alzire ; c'eſt vous qui avez corrigé
Mahomet ; et je ne veux que vos conſeils et vos
ſuffrages. Il n'y a plus moyen de le faire jouer à
Paris après le départ de *Dufreſne ;* mais j'ai voulu
au moins eſſayer quel effet il ferait ſur le théâtre.
J'ai à Lille des parens ; *la Noue* y a établi une
troupe aſſez paſſable ; il eſt bon acteur, il ne lui manque
que de la figure ; je lui ai confié ma pièce comme
à un honnête homme dont je connais la probité.
Il ne ſouffrira pas qu'on en tire une ſeule copie.
Enfin, c'eſt un plaiſir que j'ai voulu donner à
madame *du Châtelet*, et que je voudrais bien que
vous puſſiez partager. Mais commencez par guérir
vos yeux, et la fièvre de madame *d'Argental* : ſoyez
bien ſûr que, quoique auteur, j'aime mieux votre
ſanté que mon ouvrage.

1741.

On dira que je ne ſuis plus qu'un auteur de
province ; mais j'aime encore mieux juger moi-
même de l'effet que fera cet ouvrage dans une ville
où je n'ai point de cabale à craindre, que d'eſſuyer
encore les orages de Paris. J'ai corrigé la pièce avec
beaucoup de ſoin, et j'ai ſuivi tous vos conſeils.
La repréſentation m'éclairera encore et me rendra
plus ſévère. C'eſt une répétition que je fais faire en
province pour donner la pièce à Paris, quand vous le
jugerez à propos. Ce ſont vos troupes que j'exerce
ſur la frontière.

Je ne ſais qui a pu faire courir le bruit que j'étais
brouillé avec le roi de Pruſſe : on l'a même imprimé ;
la choſe n'en eſt pas moins fauſſe. S'il m'avait retiré
ſes bontés, il ſerait vraiſemblable que le tort ſerait

de fon côté : car quand on fe brouille avec un roi ,
il eſt à croire que le roi a tort. Mais je ne veux pas
laiſſer à mes ennemis le plaiſir de croire que le
roi de Pruſſe ait ce tort-là avec moi. Il me fait
l'honneur de m'écrire auſſi ſouvent qu'autrefois ,
et avec la même bonté.

Il eſt vrai qu'il a été un peu piqué que je l'aye
quitté trop tôt ; mais le motif de mon départ de
Berlin a dû augmenter ſon eſtime pour moi. Il n'a
jamais compté que je puſſe quitter madame *du
Châtelet*. Il me connaît trop ; il fait quels droits a
l'amitié , et il les reſpecte.

J'avoue que j'aurais à Berlin un peu plus de
conſidération qu'à Paris, mais il n'y a pour moi ni
Paris ni Berlin ; il n'y a que les lieux qu'habite
votre amie. Et ſi je pouvais vivre entre elle et vous,
je n'aurais plus rien à déſirer.

Elle répond à M. de *Mairan*. Cette guerre n'eſt
pas ſuſceptible d'eſprit ; cependant elle y en a mis,
en dépit du ſujet. Elle y a joint de la politeſſe ; car
on porte ſon caractère par-tout.

Elle fait mille complimens aux anges.

LETTRE

LETTRE LXXIV.

A M. DE CIDEVILLE.

A Bruxelles, ce 11 juillet.

Vir bonus et prudens verſus reprehendet inertes :

. . . .

Fiet Ariſtarchus . . . .

VOILA comme il faut des amis. Dites-moi donc votre ſentiment, mon cher *Ariſtarque*, et ayez la bonté de renvoyer bien cacheté, à l'abbé *Mouſſinot*, ce que j'ai foumis à vos lumières. Si *Mahomet* n'eſt pas votre prophète, foyez le mien. Il ferait plus doux de fe parler que de s'écrire; mais la deſtinée recule toujours le temps heureux où Paris doit nous réunir. Nous y habiterons un jour, je n'en veux pas douter; mais j'y arriverai vieilli par les maladies et par la faibleſſe de mon tempérament. Le cœur ne vieillit point, je le fais bien; mais il eſt dur aux immortels de fe trouver logés dans des ruines. Je rêvais, il n'y a pas long-temps, à cette décadence qui fe fait fentir de jour en jour, et voici comme j'en parlais; car il faut que je vous faſſe cette douloureuſe confidence :

> Si vous voulez que j'aime encore,
> Rendez-moi l'âge des amours;
> Au crépuſcule de mes jours
> Rejoignez, s'il fe peut, l'aurore.

Lettres en vers, &c.   L

Des beaux lieux où le Dieu du vin
Avec l'Amour tient fon empire,
Le Temps qui me prend par la main,
M'avertit que je me retire.

De fon inflexible rigueur
Tirons au moins quelque avantage.
Qui n'a pas l'efprit de fon âge,
De fon âge a tout le malheur.

Laiffons à la belle jeuneffe
Ses folâtres emportemens;
Nous ne vivons que deux momens,
Qu'il en foit un pour la fageffe.

Quoi, pour toujours vous me fuyez,
Tendreffe, illufion, folie,
Dons du ciel, qui me confoliez
Des amertumes de la vie !

On meurt deux fois, je le vois bien;
Ceffer d'aimer et d'être aimable,
C'eft une mort infupportable;
Ceffer de vivre, ce n'eft rien.

Ainfi je déplorais la perte
Des erreurs de mes premiers ans,
Et mon ame aux défirs ouverte
Regrettait fes égaremens.

Du ciel alors daignant defcendre,
L'Amitié vint à mon fecours,
Elle était peut-être auffi tendre,
Mais moins vive que les Amours.

Touché de fa beauté nouvelle,
Et de fa lumière éclairé,
Je la fuivis, mais je pleurai
De ne pouvoir plus fuivre qu'elle.

Cette amitié eft pourtant une charmante confolation. Eh qui m'en fait connaître le prix mieux
que vous! L'amour, à qui vous avez fi bien facrifié
toute votre vie, n'a fervi qu'à vous rendre tendre
pour vos amis, et à rendre votre fociété encore
plus délicieufe. Cependant vous plaidez, et vous
voilà près des degrés du palais. Quel métier pour
vous et pour madame *du Châtelet*, de paffer fon
temps avec des exploits et des contredits! Je
défie votre chicane de Rouen d'être plus chicane
que celle de Bruxelles. Un beau matin nous devrions laiffer là toutes *ces amertumes de la vie*,
et nous raffembler avec *levia carmina et faciles verfus.*
N'êtes-vous pas à préfent avec votre procureur?
Madame *du Châtelet* eft avec le fien. Mais moi je
fuis avec vous deux. Adieu, bonfoir, charmant
ami. Je vais m'enfoncer dans le travail, qui, après
l'amitié, eft une grande confolation.

V A R I A N T E.

Après la deuxième ftance l'auteur en a fubftitué deux à
celle-ci :

Que le matin touche à la nuit!
Je n'eus qu'une heure ; elle eft finie ;
Nous paffons. La race qui fuit
Déjà par une autre eft fuivie.

L E T T R E   L X X V.

A M. DE CIDEVILLE.

A Bruxelles, ce 28 octobre.

Vous, qu'à plus d'un doux myſtère
    Les Dieux ont aſſocié,
    Dans l'art des vers initié,
Qui ſavez les juger auſſi-bien que les faire ;
Vous, Hercule en amour, Pilade en amitié,
Vous ſeul manquez encore aux charmes de ma vie.
Sous le ciel de Paris, grands Dieux, prenez le ſoin
De ramener ma muſe avec la ſienne unie !
C'eſt n'être point heureux que de l'être ſi loin.

Je compte donc, mon cher ami, paſſer par Paris
au commencement de novembre ; je ne me flatte
pas de vous y rencontrer ; je me plains, par avance,
de ce que probablement je ne vous y verrai pas.
C'eſt le temps où tout le monde eſt à la campagne,
et vous êtes un de ces héros qui paſſez votre temps
dans des châteaux enchäntés. De Paris où irons-
nous ? plaider à la plus voiſine juridiction de Cirey,
et de là replaider à Bruxelles. Ne voilà-t-il pas une
vie bien digne d'une *Emilie !* Cependant elle fait
tout cela avec allégreſſe, parce que c'eſt un devoir.
Je compte moi parmi mes devoirs, de rendre mon
prophète un peu plus digne de mon cher *Ariſtarque.*
Je l'ai laiſſé repoſer depuis quelques mois, afin de

tâcher de le revoir avec des yeux moins paternels
et plus éclairés. Quelle obligation n'aurai-je point   1741.
à vos critiques, si jamais l'ouvrage vaut quelque
chose! Ce sont-là de ces plaisirs que toutes sortes
d'amis ne peuvent pas faire. Je doute que *Pilade* et
Pirithoüs eussent corrigé des tragédies. Il me manque
de vous voir pour vous en remercier. Je ne sais
plus où vous me prendrez pour ajouter à vos faveurs
celle de m'écrire. Dès que je serai fixé pour quelque
temps, je vous le manderai.

J'ai lu le poëme de *Linant*, que l'académie s'accou-
tume à couronner. Il y a du bon. Je souhaite qu'il
tire de son talent plus de fortune qu'il n'en recueillera
de réputation. Je ne suis plus guère en état de
l'aider comme je l'aurais voulu. Un certain *Michel*,
à qui j'avais confié une partie de ma fortune, s'est
avisé de faire la plus horrible banqueroute que
mortel financier puisse faire. C'était un receveur
général des finances de sa Majesté. Or je ne conçois
que médiocrement, comment un receveur général
des finances peut faire banqueroute sans être un
fripon. Vous qui êtes prêtre de *Thémis* comme
d'*Apollon*, vous m'expliquerez ce mystère.

Mon Dieu, mon cher ami, qu'il y a des gens
malheureux dans ce monde! Vous souvenez-vous
de votre compatriote et de votre ancien camarade
le Coq? Je viens de voir arriver chez moi une
figure en linge sale, un menton de galoche, une
barbe de quatre doigts; c'était *le Coq* qui traîne sa
misère de ville en ville. Cela fait saigner le cœur.

On m'a envoyé le discours de votre autre compatriote *Fontenelle*, à l'académie. Cela n'est pas excellent;

mais heureux qui fait des chofes médiocres à quatre-vingt-cinq ans paffés.

Adieu, mon cher ami. Si vous avez encore à Rouen le très-aimable *Formont*, dites-lui, je vous en prie, combien il me ferait doux de vivre entre vous deux.

LETTRE LXXVI.

A M. DE CIDEVILLE.

A la Haie, ce 27 juin.

1743.

I L n'arrive que trop fouvent
Que, tandis qu'on monte fa lyre,
Et qu'on arrange un compliment
Pour notre ami qui nous infpire,
Notre ami loué hautement
Prend ce temps-là tout juftement
Pour mériter une fatire.

Vous me prodiguez, mon cher ami, les plus beaux éloges fur cette noble philofophie avec laquelle je refufe les invitations des rois, et vous me louez de préférer ma petite retraite du faubourg Saint-Honoré, au palais de Berlin et de Charlotembourg. Savez-vous que j'ai reçu votre épître quand j'étais en chemin pour aller faire ma cour au roi de Pruffe?

Cependant ce n'eft pas au prince,
Au conquérant d'une province,

Au politique, au grand guerrier,
Que je vais porter mon hommage;
C'eft au bel efprit, c'eft au fage,
Que je prétends facrifier :
Voilà l'excufe du voyage.

Puifqu'il a daigné jouer lui-même Jules-Céfar dans une de fes maifons de plaifance avec quelques-uns de fes courtifans, n'eft-il pas bien jufte que je quitte pour lui les Vifigoths, qui ne veulent pas qu'on joue Jules-Céfar en France? Et faut-il que je me prive du plaifir de voir un favant, un bel efprit, enfin un homme aimable, parce qu'il porte malheureufement des couronnes électorales, ducales et royales ?

J'admire en lui l'efprit facile,
Toujours vrai, mais toujours orné;
Et c'eft un autre Cideville
Qui par malheur eft couronné.

Un Diogène infupportable,
Moitié fophifte et moitié chien,
Croit placer le fouverain bien
A donner tous les rois au diable.
Pour moi je fuis plus fociable.
Je hais, il eft vrai, tout lien;
Mais être roi ne gâte rien,
Lorfque d'ailleurs on eft aimable.

Vous m'avouerez encore que je dois au moins la préférence à fa Majefté le roi de Pruffe fur l'ancien évêque de Mirepoix.

L 4

Quand ce monarque fingulier,
Daigne d'un regard familier
Echauffer ma mufe légère,
Me chérit et me confidère,
Mon fort eft toujours de déplaire
Au révérend père Boyer,
Lequel voudrait dans fon foyer
Brûler et Racine et Molière,
Et la Henriade et Voltaire,
Et ma couronne de laurier;
C'eft-là ce qui me défefpère.

Je veux en partant de Berlin
Demander juftice au faint-père;
J'irai baifer fon pied divin;
Et chez vous je viendrai foudain
Avec indulgence plénière;
Car le fage Lambertini
N'eft point cagot atrabilaire.
Il eft rempli de la lumière
Di quefti grandi Romani.
Admiré de la terre entière,
Des beaux arts il eft défenfeur,
Et le fucceffeur de faint Pierre
De Léon dix eft fucceffeur.

Je veux avoir enfin Rome pour mon amie,
    Et, malgré quelques vers hardis,
Je veux être un élu dans le faint paradis,
Si je fuis réprouvé dans votre académie.

Mais c'eft trop fe flatter de chercher à la fois
Et les agnus de Rome et les faveurs des rois.

Non ; terminons en paix mon obfcure carrière ,
Et du pape , et des grands , et des rois oublié ,
    Ne vivons que pour l'amitié ,
    C'eft mon trône et mon fanctuaire.

1743.

LETTRE LXXVII.

A M. LE BARON DE KEISERLING.

Dans un f… village près de Brunfvick , ce 14 octobre au matin.

QUE je me confole un peu avec vous, mon très-aimable ami.

    Je continuais mon voyage
    Dans la ville d'Otto-Guéric ,
    Rêvant à la divine Ulric ,
    Baifant quelquefois fon image
    Et celle du grand Fédéric :
    Un heurt furvient , ma glace caffe ,
    Mon bras en eft enfanglanté ;
    Ce bras qui toujours a porté
    La lyre du bon homme Horace,
    Pendante encore à mon côté.
La portière à fes gonds par le choc arrachée ,
Saute et vole en débris fur la terre couchée ;
Je tombe dans fa chute : un peuple de bourgeois ,
D'artifans, de foldats s'empreffent à la fois ,
M'offrent tous de leur main groffièrement avide
Le dangereux appui , fecourable et perfide ;
On m'ôte enfin le foin de porter avec moi

La boîte de la reine et les portraits du roi.

Ah ! fripons, envieux de mon bonheur suprême,
L'amour vous fit commettre un tour si déloyal :
J'adore Fédéric, et vous l'aimez de même ;
Il est tout naturel d'ôter à son rival
Le portrait de ce que l'on aime.

Pour comble d'horreur, mon cher ami, deux
bouteilles de vin de Hongrie se cassent, et personne
n'en boit ; la liqueur jaunâtre inonde mes pieds :
mais ce n'est pas du pissat d'âne de *Lognier*, c'est
du nectar répandu sur mon sottifier.

Deux bouteilles au moins de ce vin de Hongrie
Me demeurent encor dans ce malheur cruel.
Dieux, vous avez pitié d'un désastreux mortel !
Dieux ! vous m'avez laissé de quoi souffrir la vie !

Je ne me suis aperçu de ma perte que fort tard.
Je suis à présent comme *Roland*, qui a perdu le
portrait d'*Angélique* ; je cherche et je jure. Enfin
j'arrive, à minuit, dans un village nommé *Shaffen-
Stad*, ou *F* . . .-*Stad*. Je demande le bourgmestre,
je fais chercher des chevaux, je veux entrer dans un
cabaret : on me répond que le bourgmestre, les
chevaux, le cabaret, l'église, tout a été brûlé. Je
pense être à Sodome. Je me conforte dans mes dis-
grâces en buvant de meilleur vin que le bon homme
Loth.

J'avais de meilleur vin que lui ;
Mais tandis que le pays grille,
Je n'ai pas eu dans mon ennui
L'agrément de baiser ma fille.

Enfin, aimable *Céfarion*, me voilà dans la non- ——
magnifique ville de Brunfwick. Ce n'eft pas Berlin, 1743.
mais j'y fuis reçu avec la même bonté. On s'eft douté
que j'avais une lettre du grand, ou plutôt de l'aimable
Fédéric : on me mène à un meilleur gîte que *Shaffen-*
Stad. Le duc et la ducheffe étaient déjà à table ; on
m'apporte vingt plats et d'admirables vins.

Bonjour ; je n'écrirai à notre héros que quand
j'aurai eu l'honneur de faluer madame fa fœur. Mais
dites un peu au grand homme qu'il faut abfolument
qu'il m'envoie à la Haie deux autres médailles, fans
quoi je ne retournerai ni à Paris ni à Berlin. Je vous
embraffe mille fois, mon charmant ami.

LETTRE LXXVIII.

A M. LE COMTE DE PODEVILS,

ENVOYÉ DE PRUSSE.

A la Haie, le 30 octobre.

Lorsque d'un feu charmant, votre mufe èchauffée,
Chez les Veftphaliens rimait des vers fi beaux,
  Cher ami, j'ai cru voir Orphée,
Qui chantait dans la Thrace, entouré d'animaux.

Pour moi, mon adorable miniftre, j'ai fuivi à
Bareith l'*Orphée* couronné ; j'y ai vu une cour où tous

—— les plaifirs de la fociété et tous les goûts de l'efprit

font raffemblés. Nous y avons eu des opéra, des comédies, des chaffes, des foupers délicieux. Ne faut-il pas être poffédé du malin, pour s'exterminer fur le Danube ou fur le Rhin, au lieu de couler ainfi doucement fa vie? Je compte repaffer inceffamment par le pays dont vous faites les délices : ce n'eft pas mon plus court; mais je ferais un détour de cinq cents lieues pour venir vous embraffer, pour jouir encore quelques jours de votre aimable commerce, et pour vous jurer un attachement éternel. Votre monfeigneur *Crefceni* a donc donné par-tout des bénédictions au lieu d'argent, dans les auberges.

> Il ne faut pas que l'on s'étonne,
> De ce beau tour italien,
> Car dans les cabarets où l'on ne trouve rien,
> Quel argent voulez-vous qu'on donne?

J'ai eu l'honneur de fouper hier avec le roi, et avec M. votre oncle.

LETTRE LXXIX.

A MADAME

LA PRINCESSE ULRIQUE DE PRUSSE,

DEPUIS REINE DE SUEDE.

Le 13 novembre.

MADAME,

CE n'eſt donc pas aſſez d'avoir perdu le bonheur de voir et d'entendre votre Alteſſe royale, il faut encore que l'admiration vienne à trois cents lieues augmenter mes regrets. Quoi, Madame, vous faites des vers! et vous en faites comme le roi votre frère! C'eſt *Apollon* qui a les Muſes pour ſœurs : l'une eſt une grande muſicienne, l'autre fait des vers charmans, et toutes ſont nées avec les talens de plaire. C'eſt avoir trop d'avantages; il eût ſuffi de vous montrer.

> Quand l'Amour forma votre corps,
> Il lui prodigua ſes tréſors,
> Et ſe vanta de ſon ouvrage.
> Les Muſes eurent du dépit ;
> Elles formèrent votre eſprit,
> Et s'en vantèrent davantage.
> Vous êtes depuis ce beau jour,
> Pour le reſte de votre vie
> Le ſujet de la jalouſie
> Et des Muſes et de l'Amour.

Comment terminer cette affaire ?
Qui vous voit croit que les appas,
Sans efprit, fuffiraient pour plaire :
Qui vous entend ne penfe pas
Que la beauté foit néceffaire.

J'avais bien raifon, Madame, de dire que Berlin eft devenu Athènes : votre Alteffe royale contribue bien à la métamorphofe. C'eft le temps des jours glorieux et des beaux jours. C'eft grand dommage que je n'aye pas à mon fervice ces trois cents mille hommes que je voulais pour vous enlever ; mais j'aurai plus de trois cents mille rivaux fi je montre votre lettre. N'ayant donc point de troupes pour devenir votre fultan, je crois que je n'ai d'autre parti à prendre que de venir être votre efclave : ce fera la feconde place du monde.

Je me flatte que fa Majefté la reine-mère ne s'offenfera pas de ma déclaration ; elle y entre pour beaucoup : je voudrais vivre à fes pieds comme aux vôtres. J'avoue que je fuis trop amoureux de la vertu, du véritable efprit, des beaux arts, de tout ce qui règne à votre cour, pour ne lui pas confacrer le refte de ma vie. Le roi fait à quel point j'ai toujours défiré de finir ma vie auprès de lui. Je lutte actuellement contre ma deftinée pour venir enfin être toujours le témoin de ce que j'admire de trop loin.

Croyez-moi, Madame, on ne trompe point les princeffes qu'on veut enlever ; mon unique objet eft très-fincèrement d'être votre courtifan.

LETTRE LXXX.

A M. LE MARQUIS D'ARGENSON.

A Cirey , ce 15 avril.

VANITAS vanitatum , et metaphyfica vanitas. C'eft ce que j'ai toujours penfé , Monfieur ; et toute métaphyfique reffemble affez à la coxigrue de *Rabelais*, bombillant dans le vide. Je n'ai parlé de ces fublimes billevefées que pour faire favoir les opinions de *Newton;* et il me paraît qu'on peut tirer quelque fruit de ce petit paffage :

Que favait donc fur l'ame et fur les idées celui qui avait foumis l'infini au calcul, et qui avait découvert la nature de la lumière et la gravitation? Il favait douter.

Phyfiquement parlant , Monfieur , je vous fuis bien obligé de vos bontés , et furtout de celle que vous avez de vouloir bien réparer , par mon petit contrat , avec un prince et avec un faint, les pertes que j'ai faites avec tant de profanes. J'ai l'honneur de courir ma cinquantième année.

Etes-vous dans la cinquantième ?
J'y fuis, et je n'en vaux pas mieux ;
C'eft un affez f.... quantième ,
Tâchez un jour d'en compter deux.

En vous remerciant mille fois, Monfieur , et en vous demandant le fecret. J'ai donné à *Doyen* le féal, argent comptant, et billets qui valent argent

————— comptant ; mais on paye le plus tard qu'on peut ;
 et un fesse-matthieu de fermier de M. le duc de
Richelieu, nommé *Duclos*, qui devait selon toutes les
lois divines et humaines me compter quatre mille
livres le lendemain de Pâques, recule tant qu'il peut,
tout contraignable qu'il est. Voulez-vous permettre
que ce *Doyen* fasse toujours mon contrat à bon
compte ? Sinon il n'y a qu'à le réduire à ce que
Doyen a dans ses mains. Je mangerai le reste à mon
retour très-volontiers : faites comme il vous plaira
avec votre vieux serviteur.

Je m'occupe à présent à faire un divertissement
pour un dauphin et une dauphine que je ne diver-
tirai point. Mais je veux faire quelque chose de joli,
de gai, de tendre, de digne du duc de *Richelieu*,
l'ordonnateur de la fête.

Cirey est charmant, c'est un bijou ; venez-y,
Monsieur, tâchez d'avoir affaire à Joinville. Madame
du Châtelet vous aime de tout son cœur, vous désire
autant que moi, et vous recevra comme elle recevrait
Volf et *Leibnitz*. Vous valez mieux que tous ces gens-là.
Portez-vous bien. Permettez que je présente mes
respects à M. l'avocat du roi très-chrétien. Je vous
aime et vous respecte de tout mon cœur.

Votre ancien et le plus ancien serviteur, &c.

LETTRE

LETTRE LXXXI. 1744.

A M. LE PRESIDENT HENAULT.

A Cirey, premier septembre.

O Déeffe de la fanté,
Fille de la fobriété
Et mère des plaifirs du fage,
Qui fur le matin de notre âge
Fais briller ta vive clarté,
Et répands la férénité
Sur le foir d'un jour plein d'orage :
O Déeffe, exauce mes vœux !
Que ton étoile favorable
Conduife ce mortel aimable :
Il eft fi digne d'être heureux !
Sur Hénault tous les autres dieux
Verfent la fource inépuifable
De leurs dons les plus précieux.
Toi qui feule tiendrais lieu d'eux,
Serais-tu feule inexorable?
Ramène à fes amis charmans,
Ramène à fes belles demeures
Ce bel efprit de tous les temps :
Cet homme de toutes les heures.
Orne pour lui, pour lui fufpends
La courfe rapide du temps.
Il en fait un fi bel ufage !
Les devoirs et les agrémens
En font chez lui l'heureux partage.

Lettres en vers, &c.   M

Les femmes l'ont pris fort fouvent
Pour un ignorant agréable,
Les gens en *us* pour un favant,
Et le dieu joufflu de la table
Pour un connaiffeur très-gourmand.
Qu'il vive autant que fon ouvrage,
Qu'il vive autant que tous les rois
Dont il nous décrit les exploits,
Et la faibleffe et le courage,
Les mœurs, les paffions, les lois,
Sans erreurs et fans verbiage.
Qu'un bon eftomac foit le prix
De fon cœur, de fon caractère,
De fes chanfons, de fes écrits.
Il a tout : il a l'art de plaire,
L'art de nous donner du plaifir,
L'art fi peu connu de jouir ;
Mais il n'a rien, s'il ne digère.

Grand Dieu ! je ne m'étonne pas
Qu'un ennuyeux, un Desfontaine,
Entouré dans fon galetas
De fes livres rongés des rats,
Nous endormant, dorme fans peine,
Et que le bouc foit gros et gras.
Jamais Eglé, jamais Silvie,
Jamais Life à fouper ne prie
Un pédant à citations.
Sans goût, fans grâce, et fans génie,
Sa perfonne en tous lieux honnie
Eft réduite à fes noirs gitons.
Hélas ! les indigeftions
Sont pour la bonne compagnie.

Après cet hymne à la Santé, que je fais du meilleur de mon cœur, souffrez, Monsieur, que j'y ajoute mentalement un petit *gloria patri*, pour moi. J'ai autant besoin d'elle que vous, mais c'était de vous que j'étais le plus occupé. Qu'elle commence par vous donner ses faveurs, comme de raison. Buvez gaiement, si vous pouvez, vos eaux de Plombières, et revenez vîte à Cirey avant que les houssards autrichiens ne viennent en Lorraine. Ces gens-là ne font boire que des eaux du Styx.

Souvenez-vous que, dans la foule de ceux qui vous aiment, il y a deux cœurs ici qui méritent que vous vous arrêtiez sur la route.

1744.

LETTRE LXXXII.

A M. LE MARQUIS D'ARGENSON.

2 janvier.

Monsieur *Bon*, premier préfident,
Dans vos vers me paraît plaisant ;
Mais les Anglais ne le font guères.
Ils descendent affurément
De ces aragnes carnaffières
Dont vous parlez si doctement.
Puissent ces méchans insulaires,
Selon leurs coutumes premières,
Prendre le foin de s'égorger.
Mais ils entendent leurs affaires ;
Et c'est nous qu'ils veulent manger.

1745.

M 2

Vous les en empêcherez bien, Monfieur.

1745.   Béni foit *Apollon* qui vous a infpiré des chofes fi jolies dont je ne me doutais pas.

Pollio et ipfe facit nova carmina : pafcite taurum.

Il me femble que vos jolis vers, et encore moins ma chétive profe, ne produiront pas la paix cet hiver. Il vous faudra une bonne année pour accorder les araignées ; mais il y a apparence qu'on ne nous gobera pas comme des mouches.

Je vous remercie bien de votre confidence : c'eft un fecret d'Etat que des vers d'un miniftre. Le cardinal de *Richelieu* en fefait davantage, mais pas fi bien.

Je vous fouhaite la bonne année, Monfieur ; et je prends la liberté de vous aimer de tout mon cœur, tout comme fi vous n'étiez pas miniftre.

LETTRE LXXXIII.

A M. DE CIDEVILLE.

A Verfailles , le 31 janvier.

MON aimable ami, je fuis un barbare qui n'écrit point , ou qui n'écrit que de vile profe ; vos vers font mon plaifir et ma confufion. Mais ne plaindrez-vous pas un pauvre diable qui eft bouffon du roi à cinquante ans; et qui eft plus embarraffé avec les muficiens, les décorateurs, les comédiens, les comédiennes, les chanteurs, les danfeurs, que ne le feront les huit ou neuf électeurs pour fe faire un céfar allemand ? Je cours de Paris à Verfailles, je fais des vers en chaife de pofte. Il faut louer le roi hautement, madame la dauphine finement, la famille royale tout doucement, contenter la cour, ne pas déplaire à la ville.

> Oh, qu'il eft plus doux mille fois
> De confacrer fon harmonie
> A la tendre amitié dont le faint nœud nous lie !
> Qu'il vaut mieux obéir aux lois
> De fon cœur et de fon génie,
> Que de travailler pour des rois !

Bonjour, mon cher et ancien ami ; je cours à Paris pour une répétition, je reviens pour une décoration. Je vous attends pour me confoler et pour me juger. Que n'êtes-vous venu pour m'aider ! Adieu ; je vous aime autant que j'écris peu.

M 3

L E T T R E   LXXXIV.

A M. LE PRESIDENT HENAULT,

Sur une épître intitulée : L'homme inutile.

Mardi, 6 juillet.

D'u n pinceau ferme et facile,
Vous nous avez trait pour trait
Deffiné l'homme inutile.
On ne dira jamais , grâces à votre ftyle :
Le peintre a fait là fon portrait.
On dira : Ce mortel aimable
Uniffait Minerve et les Ris ,
Et dans tous les beaux arts comme avec fes amis
Mêlait l'utile à l'agréable.

Oui, Monfieur, fi vous avez affez de loifir pour
vouloir bien retoucher cette pièce, dont le fond eft fi
vrai et les détails fi charmans , fi vous vous donnez la
peine de l'embellir au point où elle mérite de l'être,
vous en ferez un ouvrage digne de *Boileau ;* mais il
faut fa patience. C'eft pour ne l'avoir pas eue que je
ne fuis point encore content de mes vers fur les évé-
nemens préfens ; c'eft pour cela que je ne les imprime
point. C'eft bien affez que vous ayez aperçu, à travers
les négligences , quelques beautés qui demandent
grâce pour le refte. C'eft un encouragement pour finir
la pièce à loifir ; mais, en vérité, il y a trop de vers

fur ce fujet. Je crois que le confeffeur du roi lui a ⸻
ordonné pour pénitence de les lire tous.

Homme charmant, je reçois deux lettres de vous
où je vois l'excès de vos bontés ; vous ne favez pas à
quel point elles me font chères. Mais où êtes-vous ?
où ma lettre et mes tendres remercîmens vous trou-
veront-ils ? Je partis hier de Champs pour venir faire
répéter la Princeffe de Navarre.

Rameau travaille ; je commence à efpérer que je
pourrai donner du plaifir à la cour de France. Mais
vous avouerai-je que je compterais plus fur l'opéra
de Prométhée, pour former un beau fpectacle, que
fur une comédie-ballet ? Je ne fais fi *Royer* n'eft pas
devenu bon muficien. J'attends avec impatience le
retour de M. le préfident *Hénault* pour juger de tout
cela. Je retourne à Champs dans l'inftant ; j'y vais
retrouver madame *du Deffant*, et difputer même avec
elle à qui vous aime davantage. Mais favez-vous avec
quelle impatience vous êtes attendu ? Vous êtes aimé
comme *Louis XV. Vale, vive, veni.*

On ne peut vous être attaché avec une tendreffe
plus refpectueufe que *Voltaire.*

M 4

LETTRE LXXXV.

A M. L'ABBÉ DE VOISENON.

Vous êtes dans le beau pays
Et des amours et des perdrix.
Tout cela vous convient. Quels beaux jours font les vôtres!
Mais dans le trifte état où le deftin m'a mis,
Puis-je fuivre les uns, puis-je manger les autres?
Aux autels de Vénus on peut dans fon malheur,
Quand on n'a rien de mieux, donner au moins fon cœur.
Mais fans un eftomac peut-on fe mettre à table
Chez ce héros de Champs (*), intrépide mangeur,
Et non moins effronté buveur;
Qui d'un ton toujours gai, brillant, inaltérable,
Répand les agrémens, les plaifirs, les bons mots,
Les pointes quelquefois, mais toujours à propos?
La trifteffe attachée à ma langueur fatale,
Me chaffe de ces lieux confacrés au bonheur.
Je fuis un pauvre moine indigne du prieur.
La fanté, la gaieté, la vive et douce humeur
Sont la robe nuptiale,
Qu'il faut au feftin du feigneur.

Je fuis donc dans les ténèbres extérieures, malade,
languiffant, trifte, prefque philofophe. Je fouffre chez
moi patiemment, et je ne peux aller à Champs. Je
vous prie de faire mes excufes à la beauté et aux
grâces. M. *du Châtelet* a reçu ma lettre d'avis, et m'a

(*) M. le duc de *la Vallière*.

fait réponfe. Toutes les autres affaires vont bien ; ——— mais ma fanté va plus mal que jamais. Le corps eſt **1745.** faible, et l'eſprit n'eſt point prompt : c'eſt un lot de damné.

LETTRE LXXXVI.

A M. AMMAN,

Secrétaire de M. l'ambaſſadeur de Naples à Paris, qui avait adreſſé de jolis vers latins à M. de Voltaire.

A Verſailles, ce 26 mars.

Tu vatem vates laudatus Apolline laudas,
Concediſque tuâ decerptas fronte coronas.
Carminibus noſtram petis ad certamina muſam :
O utinam videar tibi reſpondere paratus !
Sed quondam dulcis vox deficit, atque labore
Nunc defeſſus, iners, ignava ſilentia ſervans,
Semper amans Phœbi, non exauditus ab illo,
Te miror, victus, non invidus, arma repono.

1746.

On m'a renvoyé ici, Monſieur, les vers charmans que vous avez bien voulu m'adreſſer ; je ne puis que les admirer et non les imiter. C'eſt en remerciant celui qui me loue ſi bien, que j'ai l'honneur d'être avec reconnaiſſance, &c.

LETTRE LXXXVII.

A M. LE DUC DE RICHELIEU,

AMBASSADEUR A DRESDE.

A Paris, 24 décembre.

TRÈS-MAGNIFIQUE ambaſſadeur,
Vous avez quelque ſympathie
Pour ces catins dont la manie
Eſt d'avoir du goût pour l'honneur,
Et qui ſur la fin du bel âge,
Savent terminer quelquefois
Le cours de leurs galans exploits
Par un honnête mariage.
De votre petite maiſon
A tant de belles deſtinée,
Vous, allez chez le roi Saxon
Rendre hommage au dieu d'Hymenée
Vous cet aimable Richelieu,
Qui né pour un autre myſtère
Avez toujours battu ce dieu
Avec les armes de ſon frère.
Revenez cher à tous les deux,
Ramenez la paix avec eux,
Ainſi que vous eûtes la gloire
Aux campagnes de Fontenoi,
De ramener aux pieds du roi
Les étendards de la victoire.

1746.

Et cependant, monfieur le Duc, vous voulez des fcieurs de long fur le devant de votre tableau ! fi donc. Vous aurez des nonnes et des moines, des bergers et des bergères dont les attitudes feront auffi brillantes en mécanique. Une femme en bas et un homme en haut peuvent opérer de très-beaux effets d'optique qui vaudront bien des fcieurs de long. Il faut que tout foit faint dans un tableau d'autel.

Que dites-vous d'une infame calotte qu'on a faite contre M. et Mme de *la Popelinière*, pour prix des fêtes qu'ils ont données ? Ne faudrait-il pas pendre les coquins qui infectent le public de ces poifons ? Mais le poëte *Roi* aura quelque penfion, s'il ne meurt pas de la lèpre dont fon ame eft plus attaquée que fon corps.

Vous favez que l'aventure de Gènes s'eft terminée à l'amiable par la pendaifon de quelques citoyens et de quelques foldats ; que cependant le général *Brown* a fait faire à M. de *Mirepoix* d'énormes reculades, et qu'il marche à M. de *Bellifle*, lequel eft obligé de fe retrancher fous Toulon.

In tanto le bacciò umilmente le mani, e riverifco nella fua perfona l'onor di noftra età.

LETTRE LXXXVIII.

A MADAME DE POMPADOUR.

Sincere et tendre Pompadour,
Car je peux vous donner d'avance
Ce nom qui rime avec l'amour,
Et qui fera bientôt le plus beau nom de France :
Ce tokai dont votre excellence
Dans Etiole me régala,
N'a-t-il pas quelque reſſemblance
Avec le roi qui le donna?
Il eſt comme lui, ſans mélange ;
Il unit, comme lui, la force et la douceur,
Plaît aux yeux, enchante le cœur,
Fait du bien, et jamais ne change.

Le vin que m'apporta l'ambaſſadeur manchot du roi de Pruſſe (qui n'eſt pas manchot) , derrière ſon tombereau d'Allemagne qu'il appelait *carroſſe*, n'approche pas du tokai que vous m'avez fait boire. Il n'eſt pas juſte que le vin d'un roi du Nord égale celui d'un roi de France , furtout depuis que le roi de Pruſſe a mis de l'eau dans ſon vin par ſa paix de Breſlau.

Du Freſny a dit , dans une chanſon, que les rois ne ſe feſaient la guerre que parce qu'ils ne buvaient jamais enſemble : il ſe trompe. *François I* avait ſoupé avec *Charles-Quint*, et vous ſavez ce qui s'enſuivit. Vous trouverez, en remontant plus haut, qu'*Auguſte* avait fait cent ſoupers avec *Antoine*. Non, Madame, ce n'eſt pas le ſouper qui fait l'amitié, &c.

LETTRE LXXXIX.

A M. LE COMTE ALGAROTTI.

2 avril.

Vous que le ciel en fa bonté
Dans un pays libre a fait naître,
Vous qui dans la Saxe arrêté,
Par plus d'un doux lien peut-être,
Avez fu vous choifir un maître
Préférable à la liberté ;

Cofi fcrivo al mio *Pollione* veneto, al mio cariffimo ed illuftriffimo amico, e cofi faranno ftampate quefte bagatelluccie fe fate loro mai l'onore di mandarle ai torchi del *Walther*, *fi aliquid putas noftras nugas effe*. Veramente nè quefte ciancie, nè Pandora, nè il volume à voi endirizzati non vagliano otto fcudi; ma cariffimo fignore, un cofi eforbitante prezzo è una violazione manifefta *juris gentium*. Il noftro intendente delle lettere, e dei pofteglioni, il fignor di *la Reiniere*, fermier général des poftes de France, par le moyen duquel *one walks at fight from a pole to another*, aveva per certo munito di fuo figillo, ed onorato della bella parola *franco* il tediofo e grave piego. E chi non sà quanto rifpetto fi debba portare al nome di *la Reiniere*, ad un uomo, chi è il piu ricco, ed il piu cortefe de tous les fermiers généraux? mà giacchè al difpetto della fua cortefia, e della ftretta amicizia, che corre fra le due corti, i fignori

—— della poſta di Dreſda ci hanno uſati come nemici,
1747. tocca il librajo *Walther* di pagare gli otto ſcudi, e
gliene terrò conto. Per tutti i ſanti, non burlate,
quando mi dite, che le coſe mie vi vengono molto
care. Manderò quanto prima il tomo della Henriade
pe'l primo corriere.

Farewell great and amiable man. They ſay you
go to Padua. You should take your way Through
France. *Emily* should be very glad to fée you, and
i should be in extaſy, &c.

LETTRE XC.

A MADAME DE POMPADOUR.

Avril.

Q̲u̲a̲n̲d̲ Céſar, ce héros charmant,
De qui Rome était idolâtre,
Battait le Belge ou l'Allemand,
On en feſait ſon compliment
A la divine Cléopâtre.
Ce héros des amans ainſi que des guerriers,
Uniſſait le myrte aux lauriers ;
Mais l'if eſt aujourd'hui l'arbre que je révère.
Et depuis quelque temps j'en fais bien plus de cas
Que des lauriers ſanglans du fier dieu des combats,
Et que des myrtes de Cythère.

Je ſuis perſuadé, Madame, que du temps de ce
Céſar, il n'y avait point de frondeur janſéniſte
qui oſât cenſurer ce qui doit faire le charme de

tous les honnêtes gens, et que les aumôniers de
Rome n'étaient pas des imbécilles fanatiques. C'eſt
de quoi je voudrais avoir l'honneur de vous entretenir avant d'aller à la campagne. Je m'intéreſſe à
votre bonheur plus que vous ne penſez, et peut-
être n'y a-t-il perſonne à Paris qui y prenne un
intérêt plus ſenſible. Ce n'eſt point comme vieux
galant flatteur de belles que je vous parle ; c'eſt
comme bon citoyen, et je vous demande la permiſſion de venir vous dire un petit mot à Etiole
ou à Brunoy ce mois de mai. Ayez la bonté de
me faire dire quand et où.

Je ſuis avec reſpect, Madame, de vos yeux, de
votre figure et de votre eſprit, le très-, &c.

1747.

LETTRE XCI.

A M. LE MARQUIS DES ISSARTS,

AMBASSADEUR DE FRANCE A DRESDE.

A Verſailles, le 7 auguſte.

MONSIEUR,

La lettre aimable dont vous m'honorez, me
donne bien du plaiſir et bien des regrets ; elle me
fait ſentir tout ce que j'ai perdu. J'ai pu être témoin
du moment où votre excellence ſignait le bonheur
de la France ; j'ai pu voir la cour de Dreſde, et
je ne l'ai point vue. Je ne ſuis pas né heureux ;

—— mais vous, Monfieur, avouez que vous êtes auffi
1747. heureux que vous le méritez.

> Qu'il eft doux d'être ambaffadeur
> Dans le palais de la candeur !
> On dit, et même avec juftice,
> Que vos pareils ailleurs ont eu
> Tant foit peu befoin d'artifice ;
> Mais ils traitaient avec le vice,
> Vous traitez avec la vertu.

Vous avez retrouvé à Drefde ce que vous aviez
quitté à Verfailles, un roi aimé de fes fujets.

> Vous pourrez dire quelque jour
> Qui des deux rois tient mieux fa cour,
> Quel eft le plus doux, le plus jufte,
> Et qui fait naître plus d'amour,
> Ou de Louis quinze ou d'Augufte ;
> C'eft un grand point très-contefté.
> Ce problème pourrait confondre
> La plus fine fagacité ;
> Et je donne à votre équité
> Dix ans entiers pour me répondre.

Rien ne prouve mieux combien il eft difficile
de favoir au jufte la vérité dans ce monde ; et puis,
Monfieur, les perfonnes qui la favent le mieux,
font toujours celles qui la difent le moins. Par
exemple, ceux qui ont eu l'honneur d'approcher des
trois princeffes que la reine de Pologne a données
à la France, à Naples et à Munich, pourront-ils

                                        jamais

jamais dire laquelle des trois nations est la plus ⸺
heureufe ?   1747.

> Que même on demande à la reine,
> Quel plus beau préfent elle a fait,
> Et quel fut fon plus grand bienfait,
> On la rendra fort incertaine.
> Mais fi de moi l'on veut favoir,
> Qui des trois peuples doit avoir
> La plus tendre reconnaiffance,
> Et nourrir le plus doux efpoir,
> Ne croyez pas que je balance.

En voyant monfeigneur le dauphin avec madame la dauphine, je me fouviens de *Pfyché*, et je fonge que *Pfyché* avait deux fœurs :

> Chacune des deux était belle,
> Tenait une brillante cour,
> Eut un mari jeune et fidelle ;
> Pfyché feule époufa l'Amour.

Mais il y aurait peut-être, Monfieur, un moyen de finir cette difpute, dans laquelle *Pâris* aurait coupé fa pomme en trois.

> Je fuis d'avis que l'on préfère
> Celle qui le plus promptement
> Saura donner un bel enfant
> Semblable à leur augufte mère.

Vous voyez, Monfieur, que fans être politique j'ai l'efprit conciliant : je compte bien vous faire ma cour avec de tels fentimens ; et de plus vous

Lettres en vers, &c.   N

—— pouvez être sûr qu'on eft très-difpofé à Verfailles
1747. à mériter cette préférence. Si on travaille auffi effica-
cement à Breda, nous aurons la paix du monde
la plus honorable.

Je ferais très-flatté, Monfieur, fi mes fentimens
refpectueux pour M. le comte de *Brüll* lui étaient
tranfmis par votre bouche. Je n'ofe vous fupplier
de daigner, fi l'occafion s'en préfentait, me mettre
aux pieds de leurs Majeftés. Si vous avez quelques
ordres à me donner pour Verfailles ou pour Paris,
vous ferez obéi avec zèle.

L E T T R E   X C I I.

A   M.   D E   C I D E V I L L E.

2 janvier.

L E S rois ne me font rien, mon bonheur ne fe fonde
1748. Que fur cette amitié dont vous fentez le prix.
Mais, hélas, Cideville, il eft dans ce bas monde
Beaucoup plus de rois que d'amis.

Mon malheur veut que je ne voye guère plus mes
amis que les rois. Je fuis prefque toujours malade.
Je n'ai envifagé qu'une fois le roi mon maître depuis
fon retour, et il y a plus de fix mois que je ne vous
ai vu.

Il eft bien vrai que nous avons joué à Sceaux
des opéra, des comédies, des farces; et qu'enfuite,
m'élevant par degrés au comble des honneurs, j'ai
été admis au théâtre des petits cabinets entre *Montcrif*

et d'*Arboulin*. Mais, mon cher *Cideville*, tout l'éclat ——
dont brille *Montcrif*, ne m'a point féduit. Les talens ¹748·
ne rendent point heureux , furtout quand on eft
malade ; ils font comme une jolie dame dont les
galans s'amufent, et dont le mari eft fort mécontent.
Je ne vis point comme je voudrais vivre. Mais quel
eft l'homme qui fait fon deftin? Nous fommes, dans
cette vie , des marionnettes que *Brioché* mène et conduit fans qu'elles s'en doutent.

On dit que vous revenez inceffamment. Dieu
veuille que je profite de votre féjour à Paris un peu
plus que l'année paffée; en vérité , nous fommes
faits pour vivre enfemble. Il eft ridicule que nous
ne faffions que nous rencontrer.

Adieu , mon cher et ancien ami ; madame du
Châtelet-Newton vous fait mille complimens.

LETTRE XCIII.

A M. LE PRESIDENT HENAULT.

De Lunéville, février.

J'AI vu ce falon magnifique,
Moitié turc et moitié chinois,
Où le goût moderne et l'antique,
Sans fe nuire, ont uni leurs lois.
Mais le vieillard qui tout confume
Détruira ces beaux monumens,
Et ceux qu'éleva votre plume
Seront vainqueurs de tous les temps.

J'ai appris, Monfieur, dans cette cour charmante où tout le monde vous regrette, que j'étais exilé; vous m'avouerez qu'à votre abfence près, l'exil ferait doux. J'ai voulu favoir pourquoi j'étais exilé. Des nouvelliftes de Paris, fort inftruits, m'ont affuré que la reine était très-fâchée contre moi. J'ai demandé pourquoi la reine était fâchée : on m'a répondu que c'était parce que j'avais écrit à madame la dauphine que le cavagnole eft ennuyeux. Je conçois bien que, fi j'avais commis un pareil crime, je mériterais le châtiment le plus févère; mais en vérité, je n'ai pas l'honneur d'être en commerce de lettres avec madame la dauphine. Je me fuis fouvenu que j'avais envoyé, il y a plus d'un an, quelques méchans vers à une autre princeffe très-aimable, qui tient fa cour à quelques quatre cents lieues

d'ici, et qu'en lui parlant de l'ennui de l'étiquette, ——
et de la nécessité de cultiver son esprit, je lui avais
dit :

>   On croirait que le jeu console,
>   Mais l'ennui vient à pas comptés
>   S'asseoir entre des majestés,
>   A la table d'un cavagnole.

Car il faut savoir qu'on joue à ce beau cavagnole
ailleurs qu'à Versailles; au reste, Monsieur, si la
reine s'applique cette satire, je vous supplie de lui
dire qu'elle a très-grande raison.

>   Un esprit fin, juste et solide,
>   Un cœur où la vertu réside,
>   Animé d'un céleste feu,
>   Modèle du siècle où nous sommes,
>   Occupé des grandeurs de Dieu,
>   Et du soin du bonheur des hommes,
>   Peut fort bien s'ennuyer au jeu :
>   Et même son illustre père,
>   Des Polonais tant regretté,
>   Aux Lorrains ayant l'art de plaire,
>   Et qui fait ma félicité,
>   Pourrait dire avec vérité
>   Que le jeu ne l'amuse guère.

Ainsi, dussé-je être coupable de lèse-Majesté
ou de lèse-cavagnole, je soutiendrai très-hardiment
qu'une reine de France peut très-bien s'ennuyer au
jeu, et que même toutes les pompes de ce monde ne
lui plaisent point du tout. Il y a quelque bonne
ame qui, depuis long-temps, m'a daigné servir

—— auprès de la reine par des menfonges officieux; mais vous, Monfieur, qui êtes malin et mal-fefant, je vous prie de lui dire les vérités dures que je ne puis diffimuler; ce font des efprits mal-fefans et méchans comme le vôtre, qu'il faut employer quand on veut faire des tracafferies à la cour: j'oferais même propofer cette noirceur à M. le duc et à madame la duchefſe de *Luynes.*

L E T T R E   X C I V.

A M. D E C I D E V I L L E.

A Loiſey, près de Bar, 24 décembre.

J E ne fuis plus qu'un profateur bien mince,
Singe de Pline, orateur de province,
Louant tout haut mon roi qui n'en fait rien,
Et négligeant, pour ennuyer un prince,
Un fage ami qui s'en aperçoit bien.

Vous cafanier, dans un féjour champêtre,
Pour des Philis vous me quittez peut-être.
L'amour encor vous fait fentir fes coups.
Heureux qui peut tromper des infidelles!
C'eſt votre lot. Vous courtifez des belles,
Et moi des rois: j'ai bien plus tort que vous.

Il eſt vrai, mon cher *Cideville*, que ma main eſt devenue bien pareſſeuſe d'écrire, mais aſſurément mon cœur ne l'eſt pas de vous aimer. Je fuis devenu courtifan par hafard; mais je n'ai pas ceſſé

de travailler à 'Lunéville. J'y ai prefque achevé —— 1748.
l'hiftoire de cette maudite guerre, qui vient enfin
de finir par une paix que je trouve très-glorieufe,
puifqu'elle affure la tranquillité publique. Fatigué,
excédé de confronter et d'extraire des relations, je
n'écrivais plus à mes amis; mais foyez bien fûr
qu'en compilant mes rapfodies hiftoriques, je penfais
toujours à vous. Je me difais : Approuvera-t-il
cet endroit ? y trouvera-t-il des vérités qui puiffent
être bien reçues? n'en ai-je pas dit trop ou trop
peu ? Je vous attends à Paris pour vous montrer
tout cela. J'y ferai au mois de janvier. Nous allons
paffer les fêtes de Noël à Cirey, après quoi je
compte refter prefque tout l'hiver à Paris. J'ignore
encore fi j'y verrai Catilina. On dit qu'on l'a retiré ;
en ce cas, il faudra bien redonner Sémiramis, que
j'ai retouchée avec affez de foin, et dont je me
flatte que les décorations feront plus magnifiques
fous l'empire du maréchal de *Richelieu* que fous
le confulat du duc de *Fleuri*. J'ai un peu de peine
à tranfporter Athènes dans Paris. Nos jeunes gens
ne font pas grecs ; mais je les accoutumerai au
grand tragique, ou je ne pourrai.

Adieu, je vous embraffe de tout mon cœur.

LETTRE XCV.

A M. D'ARGET,

SECRETAIRE DE S. M. LE ROI DE PRUSSE. (1)

Cirey, le 29 juin.

O gens profonds et délicats ,
Lumières de l'académie ,
Chacun prend de vos almanachs.
Vous donnez des certificats
Sur le beau temps et fur la pluie ;
Mais il me faut un autre foin ,
Et ma figure aurait befoin
D'un bon certificat de vie.
Chez vous tout brille , tout fleurit ;
Tout vous y plaît , je dois le croire ;
Je me doute bien qu'on chérit
Les climats dont on fait la gloire.
Vous et Frédéric votre appui ,
Que j'appelle toujours grand homme
Quand je ne parle pas à lui ,
Ce roi , ce Trajan d'aujourd'hui ,
Plus gai que le Trajan de Rome ,
Ce roi dont je fus tant épris ,
Et vous , très-graves perfonnages ,

(1) M. *d'Arget* et plufieurs gens de lettres avaient envoyé à M. de *Voltaire*, par ordre du roi de Pruffe , des certificats en profe et en vers fur la beauté du climat de Berlin.

Qui paſſez pour ſes favoris ,
Et pour heureux autant que ſages ;
Vous , dis-je , et Frédéric le grand ,
Vous , vos talens et ſon génie ,
Vous feriez un pays charmant
Des glaces de la Laponie.
Vous auriez beau certifier
Qu'on voit mûrir dans vos contrées
De Bacchus les grappes dorées
Tout auſſi-bien que le laurier ,
De ma part je vous certifie
Que le devoir et l'amitié ,
Qui depuis vingt ans m'ont lié ,
Me retiennent près d'Emilie.

Cette Emilie inceſſamment
Doit accoucher d'un gros enfant
Et d'un bien plus gros commentaire ;
Je veux voir cette double affaire ;
Je les entends très-faiblement :
Mais , Meſſieurs , ne voit-on donc faire
Que les choſes que l'on entend ?

Vous m'avouerez, mon cher Monſieur, que ſi vous
avez eu quelques beaux jours au commencement de
mai, vous avez payé depuis un peu cher cette faveur
paſſagère. Mes plus beaux jours ſeront en automne.
Je viendrai dans votre charmante cour, ſi je ſuis en
vie : c'eſt un tour de force dans l'état où je ſuis ;
mais que ne fait-on pas pour voir *Frédéric le grand*
et les hommes qu'il raſſemble auprès de lui !

Souvenez-vous de moi dans votre royaume.

LETTRE XCVI.

A M. DESTOUCHES.

A Paris.

Auteur folide, ingénieux,
Qui du théâtre êtes le maître,
Vous qui fites le Glorieux,
Il ne tiendrait qu'à vous de l'être :
Je le ferai, j'en fuis tenté,
Si mardi ma table s'honore
D'un convive fi fouhaité ;
Mais je fentirai plus encore
De plaifir que de vanité.

Venez donc, mon illuftre ami, mardi à trois heures ; vous trouverez quelques académiciens nos confrères ; mais vous n'en trouverez point qui foit plus votre partifan et votre ami que moi. Madame *Denis* difpute avec moi, je l'avoue, à qui vous eftime davantage : venez juger cette querelle. Savez-vous bien que vous devriez apporter votre pièce nouvelle ? Vous nous donneriez les prémices des plaifirs que le public attend. L'abbé *du Rénel* ne va point aux fpectacles, et il eft très-bon juge : ma nièce mérite cette faveur par le goût extrême qu'elle a pour tout ce qui vient de vous : et moi qui vous ai facrifié Orefte de fi bon cœur ; moi qui, depuis fi long-temps, fuis votre enthoufiafte déclaré, ne mérité-je rien ? A mardi, à trois heures, mon cher *Térence.*

LETTRE XCVII.

A M. LE MARQUIS DES ISSARTS,

AMBASSADEUR DE FRANCE A DRESDE.

A Paris, le 19 février.

Je vous renvoie, Monsieur, ce que je voudrais rapporter moi-même sur le champ aux pieds de celle qui fait tant d'honneur à la France et à l'Italie. Je vous avoue que je suis bien étonné : il n'y a pas une faute de français dans tout l'ouvrage (1); il n'y en a pas deux contre les règles sévères de notre versification, et le style est beaucoup plus clair que celui de bien de nos auteurs. Rien ne marque mieux un esprit juste et droit que de s'exprimer clairement. Les expressions ne sont confuses que quand les idées le sont.

Cet ouvrage est le fruit d'une connaissance profonde et fine de la langue française et de l'italienne, et d'un génie facile et heureux. Un tel mérite est bien rare dans les conditions ordinaires. Il est unique dans l'état où la personne respectable, dont je tais le nom, est née. Je lui dresse en secret des autels, et je voudrais pouvoir lui porter mon encens dans la partie du ciel qu'elle habite.

(1) Tragédie en vers français que la princesse de *Saxe*, sœur de madame la dauphine, avait envoyée à M. de *Voltaire* pour l'examiner et lui en dire son sentiment.

LETTRE

Quels talens divers elle allie !
Comme elle charme tour à tour,
Tantôt les dieux de ce féjour,
Et tantôt ceux de l'Italie !

Rome la première cité,
Et Paris au moins la feconde,
Ont dit dans leur rivalité :
Son efprit, comme fa beauté,
Eft de tous les pays du monde.

On dit qu'autrefois de Saba
Certaine reine un peu favante,
Devers Salomon voyagea,
Et s'en retourna fort contente :

Mais s'il était un Salomon,
Je fais ce que ferait le fage ;
Il ferait à Drefde un voyage,
Et viendrait y prendre leçon.

Mais, retenu par les merveilles
Qui foumettent à leurs appas
Le cœur, les yeux et les oreilles,
Le fage ne reviendrait pas.

LETTRE XCVIII.

A M. D'ARNAUD.

A Paris, 19 mai.

Vous voilà donc, mon cher enfant,
Dans votre gloire de *niquée*,
Près du bel esprit triomphant,
Par qui Minerve heureusement
Ainsi que Mars est invoquée;
Et que l'Autriche provoquée,
Admire encore en enrageant;
Quant à notre muse attaquée
Par maint rimailleur indigent,
Dont la cervelle est détraquée,
Cette canaille assurément
Du public est peu remarquée.
Que le seul Frédéric le grand
Tienne votre vue appliquée;
Si l'Envie est un peu piquée
Contre votre bonheur présent,
Laissons sa rage suffoquée,
Honteuse, impuissante et moquée,
Se débattre inutilement.
Une belle est-elle choquée
Par le propos impertinent
De quelque vieille requinquée?
Elle en rit : j'en dois faire autant.

Qu'importe, mon cher d'*Arnaud*, que ce soit ou
Mouhi ou *Fréron* qui fasse la *Bigarrure*, le *Réservoir*,

—— le *Glaneur*, et toutes les fottifes que nous ne connaiffons pas dans ce pays-ci ? Les Allemands et les Hollandais font bien bons de lire ces fadaifes. Voilà une plaifante façon de connaître notre nation. J'aimerais autant juger de l'Italie par la troupe italienne qui eft à Paris.

Je voudrais pouvoir porter dans votre Parnaffe royal la comédie de madame *Denis*. C'eft une terrible affaire que de faire huit cents lieues d'allée et de venue à mon âge, avec les maladies dont je fuis lutiné fans relâche. Un jeune homme, comme vous, peut tout faire gaiement pour les belles et pour les rois ;

> Mais un vieillard fait pour fouffrir,
> Et tel que j'ai l'honneur de l'être,
> Se cache, et ne faurait fervir
> Ni de maîtreffe ni de maître.

Il n'y a au monde que *Frédéric le grand* qui pût me faire entreprendre un tel voyage. Je quitterais pour lui mon ménage, mes affaires et madame *Denis*; et je viendrais en bonnet de nuit voir cette tête couverte de lauriers. Mais, mon cher enfant, j'ai bien plus befoin d'un médecin que d'un roi. Le roi de Sardaigne a envoyé chercher l'abbé *Nollet* par une efpèce de maître-d'hôtel qui lui donnait des indigeftions fur la route : il faudrait que le roi de Pruffe m'envoyât un apothicaire.

Vous me faites quelque plaifir en me difant que mon cher *Ifaac* a des vapeurs; je mettrais les miennes avec les fiennes. On dit que M. d'*Arget* n'eft pas encore confolé ; ma trifteffe n'irait pas mal

avec fa douleur. Je me remettrais à la phyfique ——
avec M. de *Maupertuis;* je cultiverais l'italien avec 1750,
M. *Algarotti;* je m'égayerais avec vous ; mais que
ferais-je avec le roi ?

> Hélas ! quelle étrange folie
> D'aller au gourmet le plus fin
> Préfenter triftement la lie
> Et les reftes de mon vieux vin !

> Un danfeur avec des béquilles
> Dans les bals fe préfente peu ;
> La Pâris veut de jeunes filles ;
> Les vieilles font au coin du feu.
> J'y fuis ; et j'en enrage. — Adieu.

LETTRE XCIX.

A M. LE COMTE D'ARGENTAL.

A Potfdam , ce 24 juillet.

MES divins anges, je vous falue du ciel de Berlin.
J'ai paffé par le purgatoire pour y arriver. Une
méprife m'a retenu quinze jours à Clèves , et malheureufement ni la ducheffe de *Clèves* ni le duc de
Nemours n'étaient plus dans le château. Les ordres
du roi pour les relais ont été arrêtés quinze jours
entiers ; j'aurais dû confacrer ces quinze jours à
Aurélie, et je ne les ai employés qu'à me donner des
indigeftions. Je vous fais ma confeffion , mes anges.
Enfin me voici dans ce féjour autrefois fauvage, et
qui eft aujourd'hui auffi embelli par les arts qu'en-
nobli par la gloire. Cent cinquante mille foldats
victorieux , point de procureurs, opéra, comédie,
philofophie, poëfie, un héros philofophe et poëte,
grandeur et grâces, grenadiers et mufes, trompettes
et violons , repas de *Platon*, fociété et liberté ! Qui
le croirait ? Tout cela pourtant eft très-vrai, et tout
cela ne m'eft pas plus précieux que nos petits foupers.
Il faut avoir vu *Salomon* dans fa gloire ; mais il
faut vivre auprès de vous avec M. de *Choifeul* et
M. l'abbé de *Chauvelin*. Que cette lettre , je vous en
prie, foit pour eux, qu'ils fachent à quel point je les
regrette, même quand j'entends *Frédéric le grand*. Je
fuis tout honteux d'avoir ici l'appartement de M. le

maréchal

maréchal de *Saxe*. On a voulu mettre l'hiſtorien dans
la chambre du héros.

A de pareils honneurs je n'ai point dû m'attendre ;
Timide, embarraſſé, j'oſe à peine en jouir.
Quinte-Curce lui-même aurait-il pu dormir,
S'il eût oſé coucher dans le lit d'Alexandre ?

Mais dans quel lit couchez-vous, vous autres ?
Eſt-ce auprès du bois de Boulogne, eſt-ce à
Plombières ? eſt-ce à Paris ? Madame d'*Argental*
a-t-elle eu beſoin des eaux ? Il y a un mois que
j'ignore ce que j'ai le plus d'envie de ſavoir. On m'a
mandé que l'eſprit et le ſentiment de madame de
Graffigny avaient réuſſi. Ma troupe a joué chez moi
Jules-Céſar. Mais je ne ſais point ce que font mes
anges : j'ai attendu pour leur écrire que je fuſſe un
peu ſtable, et que je puſſe recevoir de leurs nouvelles. J'en attends avec la double impatience de
l'abſence et de l'amitié.

Adieu, mes anges ; mon *Frédéric le Grand* fait un
peu de tort à Aurélie. Il prend mon temps et mon
ame. La caverne d'*Euripide* vaut mieux pour faire
une tragédie, que les agrémens d'une cour. Les
devoirs et les plaiſirs ſont les ennemis mortels d'un
ſi grand ouvrage.

Conſervez-moi tous des bontés qui me feront
adorer votre ſociété, et chérir *poëmata tragica et omnes
has nugas*, juſqu'au dernier moment de ma vie.

LETTRE C.

A MADAME DE POMPADOUR,

Qui avait prié M. de Voltaire de préfenter fes refpects au roi de Pruffe.

A Poſdam, le 20 d'auguſte.

Dans ces lieux jadis peu connus,
Beaux lieux aujourd'hui devenus,
Dignes d'éternelle mémoire,
Au favori de la victoire
Vos complimens font parvenus :
Vos myrtes font dans cet afile
Avec les lauriers confondus :
J'ai l'honneur, de la part d'Achille,
De rendre grâces à Vénus.

S'il vous remerciait lui-même, Madame, vous auriez de plus jolis vers, car il en fait auffi aifément qu'un autre roi et lui gagnent des batailles.

De deux rois qu'il faut adorer
Dans la guerre et dans les alarmes,
L'un eft digne de foupirer
Pour vos vertus et pour vos charmes,
Et l'autre de les célébrer.

LETTRE CI.

A S. A. R. MADAME

LA PRINCESSE ULRIQUE DE PRUSSE,

DEPUIS REINE DE SUEDE.

MADAME,

J'AI eu la confolation de voir ici M. *Efourleman*, dont j'eftropie peut-être le nom, mais qui n'eftropie pas les nôtres, car il parle français comme votre Alteffe royale. Il m'a affuré, Madame, du fouvenir dont vous daignez m'honorer, et il augmente, s'il fe peut, mes regrets et mon attachement pour votre perfonne. Je n'ai jamais eu plus de plaifir que dans fa converfation : il ne m'a cependant rien appris de nouveau. Il m'a dit combien votre Alteffe royale eft idolâtrée de toute la Suède. Qui ne le fait pas, Madame? et qui ne plaint pas les pays que vous n'embelliffez point? Il dit qu'il n'y a plus de glaces dans le Nord, et que je n'y trouverai que des zéphirs, fi jamais je peux aller faire ma cour à votre Alteffe royale. Rempli la nuit de ces idées, je vis en fonge un fantôme d'une efpèce fingulière :

> A fa jupe courte et légère,
> A fon pourpoint, à fon collet,
> Au chapeau garni d'un plumet,
> Au ruban ponceau qui pendait

O 2

Et par devant et par derrière,
A fa mine galante et fière
D'amazone et d'aventurière,
A ce nez de conful romain,
A ce front altier d'héroïne,
A ce grand œil tendre et hautain,
Moins beau que le vôtre, et moins fin
Soudain je reconnus Chriftine :
Chriftine des arts le foutien,
Chriftine qui céda pour rien
Et fon royaume et votre Eglife,
Qui connût tout et ne crut rien,
Que le faint père canonife,
Que damne le luthérien,
Et que la gloire immortalife.

Elle me demanda fi tout ce qu'on difait de
madame la princeffe royale était vrai. Moi qui
n'avais pas l'efprit affez libre pour adoucir la vérité,
et qui ne fefais pas réflexion que les dames, et
quelquefois les reines, peuvent être un peu jaloufes,
je me laiffai aller à mes tranfports, et je lui dis que
votre Alteffe royale était à Stockholm, comme à
Berlin, les délices, l'efpérance et la gloire de l'Etat.
Elle pouffa un grand foupir, et me dit ces mots :

Si comme elle j'avais gagné
Les cœurs et les efprits de la patrie entière ;
Si comme elle toujours j'avais eu l'art de plaire,
Chriftine aurait toujours régné.
Il eft beau de quitter l'autorité fuprême ;
Il eft encor plus beau d'en foutenir le poids.

Je ceffai de régner pouvant donner des lois :
    Ulric règne fans diadème.
    Je defcendis pour m'élever ;
Je recherchais la gloire , et fon cœur la mérite.
J'étonnai l'univers qu'elle a fu captiver.
On a pu m'admirer , mais il faut qu'on l'imite.

1750.

Je pris la liberté de lui répondre que ce n'était pas là un confeil aifé à fuivre, et elle eut la bonne foi d'en convenir. Il me parut qu'elle aimait toujours la Suède, et que c'était la véritable raifon pour laquelle elle vous pardonnait toutes vos grandes qualités, qui feront le bonheur de fa patrie. Elle me demanda fi je n'irais point faire ma cour à votre Alteffe royale dans ce beau palais que M. *Efourleman* vous fait bâtir : *Defcartes* vint bien me voir, dit-elle , pourquoi ne feriez-vous pas le voyage?

    Ah ! lui dis-je, belle immortelle,
Defcartes, ce rêveur dont on fut fi jaloux,
    Mourut de froid auprès de vous,
Et je voudrais mourir de vieilleffe auprès d'elle.

On me dira peut-être, Madame, que je rêve toujours en parlant à votre Alteffe royale, et que mon fecond rêve ne vaut pas le premier (1). Il eft bien fûr au moins que je ne rêve point quand je porte envie à tous ceux qui ont le bonheur de vous voir et de vous entendre , et quand je protefte que je ferai toute ma vie avec un attachement inviolable et avec le plus profond refpect, &c.

(1) Voyez les Poëfies mêlées , volume de Contes, &c.

LETTRE CII.

A MADAME DENIS.

A Potfdam , le 20 feptembre.

VOICI une douzaine de feuilles du *Siècle de Louis XIV*. Il eft jufte que vous ayez les prémices. Je voudrais bien que M. de *Malesherbes* eût le temps et la bonté de les lire. Il me femble que dans cet abrégé il y a des détails utiles, des traits de citoyen. La plupart des hiftoriens s'appefantiffent dans leur cabinet fur des détails de guerre qui ne conviennent qu'aux gens du métier, et qui étant prefque toujours très-infidelles , ne font bons pour perfonne. J'ai tâché de faire connaître *Louis XIV* et la nation. Je conçois bien que Paris eft à préfent ivre de joie de la naiffance d'un duc de Bourgogne ; mais que voulez-vous que j'en dife ? Je ne verrai furement pas fon règne , et je ne fuis occupé que de celui de fon trifaïeul. Son berceau fera couvert des odes de nos poëtes. On lui prédira des victoires ; on lui dira qu'il fera les délices du genre-humain.

Rejeton de cent rois , efpoir fragile et tendre
    D'un héros adoré de nous ,
Que vous êtes heureux de ne pouvoir entendre
    Les mauvais vers qu'on fait pour vous !

Depuis ma dernière lettre je vais bride en main fur la louange. J'attends impatiemment votre réponfe, et je prends patience fur le refte.

LETTRE CIII.

A M. DE LA CONDAMINE.

Potfdam, 3 avril.

Grand merci, cher la Condamine,
Du beau préfent de l'équateur,
Et de votre lettre badine
Jointe à la profonde doctrine
De votre efprit calculateur.
Eh bien! vous avez vu l'Afrique,
Conftantinople, l'Amérique :
Tous vos pas ont été perdus.
Voulez-vous faire enfin fortune?
Hélas! il ne vous refte plus
Qu'à faire un voyage à la lune.
On dit qu'on trouve en fon pourpris
Ce qu'on perd aux lieux où nous fommes :
Les fervices rendus aux hommes,
Et le bien fait à fon pays.

Votre paquet du 5 janvier m'a été rendu au faint temps de Pâques. Il aurait eu le temps de faire le voyage du Bréfil. Je devais, mon cher arpenteur des aftres, vous envoyer l'hiftoire terreftre de *Louis XIV*, mais il y a trop de fautes de la part de l'éditeur, et de la mienne trop d'omiffions et trop de péchés de commiffions.

O 4

Je ne regarde cette efquiſſe que comme l'aſſemblage de quelques études dont je pourrai faire un
tableau avec le ſecours des remarques qu'on m'a
envoyées, et alors je vous prierai de l'accepter et de
me juger. C'eſt un petit monument que je tâche
d'élever à la gloire de ma patrie ; mais il y a
quelques pierres mal jointes qui pourraient me tomber
ſur le nez.

Ce n'eſt pas dans la lune que j'ai voyagé avec
Aſtolphe et Sᵗ *Jean* pour trouver le fruit de mes
peines ; c'eſt dans le temple de la philoſophie, de
la gloire et du repos.

Adieu ; je vous embraſſe de tout mon cœur, et
je vous aimerai toujours, fuſſé-je dans la lune.

LETTRE CIV.

A M. DE LA CONDAMINE.

A Potſdam , 29 avril.

Eh ! morbleu , c'eſt dans le pourpris
Du brillant palais de la Lune,
Non dans le benoît Paradis
Qu'un honnête homme fait fortune.

Du moins c'eſt ce que dit l'*Arioſte* , l'un des meilleurs théologiens que nous ayons. Eſt-ce qu'il y
avait *pays* au lieu de *pourpris* dans ma lettre ? Eh
bien ! il n'y a pas grand mal. Le conſeiller aulique
Francheville, mon éditeur , en a fait bien d'autres,
et moi auſſi ; mais , mon cher coſmopolite , ne me
croyez pas aſſez ignare pour ne pas ſavoir où eſt
Carthagène ; j'y envoie tous les ans plus d'un vaiſ-
ſeau , ou du moins je ſuis au nombre de ceux qui
y en envoient, et je vous jure qu'il vaut mieux
avoir ſes facteurs dans ce pays-là , que d'y aller.
Mais quoique M. de *Pontis* eût pris Carthagène en-deçà
de la ligne , cela n'empêche pas que nous n'ayons
été fort ſouvent nous égorger au-delà.

Je vous ſuis ſenſiblement obligé de vos remarques ;
mais il y a bien plus de fautes que vous n'avez
obſervé. J'ai bien fait des péchés d'omiſſion et de
commiſſion. Voilà pourquoi je voudrais que la première édition , qui n'eſt qu'un eſſai très-informe ,
n'entrât point en France. Jugez dans quelles erreurs

—— font tombés les *Lamartinière*, les *Réboulet* et les *tutti-quanti*, puifque moi, prefque témoin oculaire, je me fuis trompé fi fouvent. Ce n'eft pas au moins fur le maréchal de *la Féuillade*. Je tiens l'anecdote de lui-même ; mais je ne devais pas en parler. La feconde édition vaudra mieux, et furtout le catalogue des écrivains qui, beaucoup plus complet et beaucoup plus approfondi, pourra vous amufer. Je l'avais dicté pour groffir le fecond tome, qui était trop mince ; mais je le compofe à préfent pour le rendre utile.

Puifque vous avez commencé, mon cher *la Condamine*, à me faire des obfervations, vous voilà engagé d'honneur à continuer. Avertiffez-moi de tout, je vous en fupplie ; je fais fort bien qu'il n'y a point d'efclaves à la place Vendôme, et je ne fais comment on y en trouve dans l'édition de mon confeiller aulique. Il y a plus d'une bévue pareille. Je vous dirai, *et ignorantias meas ne memineris*. Votre livre, qui vous doit faire beaucoup d'honneur, n'a pas befoin de pareils fecours. Je fouhaite que vous en tiriez autant d'avantage que de gloire ; je ne fuis pas furpris de ce que vous me dites, et je ne fuis furpris de rien. Soyez-le fi je ne conferve pas toujours pour vous la plus parfaite eftime et la plus tendre amitié.

LETTRE CV.

A M. DE CIDEVILLE.

A Plombières, 9 juillet.

M ON cher et ancien ami, quoique chat échaudé
ait la réputation de craindre l'eau froide, cependant
j'ai risqué l'eau chaude. Vous savez que j'aimerais
bien mieux être auprès des naïades de Forges que
de celles de Plombières. Vous savez où je voudrais
être, et combien il m'eût été doux de mourir dans
la patrie de *Corneille*, et dans les bras de mon cher
Cideville; mais je ne peux ni passer ni finir ma vie
selon mes désirs. J'ai au moins auprès de moi à présent
une nièce qui me console, en me parlant de vous.
Nous ne fesons point de châteaux en Espagne,
mais nous en fesons en Normandie. Nous imaginons
que quelque jour nous pourrions bien vous venir
voir. Elle m'a parlé, comme vous, du poëme de
l'agriculture. C'était à vous à le faire et à dire :

> *O fortunatos nimiùm, sua nam bona noscunt!*

Pour moi je dis : *Nos dulcia linquimus arva;* mais
ne me dites point de mal des livres de dom *Calmet.*

> Ses antiques fatras ne sont point inutiles ;
> Il faut des passe-temps de toutes les façons,
> Et l'on peut quelquefois supporter les Varrons,
>   Quoiqu'on adore les Virgiles.

D'ailleurs il y a cent perfonnes qui lifent l'hif- toire, pour une qui lit les vers. Le goût de la poëfie eft le partage du petit nombre des élus. Nous fommes un petit troupeau, et encore eft-il difperfé. Et puis je ne fais fi à mon âge il me fiérait encore de chanter. Il me femble que j'aurais la voix un peu rauque. Et pourquoi chanter *deferti ad Strymonis undam?*

Enfin, je me fuis vu contraint de fonger féricufe- ment à cette hiftoire générale, dont on a imprimé des fragmens fi indignement défigurés. On m'a forcé à reprendre malgré moi un ouvrage que j'avais abandonné, et qui méritait tous mes foins. Ce n'était pas les sèches annales de l'Empire; c'était le tableau des fièctes, c'était l'hiftoire de l'efprit humain. Il m'aurait fallu la patience d'un bénédictin, et la plume d'un *Boffuet*. J'aurai au moins la vérité d'un de *Thou*. Il n'importe guère où l'on vive, pourvu qu'on vive pour les beaux-arts; et l'hiftoire eft la partie des belles-lettres qui a le plus de partifans dans tous les pays.

> Les fruits des rives du Permeffe
> Ne croiffent que dans le printemps;
> D'Apollon les tréfors brillans
> Sont le charme de la jeuneffe;
> Et la froide et trifte vieilleffe
> N'eft faite que pour le bon fens.

Adieu, mon cher ami, je vous aime bien plus que la poëfie. Madame *Denis* vous fait mille com- plimens.

LETTRE CVI.

A M. LE DUC DE LA VALLIERE.

Des bords du lac, 26 février.

QUELLE lubie vous a pris, monfieur le Duc!
Je ne parle pas d'être philofophe à la cour, c'eft un
effort de fageffe dont votre efprit eft très-capable.
Je ne parle pas d'embellir Montrouge comme Champs;
vous êtes très - digne de bien nipper deux maîtreffes
à la fois. Je parle de la lubie de daigner relancer du
fein de vos plaifirs un hermite des bords du lac de
Genève, et de vous imaginer que

Dans ma vieilleffe languiffante,
La lueur faible et tremblante
D'un feu prêt à fe confumer
Pourrait encor fe ranimer
A la lumière étincelante
De cette jeuneffe brillante
Qui peut toujours vous animer.

C'eft affurément par charité pure que vous me
faites des propofitions. Quel befoin pourriez-vous avoir
des réflexions d'un fuiffe, dans la vie charmante que
vous menez?

Les matins on vous voit paraître
Dans la meute des chiens courans,

Et dans celle des courtifans,
Tous bons ferviteurs de leur maître;
Avec grand bruit vous le fuivez
Pour mieux vous éviter vous-même,
Et le foir vous vous retrouvez.
Votre bonheur doit être extrême
Alors qu'avec vous vous vivez.
A vos beaux feftins vous avez
Une troupe lefte et choifie
D'efprits comme vous cultivés,
Gens dont les goûts non dépravés,
En vins, en profe, en poëfie,
Sont de bons gourmets approuvés;
Et par qui tout bas font bravés
Préjugés de théologie.
Dans ce bonheur vous enclavez,
Une fille jeune et jolie,
Par vos foins encore embellie,
Qu'à votre gré vous captivez;
Et qui dit, comme vous favez,
Qu'elle vous aime à la folie.

Quelle eft donc votre fantaifie,
Lorfque dans le rapide cours
D'une carrière fi remplie,
Vous prétendez avoir recours
A quelque mienne rapfodie!
N'allez pas mêler, je vous prie,
Dans vos foupers, dans vos amours,
Ma piquette à votre ambrofie;
Ah! toute ma philofophie
Vaut-elle un foir de vos beaux jours?

Tout ce que je peux faire, c'eſt de vous imiter ———
très-humblement et de très-loin ; non pas en rois, **1755.**
non pas en filles, mais dans l'amour de la retraite.
Je faluerai, de ma cabane des Alpes, vos palais de
Champs et de Montrouge ; je parlerai de vos bontés
à ce grand lac de Genève que je vois de mes fenêtres, à ce Rhône qui baigne les murs de mon jardin ;
je dirai à nos groſſes truites que j'ai été aimé de
celui à qui on a donné le nom de *Brochet* que portait le grand protecteur de *Voiture*. Comptez, monſieur
le Duc, que vous avez rappelé en moi un ſouvenir bien reſpectueux et bien tendre. La compagne
de ma retraite partage les ſentimens que je con-
ſerverai pour vous toute ma vie.

Ne comptez pas qu'un pauvre malade comme
moi ſoit toujours en état d'avoir l'honneur de
vous écrire.

J'enverrai mon billet de confeſſion à M. l'abbé de
Voiſenon, évêque de Montrouge.

L E T T R E   C V I I.

A M. DE CIDEVILLE.

A Genève, le 19 septembre.

Oui, ma mufe eft trop libertine,
Elle a trop changé d'horizon;
Elle a voyagé fans raifon
Du Pérou jufques à la Chine.
Je n'ai jamais pu limiter
L'effor de cette vagabonde ;
J'ai plus mal fait de l'imiter :
J'ai, comme elle, couru le monde.
Les girouettes ne tournent plus,
Lorfque la rouille les arrête :
Après cent travaux fuperflus,
Il en eft ainfi de ma tête.
Je fuis fixé, je fuis lié,
Mais par la plus tendre amitié,
Mais dans l'heureufe indépendance,
Dans la tranquille jouiffance
De la fortune et de la paix ,
Ne pouvant regretter la France,
Et vous regrettant à jamais.

Voilà à peu-près mon fort, mon cher et ancien
ami ; je ne lui pardonne pas de nous avoir prefque
toujours féparés , et je fuis très-affligé fi nous avons
l'air d'être heureux fi loin l'un de l'autre, vous fur
les bords de la Seine, et moi fur ceux de mon lac.

J'ai

J'ai renoncé de grand cœur à toutes les illusions de la vie, mais non pas aux confolations folides qu'on ne trouve qu'avec fes anciens amis. Madame *Denis* me fait bien fentir combien cette confolation eft néceffaire. Elle s'eft confacrée à me tenir compagnie dans ma retraite. Sans elle, mon jardin ferait pour moi un vilain défert, et l'afpect admirable de ma maifon perdrait toute fa beauté. J'ai été abfolument infenfible à ce fuccès paffager de la tragédie dont vous me parlez (1). Peut-être cette infenfibilité vient de l'éloignement des lieux. On n'eft guère touché d'un applaudiffement dont le bruit vient à peine jufqu'à nous, et on voit feulement les défauts de fon ouvrage qu'on a fous les yeux. Je fens tout ce qui manque à la pièce, et je me dis : *Solve fenef- centem.* Je me le dis aujourd'hui, et peut-être demain je ferai affez fou pour recommencer. Qui peut répondre de foi ? Je ne réponds bien pofitivement que de la fincère et inviolable amitié qui m'attache à vous pour toute ma vie.

1736.

(1) *L'orphelin de la Chine.*

LETTRE CVIII.

A M. DE CIDEVILLE.

A Monrion, près de Laufane, 19 février.

L'ONCLE et la nièce font mille complimens aux deux philofophes de la rue Saint-Pierre ; ils envoient à M. l'abbé *du Renel* ce petit fermon qui leur eft tombé entre les mains, et qui pourra les amufer ce carême. On ne peut mieux prendre fon temps pour être dévot. Mais M. l'abbé *du Renel* et M. de *Cideville* feront encore plus perfuadés de l'attachement des deux her-mites que de leur dévotion.

> Brifons ma lyre et ma trompette ;
> Laiffons les héros et les rois ;
> Je ne veux chanter qu'Henriette,
> Qu'elle feule anime ma voix.
> Mufes, déformais pour écrire,
> Je n'ai befoin que de mon cœur ;
> Mais vous juftifirez l'auteur,
> Si l'indifcret ofe en trop dire.
>
> Eh ! pourquoi craindre que l'Alteffe
> S'offenfe des plus tendres foins ?
> Faut-il, parce qu'elle eft princeffe,
> Que qui la voit l'en aime moins ?
> Etait-ce un crime volontaire
> Que de fe rendre à tant d'appas ?
> Mon droit d'aimer ne vient-il pas
> D'où lui venait celui de plaire ?

Quand on voit l'aimable Henriette
L'indifférence difparaît;
Quelque refpect qui nous arrête,
Eft-on maître de fon fecret?
Les égards que le rang impofe
N'étouffent point le fentiment.
Ils font qu'on l'exprime autrement,
Et ne changent rien à la chofe.

LETTRE CIX.

A M. TRONCHIN.

Aux Délices, 18 avril.

DEPUIS que vous m'avez quitté,
Je retombe dans ma foùffrance;
Mais je m'immole avec gaîté,
Quand vous affurez la fanté
Aux petits-fils des rois de France.

Votre abfence, mon cher *Efculape*, ne me coûte que la perte d'une fanté faible et inutile au monde. Les Français font accoutumés à facrifier de tout leur cœur quelque chofe de plus à leurs princes.

M. le duc d'*Orléans* et vous, vous ferez tous deux bénis dans la poftérité.

Il eft des préjugés utiles,
Il en eft de bien dangereux;
Il fallait, pour triompher d'eux,
Un père, un héros courageux,

P 2

Secondé de vos mains habiles.
Autrefois à ma nation
J'ofai parler, dans mon jeune âge,
De cette inoculation
Dont grâce à vous on fait ufage :
On la traita de vifion ;
On la reçut avec outrage,
Tout ainfi que l'attraction.
J'étais un trop faible interprète
De ce vrai qu'on prit pour erreur,
Et je n'ai jamais eu l'honneur
De paffer chez moi pour prophète.

Comment recevoir, difait-on,
Des vérités de l'Angleterre ?
Peut-il fe trouver rien de bon
Chez des gens qui nous font la guerre ?
Français, il fallait confulter
Ces Anglais qu'il vous faut combattre :
Rougit-on de les imiter
Quand on a fi bien fu les battre ?
Egalement à tous les yeux
Le dieu du jour doit fa carrière ;
La vérité doit fa lumière
A tous les temps, à tous les lieux
Recevons fa clarté chérie,
Et fans fonger quelle eft la main
Qui la préfente au genre-humain,
Que l'univers foit fa patrie.

Une vieille duchesse anglaise aima mieux autrefois
mourir de la fièvre que de guérir avec le quinquina,
parce qu'on appelait alors ce remède *la poudre des*

jéfuites. Beaucoup de dames janféniftes feraient très-fâchées d'avoir un médecin molinifte. Mais, Dieu 1756. merci, meffieurs vos confrères n'entrent guère dans ces querelles. Ils guériffent et tuent indifféremment les gens de toute fecte.

On dit que vous prendrez votre chemin par Lunéville. Faites vivre cent ans le bienfaiteur de ce pays-là, et revenez enfuite dans le vôtre. Imitez *Hippocrate* qui préféra fa patrie à la cour des rois.

Vos deux enfans me font venus voir aujourd'hui; je les ai reçus comme les fils d'un grand homme. Mille complimens à M. de *Labat*, fi vous avez le temps de lui parler.

Je vous embraffe tendrement.

P 3

LETTRE C X.

A M. LE MARECHAL DUC DE RICHELIEU.

27 juillet.

Mon héros, je vais auffi brûler de la poudre ; mais je tirerai moins de fufées que vous n'avez tiré de coups de canon. Ma prophétie a été accomplie encore plutôt que je ne croyais ; en dépit des malins qui niaient que je connuffe l'avenir, et que vous en dif- pofaffiez fi bien. Je vous vois d'ici tout rayonnant de gloire.

> Ce n'eft plus aux Anacréons
> De chanter avec vous à table ;
> La molleffe de leurs chanfons
> N'aurait plus rien de convenable
> A vos illuftres actions.
> Il n'appartient plus qu'aux Pindares
> De fuivre vos fiers compagnons
> Aux affauts de cent baftions ,
> Devers les îles Baléares.
> J'attends leurs fublimes écrits,
> Et s'il eft vrai , comme il peut l'être ,
> Qu'il foit parmi vos beaux efprits
> Peu de Pindares dans Paris ,
> Vos fuccès en feront renaître.
>
> Ils diront qu'un roi modéré
> Vit long-temps avec patience

L'attentat inconfidéré
D'un peuple un peu trop enivré
De fa maritime puiffance :
Qu'on a fagement préparé
La plus légitime vengeance ;
Et qu'enfin l'honneur de la France
Par vos exploits eft affuré.
Mais pour moi dans ma décadence,
Faible et fans voix , je me tairai ;
Jamais je ne me mêlerai
De ces querelles paffagères.
Je fais qu'aux marins d'Albion
Vous reprochez, avec raifon ,
Quelques procédés de corfaires :
Ce ne font pas là mes affaires.
Milton , Pope , Swift , Addiffon ,
Ce fage Lock , ce grand Newton ,
Sont toujours mes dieux tutélaires.
Deux peuples en valeur égaux
Dans tous les temps feront rivaux ,
Mais les philofophes font frères.

Vos miniftres par leurs traités
Ont affujetti la fortune :
Vos vaiffeaux , de héros montés ,
Ont battu les fils de Neptune :
Une prudence peu commune
A conduit vos profpérités ;
Mais la politique et les armes
Ne font pas mes félicités.
Croyez qu'il eft encor des charmes
Sous les berceaux que j'ai plantés.

1756.

Je vis en paix, peut-être en fage,
Entre ma vigne et mes figuiers.
Pour embellir mon hermitage,
Envoyez-moi de vos lauriers,
Je dormirai fous leur ombrage.

LETTRE CXI.

A M. LE MARQUIS D'ADHEMAR,

Grand-maître de la maifon de madame la margrave de Bareith.

IL n'eft chère que de vilain, monfieur le Grand-maître. Vous écrivez rarement ; mais auffi, quand vous vous y mettez, vous écrivez des lettres charmantes. Vous n'avez pas perdu le talent de faire de jolis vers ; les talens ne fe rouillent point auprès de votre adorable princeffe.

Pour moi, dans la retraite où la raifon m'attire,
  Je goûte en paix la liberté ;
  Cette fage divinité
 Que tout mortel, ou regrette, ou défire,
  Fait ici ma félicité.
Indépendant, heureux au fein de l'abondance,
  Et dans les bras de l'amitié,
Je ne puis regretter ni Berlin ni la France ;
  Et je regarde avec pitié
Les traités frauduleux, la fourde inimitié
  Et les fureurs de la vengeance.
Mes vins, mes fruits, mes fleurs, ces campagnes, ces eaux,

Mes fertiles vergers et mes rians berceaux,
Trois fleuves que de loin mon œil charmé contemple,
Mes pénates brillans, fermés aux envïeux,
      Voilà mes rois , voilà mes Dieux :
Je n'ai point d'autre cour , je n'ai point d'autre temple.
      Loin des courtifans dangereux ,
      Loin des fanatiques affreux ,
L'étude me foutient , la raifon m'illumine ;
Je dis ce que je penfe et fais ce que je veux.
      Mais vous êtes bien plus heureux ,
      Vous vivez près de Wilhelmine.

Vous devez revoir inceffamment un chambellan de fon Alteffe royale, qui eft prefque auffi malade que moi, mais qui eft prefque auffi aimable que vous : j'ai eu quelquefois le bonheur de le poffèder dans mon hermitage des Délices, où nous avons bu à votre fanté. Madame *Denis*, la compagne de ma retraite et de ma vie heureufe, vous aime toujours, et vous fait les plus tendres complimens : je vous fais les miens fur votre dignité de grand-maître. Souvenez-vous que j'ai été affez heureux pour pofer la première pierre de cet édifice ; ne m'oubliez jamais auprès de Monfeigneur et de fon Alteffe royale : je voudrais pouvoir leur faire ma cour encore une fois avant que de mourir. Ils ont un frère qu'il faudra toujours regarder comme un grand homme , quoi qu'il en arrive ; et dont j'ambitionnerai toujours les bontés , quoi qu'il foit arrivé. Comptez, Monfieur, fur ma tendre amitié et fur tous les fentimens qui m'attacheront à vous pour jamais.

Le fuiffe V...

LETTRE CXII.

A M. DE CHENEVIERES.

GRAND merci, mon cher confrère, de votre petite paftorale. (1)

Vous poffédez la langue de Cythère ;
Si vos beaux faits égalent votre voix ,
Vous êtes maître en l'art divin de plaire.
En fait d'amour , il faut parler et faire.
Ce dieu fripon reffemble affez aux rois :
Les bien fervir n'eft pas petite affaire.
Hélas ! il eft plus aifé mille fois
De les chanter que de les fatisfaire.

Il fe peut pourtant que vous ayez autant de talens pour le fervice de *Mifis* (2) , que vous en avez pour faire de jolis vers : en ce cas je vous fais réparation d'honneur.

Si vous avez quelque nouvelle intéreffante, je vous prie de m'en faire part , quoiqu'en profe. Je vais faire lire Mifis à madame *Denis* la pareffeufe, qui n'écrit point, mais qui vous aime véritablement.

(1) Il avait envoyé fon ballet de *Mifis et Glaucé* à M. de *Voltaire.*
(2) L'Amour eft déguifé fous le nom de *Mifis* dans ce ballet.

LETTRE CXIII.

A MESSIEURS DESMAHIS ET DE MARGENCI.

Ainsi Bachaumont et Chapelle
Ecrivirent dans le bon temps ;
Et leurs fimples amufemens
Ont rendu leur gloire immortelle ;
Occupés d'un heureux loifir,
Eloignés de s'en faire accroire,
Ils n'ont cherché que le plaifir,
Et font au temple de mémoire.
Vous avez leur art enchanteur
D'embellir une bagatelle ;
Ils vous ont fervi de modèle,
Et vous auriez été le leur.

Mais ils écrivaient au gros gourmand, au buveur *Brouffin* avec lequel ils foupaient ; et vous n'écrivez, Meffieurs, qu'à un vieux philofophe qui cultive la terre. Je finis, comme *Virgile* commença, par les Géorgiques. Voilà tout ce que j'avais de commun avec lui ; j'y ajoute encore que les *Horaces* de nos jours m'écrivent de très jolis vers. Souvenez-vous qu'*Horace* fit un voyage vers Naples où il rencontra ce *Virgile* qui était, difait-il, un très-bon homme.

Je fuis bon homme auffi ; mais ce n'eft pas affez pour de beaux efprits de Paris, et il faudrait quelque chofe de mieux pour vous faire entreprendre le voyage des Alpes, qui n'eft pas fi plaifant que celui d'*Horace* votre devancier.

—— Je crois que malgré les mauvais vers qui pleuvent,
1756. il y a encore dans Paris affez de goût pour que les
commis de la pofte n'ignorent pas la demeure des
gens de votre efpèce. Vous ne m'avez point donné
d'adreffe : je préfente à tout hafard mes obéiffances
très-humbles à mes deux confrères. Le gentilhomme
ordinaire de la chambre du roi eft doublement mon
camarade, car le roi m'a confervé mon brevet, mais
le dieu des vers m'a ôté le fien. Rien n'eft fi trifte
qu'un poëte vétéran.

Nunc itaque et verfus et cætera ludicra pona.

Mais j'aime les vers paffionnément, quand on en
fait comme vous. Je me borne à vous lire, et à vous
dire combien je vous eftime tous deux.

L E T T R E   C X I V.

A   M A D A M E   D U   B O C A G E,

PENDANT SON VOYAGE D'ITALIE.

—— Nouvelle Mufe, aimable Grâce,
1757. Allez au capitole, allez, rapportez-nous
Les myrtes de Pétrarque et les lauriers du Taffe ;
Si tous deux revivaient, ils chanteraient pour vous ;
Et voyant vos beaux yeux et votre poëfie,
     Tous deux mourraient à vos genoux,
     Ou d'amour ou de jaloufie.

Dunque, ô Signora, dopo ch' ella avrà veduto il ———
cornuto fpofo del mare Adriatico, vedrà il padre della 1757.
chieza, farà coronata nel campidoglio dalle mani del'
buono *Benedetto.* Ella dovrebbe ritornare per la via di
Genevra, e trionfare tragli eretici, quando avrà ricevuto la corona poëtica de i fanti catolici; mà il fuo
viaggio è tutto per la gloria e nel fuo gran volo ella
trafcurrà noftri lieti ben che umili tetti. Il zio e la
nipote (1) bacciano affettuofamente la mano che a
fcritto tante belle cofe, e fi ricommandano alla fua
benignità con ogni offequio.

Good journey *Milton's* daughter, *Camoen's* fifter.

Comptez, Madame, que nous ne vous pardonne-
rons pas de n'avoir point pris la route de Genève;
mille tendres refpects.

LETTRE CXV.

A DOM FAUGERES,

Abbé de Senones, neveu et fucceffeur de dom Calmet,
  qui lui avait demandé des vers pour le portrait de
  fon oncle.

20 novembre.

Il ferait difficile, Monfieur, de faire une infcription
digne de l'oncle et du neveu : au défaut de talent, je
vous offre ce que me dicte mon zèle.

Des oracles facrés que Dieu daigna nous rendre,
Son travail affidu perça l'obfcurité:

(1) Madame *Denis.*

Il fit plus ; il les crut avec fimplicité ,

1757.   Et fut, par fes vertus , digne de les entendre.

Il me femble au moins que je rends juftice à la fcience, à la foi, à la modeftie, à la vertu de feu dom *Calmet ;* mais je ne pourrai jamais célébrer, ainfi que je le voudrais, fa mémoire qui me fera infiniment chère, &c.

LETTRE CXVI.

A M. DE CIDEVILLE.

Aux Délices, le premier feptembre.

—— Mon cher et ancien ami, je reviens dans mes chères

1758. Délices, après un affez long voyage à la cour palatine. Je trouve, en arrivant, vos jolis vers dans lefquels vous ne paraiffez pas trop content de Paris ; et je crois fermement que vous avez raifon. Mais avez-vous, dans votre Launai, un peu de fociété ? Il me femble que la retraite n'eft bonne qu'avec bonne compagnie.

Vous favez, mon cher Cideville,
Que ce fantôme ailé qu'on nomme le bonheur,
N'habite ni les champs, ni la cour, ni la ville.
Il faudrait, nous dit-on, le trouver dans fon cœur ;
C'eft un fort beau fecret qu'on chercha d'âge en âge :
Le fage fuit des grands le dangereux appui,
Il court à la campagne, il y sèche d'ennui :
        J'en fuis bien fâché pour le fage.

Ce n'eft pas des fages comme vous que je parle : je fuis bien sûr que l'ennui n'approche pas plus de votre Launai que de mes Délices. Je prends acte furtout que je n'ai pas quitté mes pénates champêtres par inquiétude, pour aller chez l'électeur palatin par vanité. Je vous avouerai que j'ai mis dans cette cour, et entre les mains de l'électeur, une partie de mon bien qu'on pille prefque par-tout ailleurs. Il a bien voulu avoir la bonté de faire avec moi un petit traité qui me met en fureté moi et les miens pour le refte de ma vie.

1758.

Le bon *Horace* dit :

Det vitam, det opes, animum æquum mî ipfe parabo.

Il aurait dû ajouter *det amicos*, mais vous me direz que c'eft notre affaire et non celle du ciel. C'eft l'amitié de mes nièces qui fait de près le bonheur de ma vie, c'eft la vôtre qui le fait de loin. *Excepto quod non fimul effem cætera lætus.* Je vous ai fouvent regretté, et votre fouvenir m'a confolé. Vous n'êtes pas homme à franchir les Alpes, et à me venir voir fur les bords de mon lac, comme madame *du Bocage ;* vous vous contentez de cueillir les fleurs d'*Anacréon* dans vos jardins ; vous n'allez pas chercher comme elle la couronne du *Taffe* au capitole, *fatis beatus unicis Sabinis.*

Adieu, mon cher et ancien ami ; mes deux nièces, toute ma famille, vous font les plus tendres complimens.

P. S. Eh bien, les Anglais ont donc quitté vos côtes normandes, nonobftant clameur de haro ! Eft-il vrai qu'ils ont pris beaucoup de canons, de vaches,

de filles et d'argent? Le Canada va donc être entièrement perdu, le commerce ruiné, la marine anéantie,
tout notre argent enterré en Allemagne? Je vous
trouve très-heureux, mon cher *Cideville*, de posséder
la terre de Launai. Je n'ai aux Délices que l'agréable,
et vous possédez l'agréable et l'utile.

> *Beatus ille qui, procul ridiculis,*
> *Fecunda rura bobus exercet suis!*

LETTRE CXVII.

A MADAME DU BOCAGE.

Aux Délices, 27 décembre.

I L est vrai, Madame, qu'un jour, en me promenant
dans les tristes campagnes de Berne avec un illus-
trissime et excellentissime avoyer de la république,
on avait aposté le graveur de cette république, qui
me dessina. Mais comme les armes de nos seigneurs
font un ours, il ne crut pas pouvoir mieux faire que
de me donner la figure de cet animal. Il me dessina
ours, me grava ours. Comment ce beau chef-
d'œuvre est-il tombé entre vos belles mains? Pour
vous, Madame, quand on vous grave, c'est sur les
Grâces, c'est sur Minerve qu'on prend son modèle.

> Dans ce charmant assemblage,
> L'ignorant, le connaisseur,
> L'ami, l'amant, l'amateur,
> Reconnaissent du Bocage.

Je

Je fuis très touché de la mort de *Formont*, car je ⸺
ne me fuis point endurci le cœur entre les Alpes 1758.
et le mont Jura.

Je l'aimais, tout pareffeux qu'il était. Pour moi,
j'achève le peu de jours qui me reftent, dans une
retraite heureufe. Je rends le pain béni dans mes
paroiffes, je laboure mes champs avec la nouvelle
charrue. Je bâtis, *nel gufto italiano;* je plante fans
efpérer de voir l'ombrage de mes arbres, et je n'ai
trouvé de félicité que dans ce train de vie. Je vous
avoue que je trouve l'acharnement contre *Helvétius*
auffi ridicule que celui avec lequel on pourfuivit *le
Peuple de Dieu* de ce père *Berruyer*. Il n'y a qu'à ne
rien dire. Les livres ne font ni bien ni mal. Cinq ou
fix cents oififs, parmi vingt millions d'hommes, les
lifent et les oublient. *Vanité des vanités, et tout n'eft
que vanité.* Quand on a le fang un peu allumé, et
qu'on eft de loifir, on a la rage d'écrire. Quelques
prêtres atrabilaires, quelques clercs ont la rage de
cenfurer. On fe moque de tout cela dans la vieilleffe,
et on vit pour foi. J'avoue que les fatras de ce fiècle
font bien lourds. Tout nous dit que le fiècle de
Louis XIV était un étrange fiècle. Vous, Madame,
qui êtes l'honneur du nôtre, confervez vos bontés
pour l'habitant des Alpes qui connaît tout votre
mérite, et qui eft au nombre des étrangers vos
admirateurs.

Mille amitiés, je vous en prie, à M. *du Bocage.*

Mes nièces et moi nous baifons humblement les
feuilles de vos lauriers.

L E T T R E   C X V I I I.

A   M A D A M E

LA MARQUISE DU DEFFANT.

Aux Délices, 12 janvier.

LIBRE d'ambition, de foins et d'efclavage,
Des fottifes du monde éclairé fpectateur,
    Il fe garda bien d'être acteur,
    Et fut heureux autant que fage.
    Il fuyait le vain nom d'auteur;
Il dédaigna de vivre au temple de mémoire,
    Mais il vivra dans votre cœur :
    C'eft fans doute affez pour fa gloire.

Les fleurs que je jette, Madame, fur le tombeau de notre ami *Formont*, font sèches et fanées comme moi. Le talent s'en va; l'âge détruit tout. Que pouvez-vous attendre d'un campagnard qui ne fait plus que planter et femer dans la faifon ? J'ai confervé de la fenfibilité; c'eft tout ce qui me refte, et ce refte eft pour vous; mais je n'écris guère que dans les occafions.

Que vous dirais-je du fond de ma retraite ? Vous ne me manderiez aucune nouvelle de la roue de fortune fur laquelle tournent nos miniftres du haut en bas, ni des fottifes publiques et particulières. Les lettres, qui étaient autrefois la peinture du cœur, la confolation de l'abfence, et le langage dela vérité, ne font plus à préfent que de triftes et vains témoignages de la crainte d'en trop dire, et de la contrainte de l'efprit. On tremble de laiffer échapper un mot qui peut être mal interprété : on ne peut plus penfer par la pofte.

Je n'écris point au préfident *Hénault*, mais je lui fouhaite, comme à vous, une vie longue et faine. Je dois la mienne au parti que j'ai pris. Si j'ofais, je me croirais fage, tant je fuis heureux. Je n'ai vécu que du jour où j'ai choifi ma retraite ; tout autre genre de vie me ferait infupportable. Paris vous eft néceffaire ; il me ferait mortel ; il faut que chacun refte dans fon élément. Je fuis très-fâché que le mien foit incompatible avec le vôtre, et c'eft affurément ma feule affliction.

Vous avez voulu auffi effayer de la campagne ; mais, Madame, elle ne vous convient pas : il vous faut une fociété de gens aimables, comme il fallait à *Rameau* des connaiffeurs en mufique. Le goût de la propriété et du travail eft d'ailleurs abfolument néceffaire dans des terres. J'ai de très-vaftes poffeffions que je cultive. Je fais plus de cas de votre appartement que de mes blés et de mes pâturages ; mais ma deftinée était de finir entre un femoir, des vaches et des génevois.

Ces Génevois ont tous une raifon cultivée. Ils font fi raifonnables qu'ils viennent chez moi, et qu'ils trouvent bon que je n'aille jamais chez eux. On ne peut, à moins d'être madame de *Pompadour*, vivre plus commodément.

Voilà ma vie, Madame, telle que vous l'avez devinée, tranquille et occupée, opulente et philofophique, et furtout entièrement libre ; elle vous eft abfolument confacrée dans le fond de mon cœur, avec le refpect le plus tendre et l'attachement le plus inviolable.

Q 2

LETTRE CXIX.

A M. LE COMTE ALGAROTTI.

Aux Délices, 27 janvier.

Tout le peuple commentateur
Va fixer fes regards avides
Sur le grave compilateur
De l'hiftoire des Néréides ;
Mais fi notre excellent auteur
Voulait nous donner fur nos belles
Des mémoires un peu fidelles ,
Il plairait plus à fon lecteur ;
Près d'elles il eft en faveur ,
Et *magna pars* de leur hiftoire ;
Mais c'eft un modefte vainqueur
Qui ne parle point de fa gloire.

Il *Pafcali* è un traditore comme tutti j libraji ; o niente ricevuto da fua parte ; mi accorgo bene che un furbo catolico librajo no hà la minima corrifpondenza coi furbi libraji calvinifti ; però i fratelli *Crammer* di Genevra fono uomini onefti e di garbo , mà il voftro *Pafcali* è un briccone, ed io fono arrabbiato contrà di lui.

Si jamais, dans vos goguettes, vous vous remettez à voyager, n'oubliez pas de paffer par les confins de Genève, où j'ai acquis de belles terres que je ne dois pas à *Argaleon. Vive memor noftrî*, and let a free man vifit a free man, à jamais votre très-humble, &c.

LETTRE CXX.

A MADAME DU BOCAGE.

Aux Délices, 2 février.

Qui les a faits ces vers doux et coulans,
Qui comme vous ont le talent de plaire ?
Pour moi j'ai dit, en voyant ces enfans :
A leurs attraits je reconnais leur mère.

Quoi ! vous louez ma retraite, mes goûts,
Les agrémens de mon féjour champêtre !
Vous prétendez que, même loin de vous,
Je fuis heureux, et fage aussi peut-être.

Il est bien vrai que la félicité
Devrait loger fous l'humble toit du fage :
Je la cherchai dans mon doux hermitage ;
Elle y passa ; mais vous l'avez quitté.

Ou les vers en *té* et en *age*, que j'ai reçus de Paris,
font de vous, Madame ; ou il y a quelqu'un qui vous
ressemble et qui vous vaut bien. Pardonnez-moi si
je vous ai foupçonnée fans héfiter. J'ai cru reconnaître
votre écriture, et j'ai la vanité de croire que je ne
me méprends pas à votre ftyle ; ce n'est point un
jugement téméraire d'accufer les gens des actions
qu'ils font accoutumés de commettre.

Je ne trouve rien à dire contre ma retraite, finon
que vous habitez Paris. Je fuis comme le renard fans
queue, qui voulait ôter la queue à fes camarades.

Q 3

Je voudrais que les perfonnes à grands talens me juftifiaffent, moi qui ai pris le parti de me retirer parce que je n'en ai que de petits. Je vois qu'en général petits et grands ne trouvent guère que des jaloux et de très-mauvais juges. Il me paraît que les grâces et le bon goût font bannis de France, et ont cédé la place à la métaphyfique embrouillée, à la politique des cerveaux creux, à des difcuffions énormes fur les finances, fur le commerce, fur la population, qui ne mettront jamais dans l'Etat ni un écu ni un homme de plus. Le génie français eft perdu; il veut devenir anglais, hollandais et allemand; nous fommes des finges qui avons renoncé à nos jolies gambades pour imiter mal les bœufs et les ours. *La Tocane* et *la Goutte* de *Chaulieu*, qui ne contiennent que deûx pages, valaient cent fois mieux que tous les volumes dont on nous accable. On croit être folide, on n'eft que lourd et lourdement chimérique.

Eft-il vrai, Madame, que le parlement fait brûler le livre *de l'Efprit*? Paffe encore pour des mandemens d'évêque! Mais de gros in-4° fcientifiques! Sont-ce-là des procès à juger dans la cour des pairs?

M. de *Cideville* eft-il à Paris? Je lui ai écrit dans fa rue de Saint-Pierre; peut-être n'y eft-il plus. Voyez-vous fouvent le grand abbé *du Refnel*? Ces deux meffieurs me paraiffent à moitié fages, ils paffent fix mois au moins hors de Paris.

Pardon, Madame, non, ils ne font point fages du tout, ni moi non plus; ils vous quittent fix mois, et moi pour toujours! Daignez m'écrire, fi vous voulez que je ne fois pas à plaindre.

Pardonnez, Madame, à un malingre s'il n'a pas

l'honneur de vous écrire de fa main ; fon corps eft faible, mais fon cœur eft rempli pour vous des fentimens les plus vifs d'eftime et d'attachement : il en dit autant à M. *du Bocage*.

1759.

LETTRE CXXI.

A M. LE MARQUIS DE CHAUVELIN,

AMBASSADEUR A TURIN.

Le 6 novembre.

V RAIMENT c'eft une juftice de DIEU que mes chevaux aient égaré vos très-aimables excellences. Ils vous auraient menés par le droit chemin, s'ils vous avaient conduits dans nos chaumières ; mais ils font comme moi : ils haïffent le chemin des cours, et furtout n'aiment point à nous priver de votre préfence. Voici le jour des contre-temps. Il y avait un petit papier dans la lettre dont vous m'honorez ; j'ouvre la lettre avec madame *Denis*, et vous jugez bien que ce n'était pas fans précipitation : le petit papier vole dans le feu. Je me fuis en vain brûlé le doigt index ; *jam cinis ater erat.* Hélas ! avons-nous dit, c'eft l'image de nos plaifirs ! Voilà comme ce qu'il y a de plus aimable au monde nous a échappé.

Allez, couple charmant, trop prompt à difparaître
De nos fimples hameaux par vous feuls embellis ;
    Nous favons que les fleurs vont naître
    Sur les glaces du mont Cénis.

Q 4

Nous connaiſſons le Dieu chargé de vous conduire ;
S'il vous a bien traités, vous l'imitez auſſi.
Vous vous faites un jeu de ſavoir tout ſéduire,
    Juſqu'à l'évêque d'Anneci.

C'eſt un dévot que ce prélat. Il vous dira qu'il faut ſuivre ſa vocation, et il ſentira bien que la vôtre eſt de plaire.

Comme les portes de la ville de *Jean Calvin* ſont fermées à l'heure que je reçois le paquet de votre excellence, elle ne l'aura que demain lundi. Apparemment que le libraire de Genève, rempli de conſcience, vous a donné, pour votre argent, les livres en queſtion pour ſuppléer aux œuvres du chevalier de *Mouhy*. Je doute que les grâces de madame l'ambaſſadrice s'accommodent de l'outrecuidance de *Rabelais*; cependant il y a là de très-bonnes frénéſies.

Si, dans le billet brûlé, il y avait quelqu'un de vos ordres, il vous en coûtera encore deux ou trois mots pour réparer mon malheur.

Mérope-Aménaïde Denis eſt enchantée de vous deux. Nous feſons comme on fera à Turin, nous en parlons ſans ceſſe ; c'eſt une conſolation que nous ne nous épargnerons pas.

Quand la cour de France voudra ſubjuguer quelque nation, allez-y tous deux ; paſſez-y ſeulement trois jours, et l'affaire eſt faite. Vous avez rendu Genève toute françaiſe.

Couple adorable, recevez mes regrets, mon reſpect, mon attachement.

                          La marmotte des Alpes.

LETTRE CXXII.

A M. LE MARQUIS DE CHAUVELIN,

AMBASSADEUR A TURIN.

Aux Délices, 22 novembre.

Vous, faits pour vivre heureux et si dignes de l'être,
Qui l'êtes l'un par l'autre, et dont les agrémens
     Ont prêté pendant quelque temps
Un peu de leur douceur à mon séjour champêtre ;
     Quoi ! vous daignez dans vos palais
     Vous souvenir de nos ombrages !
Vous donnez un coup d'œil à ces autels sauvages
Que nous dressions pour vous, où vos yeux satisfaits
     Daignaient accepter nos hommages !
Vous parlez de beaux jours : ah, vous les avez faits !
Vous vantez les plaisirs de nos heureux bocages :
     C'est courir après vos bienfaits.

Vos deux excellences nous ont enchantés, chacun à sa façon. Vous en faites autant à Turin. Vous y avez essuyé plus de cérémonies que chez *Philémon* et *Baucis;* mais si jamais vous daignez repasser par chez nous, vous n'essuierez que des tragédies nouvelles. Nous aurons un théâtre plus honnête, et nos acteurs seront plus formés. Il faudrait alors jouer un tour à M. et à madame *d'Argental,* les faire mander à Parme, et leur donner rendez-vous aux Délices.

Il paraît que vous avez écrit à M. le duc de *Choiseul* avec quelque indulgence sur notre compte ; que vous

—— avez fait valoir notre lac, nos truites et notre vie
1759. tranquille ; car il prétend qu'il eft très-fâché de n'avoir
pas pris fa route par notre hermitage, en revenant
d'Italie. Grâces vous foient rendues de tous vos propos obligeans.

M. d'*Argental* crie toujours après la chevalerie(1) ;
et moi qui fuis devenu temporifeur, avec toute ma
vivacité, je réponds qu'il faut attendre, que tout
ouvrage gagne à refter fur le métier, que le temps
préfent n'eft pas trop celui des plaifirs, et que ceux
qui vont aux fpectacles avec l'argent qu'ils ont tiré
du quart de leur vaiffelle d'argent vendue, ne font
pas de bonne humeur : en un mot, ce n'eft pas le
temps de la chevalerie.

Vous croyez bien que je n'ai pas encore reçu des
nouvelles de *Luc* (2) ; il a été malade, il a beaucoup
d'affaires. S'il m'écrit, j'aurai l'honneur de vous en
rendre compte, plus que de cet abbé d'*Efpagnac* qui
ne finit point, et que j'abandonne à fon fens réprouvé
de vieux confeiller - clerc. Au refte, en outrageant
ainfi les confeillers-clercs, j'excepte toujours monfieur
votre frère.

Je me mets aux pieds de vos très - aimables éxcel-
lences. *Baucis* arrache la plume des mains de *Philémon*,
pour vous dire que vos excellences ont emporté nos
cœurs en nous privant de leur préfence, et qu'il ne
nous refte que des regrets.

P. S. de madame *Denis.* Mais que peut dire *Baucis*
après *Philémon* ? Elle fe contente de fentir tout ce qu'il

(1) La tragédie de Tancrède.
(2) Le roi de P * * *.

exprime; elle fe plaît dans l'idée de vous favoir adorés
à Turin, où vous repréfentez fi bien une nation faite **1759.**
autrefois pour fervir de modèle aux autres. Malgré
tous nos malheurs, on en prendra toujours une
grande idée en vous voyant l'un et l'autre. Je vous
en remercie pour ma patrie. *Aménaïde* et *Mérope* vous
demandent vos bontés, et les méritent par le plus
tendre et le plus refpectueux attachement.

LETTRE CXXIII.

A M. LE MARQUIS DE FLORIAN.

Aux Délices, 26 mai.

Je fuis auffi fâché que vous pour le moins, mon cher
grand écuyer d'Affyrie, qu'on n'ait pas ofé adopter **1760.**
mes chars, crainte du ridicule. Le ridicule pourtant
n'eft pas fi à craindre que les Pruffiens; et je fuis toujours convaincu (quoique je ne fois pas du métier)
que ce ferait la feule manière de les vaincre en pleine
campagne.

L'armée d'exécution, comme ils l'appellent, eft
exécutée; tout cela eft difperfé. Meffieurs des Cercles
mettent les armes bas quand on leur dit que meffieurs
de Pruffe font à une lieue.

On dit que les Anglais viennent de nous prendre
douze gros vaiffeaux marchands. Leur miniftère a
fait imprimer un ouvrage très-artificieux, très-
bien écrit, pour juftifier leur conduite envers les
avides Hollandais. Le mémoire eft fort beau ; et fur

—— la feule lecture, je les condamnerais. Ces pirates-là font auffi méchans fur mer que les Pruffiens fur terre. Nous nous ruinons pour leur réfifter, et nous portons tout notre argent en Germanie. Jamais elle n'a été fi dévaftée, fi fanglante et fi riche.

J'avoue avec vous, mon cher affyrien, que Dieu a envoyé M. de *Silhouette* à notre fecours. S'il y a quelque bon remède, il le trouvera; car il n'eft pas comme la plupart de fes prédéceffeurs, gens eftimables, mais fans génie, qui traçaient leur fillon comme ils pouvaient avec la vieille charrue. J'augure beaucoup d'un traducteur de *Pope*, qui a vu long-temps l'Angleterre et la Hollande.

Il n'eft pas de ces vieux novices
Marchant dans des fentiers ouverts,
Et même y marchant de travers,
Créant des charges, des offices,
Billets d'Etat, écus factices;
Empruntant à tout l'univers,
Replâtrant par des injuftices
Nos fottifes et nos revers.
Il ramène les temps propices
Et des Sullis et des Colberts,
Et rembourfe de mauvais vers
Pour le prix de fes grands fervices.

Je ne fais pourquoi vous me mandez que tant de poëtes le perfécutent avec des éloges en vers. Mes chers confrères n'entrent pour rien dans les obligations que l'Etat peut lui avoir; ils ne prendront point d'actions fur les fermes. En avez-vous pris? Il me

femble que mes nièces en ont quelques-unes. L'opé-
ration eft un peu à l'anglaife : Eh tant mieux ! il faut ‎1760.
faire du public une compagnie qui prête au public ;
c'eft la grande méthode de Londres.

LETTRE CXXIV.

A M. DE CHENEVIERES,

*Qui mandait à l'auteur que Louis XV avait annoncé fa
mort à Verfailles.*

Aux Délices, 26 mai.

RESSUSCITER eft fans doute un grand cas :
C'eft un plaifir que je viens de connaître ;
Mais le plus grand ce ferait d'apparaître
A fes amis : je ne m'en flatte pas.
Pour ce prodige, il eft quelques obftacles.
C'en ferait trop pour les gens d'ici bas
Que deux plaifirs, et furtout deux miracles.

J'ai grande envie de reffufciter entièrement, c'eft-
à-dire de voir monfieur et madame de *Chenevières*, et
votre ami qui me fait d'auffi jolis complimens ; mais
un maçon, un laboureur, un jardinier, un vigneron,
tel j'ai l'honneur de l'être, ne peut quitter fes champs
fans faire une fottife. Je fuis plus capable de faire des
fottifes que des miracles.

Bonjour, homme aimable.

LETTRE CXXV.

A M. LE MARQUIS ALBERGATI CAPACELLI,

SENATEUR DE BOLOGNE.

Aux Délices, 19 juin.

EN tout pays on se pique
De molester les talens ;
Goldoni voit maint critique
Combattre ses partisans.

On ne savait à quel titre
On doit juger ses écrits ;
Dans ce procès on a pris
La nature pour arbitre.

Aux critiques, aux rivaux
La nature a dit sans feinte :
Tout auteur a ses défauts,
Mais ce Goldoni m'a peinte.

Ecco, o mio Signore, la mia sentenza. Mi lusingo ch'ella sara firmata al vostro tribunale. Aspetto un *Shaftesbury*, e subito lo spedirò à voi.

Mille complimenti à M. *Algarotti*.

Aimez toujours le théâtre pour être béni. Si nous jouons à Tournei quelque nouveauté, nous ne manquerons pas de l'envoyer à *Bologna quæ docet*. Je vous aime sans vous avoir vu, et j'aime le cher *Algarotti* parce que je l'ai vu. Mille respects à l'un et à l'autre.

LETTRE CXXVI.

A MADEMOISELLE FEL,

ACTRICE DE L'OPERA.

Aux Délices, 7 augufte.

TRÈS-AIMABLE *Roffignol*, l'oncle et la nièce, ou plutôt la nièce et l'oncle, avaient befoin de votre fouvenir. Les gens qui n'ont que des oreilles vous admirent ; ceux qui, avec des oreilles ont du fenti- ment, vous aiment. Nous nous flattons d'avoir de tout cela. Et fachez, malgré toute votre modeftie, que vous êtes auffi féduifante quand vous parlez que quand vous chantez. La fociété eft le premier des concerts, et vous y faites la première partie. Nous favons bien que nous ne jouirons plus de votre commerce dont nous avons fenti tout le prix : les habitans des bords de notre lac ne font pas faits pour être auffi heureux que ceux des bords de la Seine. Voici ce que notre petit coin des Alpes dit de vous :

De *Roffignol* pourquoi porter le nom ?
Il eft bien vrai qu'ils ont été fès maîtres ;
Maïs tous les ans, dans la belle faifon,
L'Amour les guide en nos réduits champêtres.
Elle n'a pas tant de fidélité ;
Elle nous fuit, peut-être nous oublie.
C'eft le phénix à jamais regretté :
On ne le voit qu'une fois dans fa vie.

C'eſt ainſi qu'on vous traite, Mademoiſelle ; et quand vous reviendriez, vous n'y gagneriez rien : on vous traiterait ſeulement de phénix qu'on aurait vu deux fois. Pour moi, quelque forte envie que j'aye de venir vous rendre mes hommages, il n'y a pas d'apparence que j'aille à Paris. Le rôle d'un homme de lettres y eſt trop ridicule, et celui de philoſophe trop dangereux. Je m'en tiens à achever mon château, et ne veux plus en bâtir en Eſpagne.

Vraiment vous faites à merveille de me parler de M. de *la Borde*. Je ſais que c'eſt un homme d'un vrai mérite et néceſſaire à l'Etat. *Sono pochiſſimi i ſignori* de cette eſpèce.

Adieu, Mademoiſelle ; recevez ſans cérémonie les aſſurances de l'attachement très-véritable de l'oncle et de la nièce. Nos complimens à monſieur votre frère.

LETTRE

LETTRE CXXVII.

A MADEMOISELLE CLAIRON.

Aux Délices, le 19 septembre.

Nous fommes trois que même ardeur excite,
Egalement à vous plaire empreffés ;
L'un vous égale, et l'autre vous imite,
Et le troifième avec moins de mérite
Eft plus heureux, car vous l'embelliffez.
Je vous dois tout. Je devrais entreprendre
De célébrer vos talens, vos attraits ;
Mais quoi ! les vers ne plaifent déformais
Que quand c'eft vous qui les faites entendre.

Celui qui vous égale quelquefois, Mademoifelle,
c'eft M. le duc de *Villars*, quand il daigne nous lire
quelque morceau de tragédie. Celle qui vous imita
parfaitement hier dans Alzire, c'eft madame *Denis*;
et le vieil hermite que vous embelliffez, vous vous
doutez bien qui c'eft.

Nous jouâmes hier Alzire devant M. le duc de
Villars; mais nous devrions partir pour venir voir
la divine *Aménaïde*. Si jamais les pays méridionaux
de la France ont le bonheur de vous poffféder quelque temps, nous tâcherons de nous trouver fur votre
route, et de vous enlever. Nous avons un acteur haut
de fix pieds et un pouce (1), qui fera très-propre à
ce coup de main. Nous vous fupplierons de nous

(1) M. *Pictet.*

Lettres en vers, &c.   R

informer du chemin que vous prendrez ; car, par la
1760. première loi de cette ancienne chevalerie que vous
faites réuffir à Paris (1), il eft dit expreffément,
qu'*aucun chevalier ne violera jamais une infante fans le
confentement d'icelle.* Comptez que je fuis navré de
douleur de ne pouvoir jouer le premier rôle dans
une telle aventure. Ne comptez pas moins fur
l'admiration et le tendre attachement du *Claironien*
et *Antifréronien*, V...

Madame *Denis* et toute la troupe fe mettent aux
pieds de leur modèle.

LETTRE CXXVIII.

A S. A. ELECTORALE LE PRINCE PALATIN,

CHARLES-THEODORE.

A Ferney, 14 avril.

QUE je fuis touché, que j'afpire
A voir briller cet heureux jour,
Ce jour fi cher à votre cour,
A vos Etats, à tout l'Empire !

1761.

Que j'aurai de plaifir à dire,
En voyant combler votre efpoir :
J'ai vu l'enfant que je défire,
Et mes yeux n'ont plus rien à voir !

(1) On jouait alors la tragédie de Tancrède.

Je reffemble au vieux Siméon,
Chacun de nous a fon meffie ;
J'ai pour vous plus de paffion
Que pour Jofeph et pour Marie.

1761.

Monfeigneur, que votre Alteffe électorale me pardonne mon petit enthoufiafme un peu profane ; la joie le rend excufable. Je ne fais ce que je fais , ma lettre manque à l'étiquette. Du temps de la naiffance du duc de Bourgogne, tous les poliffons fe mirent à danfer dans la chambre de *Louis XIV.* Je ferais un grand poliffon dans Schwetzingen , fi je pouvais, dans le mois de juillet, être affez heureux pour me mettre aux pieds du père, de la mère et de l'enfant. Un fils et la paix , voilà ce que mon cœur fouhaite à vos Alteffes électorales ; et un fils fans la paix eft encore une bien bonne aventure. Je me mets à vos genoux, Monfeigneur ; je les embraffe de joie. Agréez , vous et madame l'Electrice , ma mauvaife profe , mes mauvais vers, mon profond refpect, mon ivreffe de cœur ; et daignez conferver des bontés à votre petit fuiffe , &c.

LETTRE CXXIX.

A S. A. ELECTORALE LE PRINCE PALATIN,

CHARLES-THEODORE.

A Ferney , le 9 juin.

Est-ce une fille , eft-ce un garçon ?
Je n'en fais rien : la Providence
Ne dit point fon fecret d'avance,
Et ne nous rend jamais raifon.

Grands , petits, riches, gueux, fous, fages,
Tous aveugles dans leurs efforts ,
Tous à tâtons font des ouvrages
Dont ils ignorent les refforts.

C'eft bien là que l'homme eft machine :
Mais le machinifte eft là-haut ,
Qui fait tout de fa main divine
Comme il lui plaît , et comme il faut.

Je bénis fes dons invifibles :
Car vous favez que tout eft bien.
On ne peut fe plaindre de rien
Au meilleur des mondes poffibles.

S'il vous donne un prince , tant mieux
Pour tout l'Etat et pour fon père ;
Et s'il a votre caractère ,
C'eft le plus beau préfent des Cieux.

Si d'une fille il vous régale,
Tant mieux encor ; c'eſt un bonheur :
En grâce, en beautés, en douceur
Je la vois à ſa mère égale.

O couple auguſte, heureux époux,
L'eſprit prophétique m'emporte :
Fille ou garçon , il ne m'importe,
L'enfant ſera digne de vous.

Monſeigneur, il m'importe cependant; et je par-
tirais en poſte pour ſavoir ce qui en eſt, ſi cette Providence qui fait tout pour le mieux ne me traitait
pas miſérablement. Elle maltraite fort votre petit
vieillard ſuiſſe, et m'a fait l'individu le plus ratatiné
et le plus ſouffrant de ce meilleur des mondes. Je
ferais vraiment une belle figure au milieu des fêtes de
vos Alteſſes électorales ! Ce n'était que dans l'ancienne
Egypte qu'on plaçait des ſquelettes dans les feſtins.
Monſeigneur, je n'en peux plus. Je ris encore quelquefois ; mais j'avoue que la douleur eſt un mal. Je
ſuis conſolé ſi votre alteſſe électorale eſt heureuſe. Je
ſuis plus fait pour les extrêm'onctions que pour les
baptêmes.

Puiſſe la paix ſervir d'époque à la naiſſance du
prince que j'attends. Puiſſe ſon auguſte père conſerver
ſes bontés au malingre, et agréer les tendres et profonds reſpects du petit ſuiſſe, &c.

1761.

R 3

LETTRE CXXX.

A M. DAMILAVILLE.

Le 19 juin.

En voyant la mine de ce pauvre abbé *Du Refnel*, je n'ai pu m'empêcher de dire :

> Quoiqu'il eût cette mine, il fit pourtant des vers;
> Il fut prêtre, mais philofophe;
> Philofophe pour lui, fe cachant des pervers.
> Que n'ai-je été de cette étoffe !

Frère *Thiriot* n'aura pas autre chofe de moi. Il n'y a pas moyen de faire une infcription à moins qu'elle ne foit un peu piquante, et je ne trouve rien de piquant à dire fur l'abbé *Du Refnel*. C'était un homme aimable dans la fociété ; je le regrette de tout mon cœur, je le fuivrai bientôt, et puis c'eft tout.

J'ai pris la liberté d'envoyer fous votre enveloppe, une lettre pour M. *Héron*, dans laquelle je lui demande une grâce qui m'eft très-néceffaire : c'eft de vouloir bien me faire parvenir une ordonnance du roi, qui défend aux archevêques et aux évêques de prendre des curés pour leurs promoteurs ou officiaux. Cette loi qui eft de 1627, me paraît fort fage : c'eft ce qui fait qu'elle n'eft point exécutée. Comme j'aime un peu le remue-ménage, j'ai envie de faire quelques niches aux prêtres de mon canton. Rien n'eft plus amufant dans la vieilleffe.

Je me recommande à tous les frères, en corps et en ame.

LETTRE CXXXI.

A M. LE DUC DE BOUILLON.

A Ferney, le 31 juillet.

Vous voilà, Monseigneur, comme le marquis de *la Fare*, qui commença à sentir son talent pour la poësie à peu-près à votre âge, quand certains talens plus précieux étaient sur le point de baisser un peu, et de l'avertir qu'il y avait encore d'autres plaisirs.

Ses premiers vers furent pour l'amour, les seconds pour l'abbé de *Chaulieu*. Vos premiers sont pour moi, cela n'est pas juste ; mais je vous en dois plus de reconnaissance. Vous me dites que j'ai triomphé de mes ennemis ; c'est vous qui faites mon triomphe.

Au pied de mes rochers, au creux de mes vallons,
Pourrais-je regretter les rives de la Seine?
La fille de Corneille écoute mes leçons ;
  Je suis chanté par un Turenne :
  J'ai pour moi deux grandes maisons
  Chez Bellone et chez Melpomène.
  A l'abri de ces deux beaux noms,
  On peut mépriser les Frérons,
Et contempler gaîment leur sottise et leur haine.

  C'est quelque chose d'être heureux ;
Mais c'est un grand plaisir de le dire à l'Envie,
De l'abattre à nos pieds, et d'en rire à ses yeux !
  Qu'un souper est délicieux,

R 4

—— Quand on brave, en mangeant, les griffes des Harpies !
Que des frères Berthier les cris injurieux
　　　Font une plaisante harmonie !
Que c'est pour un amant un passe-temps bien doux
D'embrasser la beauté qui subjugue son ame,
Et d'affubler encor du fiel de l'épigramme
　　　Un rival fâcheux et jaloux !

Cela n'est pas chrétien, j'en conviens avec vous ;
Mais ces gens le font-ils ? Ce monde est une guerre ;
On a des ennemis en tout genre, en tous lieux :
　　　Tout mortel combat sur la terre ;
Le Diable avec Michel combattit dans les cieux ;
On cabale à la cour, à l'église, à l'armée ;
Au Parnasse on se bat pour un peu de fumée,
Pour un nom, pour du vent : et je conclus au bout
Qu'il faut jouir en paix, et se moquer de tout.

　　Cependant, Monseigneur, tout en riant on peut
faire du bien. Votre Altesse en veut faire à mademoiselle *Corneille* ; vous voulez que je vous taxe pour le
nombre des exemplaires : si je ne consultais que votre
cœur, je vous traiterais comme le roi ; vous en feriez
pour la valeur de deux cents. Mais comme je sais
que vous allez par-tout semant votre argent, et que
souvent il ne vous en reste guère, je me réduis à six,
et j'augmenterai le nombre si j'apprends que vous êtes
devenu économe. Je supplie votre Altesse d'agréer mon
profond respect, et de me conserver vos bontés.

LETTRE CXXXII. 1761.

A M. DE SENAC DE MEILHAN.

ELEVE du jeune Apollon
Et non pas de ce vieux Voltaire ;
Elève heureux de la raifon
Et d'un Dieu plus charmant qui t'inftruifit à plaire,
J'ai lu tes vers brillans et ceux de ta bergère ,
Ouvrages de l'efprit, embellis par l'Amour ;
    J'ai cru voir la belle Glycère
    Qui chantait Horace à fon tour.
Que fon efprit me plaît ! que fa beauté te touche !
Elle a tout mon fuffrage , elle a tous tes défirs ,
Elle a chanté pour toi ; je vois que fur fa bouche
    Tu dois trouver tous les plaifirs.

Je réponds bien mal , Monfieur , aux chofes charmantes que vous m'envoyez ; mais à mon âge on a
la voix un peu rauque. *Lupi Mœrim videre priores ;
vox quoque Mœrim deficit.*

Préfentez , je vous prie , mes obéiffances à celui
qui a foin de la fanté du roi , au père de ce qu'il y a
de plus aimable.

LETTRE CXXXIII.

A M. SAURIN,

DE L'ACADEMIE FRANÇAISE.

A Ferney, 28 novembre.

JE vous fais très-bon gré, mon cher confrère, d'avoir fait un *Saurin*, et je vous remercie tendrement de me l'avoir appris dans une si jolie lettre. Je suis de votre avis; c'était un garçon qu'il vous fallait.

> J'aime le sexe assurément,
> Je l'estime, je sais qu'il brille
> Par les grâces, par l'enjouement;
> Que souvent d'esprit il pétille,
> Qu'en ses défauts il est charmant :
> Mais j'aime mieux garçon que fille.

Cela ne veut pas dire que je sois du goût de *Socrate* ou des jésuites, j'entends seulement que je vous souhaitais un garçon.

> Nous avons besoin de Saurins
> Qui vengent la philosophie
> De ces fanatiques gredins
> Ergotans en théologie.
> En vain depuis peu la raison
> Vient d'ouvrir en secret son temple;
> L'infame superstition,
> Qu'un vulgaire hébété contemple,

Monte toujours fur fes treteaux.
Elle nous vend fon mithridate :
Chaumeix la fuit, Omer la flatte ;
Et des fripons et des cagots
En violet, en écarlate,
Sont fes Gilles et fes bedeaux.

Votre enfant, mon cher confrère, apprendra de vous à penfer. Je fais mes complimens à la mère de donner à fon fils fes beaux tetons ; c'eft encore là une forte de philofophie qui n'eft pas à la mode.

Vous devriez bien, avant que je meure, paffer quelque temps à Ferney avec la mère et le fils. Les philofophes font trop difperfés, et les ennemis de la raifon trop réunis.

C'eft une bonne acquifition que celle de l'abbé de *Voifenon*, tant qu'il fe portera bien ; mais c'eft un faint dès qu'il eft malade.

J'ai ouï dire en effet beaucoup de bien d'une tragédie d'Eponine. Il faut au moins que la France brille par le théâtre ; c'eft toute la fupériorité qui lui refte. Je crois que vous avez affifté aux affemblées où l'on a lu le Jules-Céfar de *Gilles Shakefpeare*. J'enverrai inceffamment l'Héraclius de *Scaramouche Caldéron ;* cela vous amufera.

Je vous embraffe, mon cher confrère, de tout mon cœur.

LETTRE CXXXIV.

A M. LE MARQUIS DE CHAUVELIN,

AMBASSADEUR A TURIN.

Dans les neiges, 5 janvier.

Ma main n'a pas fuivi mon cœur; tout ce que je fouhaite, c'eft que votre excellence daigne être fâchée de ma pareffe. J'ai été malade, j'ai travaillé, j'ai voulu vous écrire de jour en jour, et je ne l'ai point fait. Je fuis très-coupable envers moi, car je me fuis privé d'un très-grand plaifir. Si vous étiez à Paris, j'aurais bien plus d'amitié pour Olympie et pour le Droit du feigneur. Les entrailles paternelles s'émouveraient bien davantage pour mes enfans quand vous en feriez le parrain. Tout ce que je crains, c'eft d'acquérir de l'indifférence avec l'âge : l'indifférence glace les talens. Qui voit les chofes de fang froid n'eft bon que pour votre illuftre métier.

> Le miniftère, à ce qu'on dit,
> Veut une ame tranquille et fage,
> Tandis que mon métier maudit
> En veut une ardente et volage.
> Vous n'employez que des raifons,
> Quand il faut vous ouvrir ou feindre;
> Je ne peins que des paffions :
> Il faut les fentir pour les peindre.

Et des paffions ! il y a long-temps que je n'en ai plus. Vous, Monfieur, qui en avez une fi belle, et 1763. que la plus charmante ambaffadrice du monde doit infpirer, c'eft à vous de faire des vers.

> Malgré mon âge décrépit
> J'en ferais bien auffi pour elle,
> Si vous me donniez votre efprit
> Et votre grâce naturelle.

J'aurai quelque chofe à vous envoyer le mois prochain ; mais comment m'y prendrai-je ? Ce mois - ci vous n'aurez rien. Je n'ai que des neiges ; j'en fuis entouré, et elles paffent dans ma tête. Peut-être en avez-vous autant à Turin ; et je ne fais fi vous direz de la neige du Piémont ce que le cardinal de *Polignac* difait de la pluie de Marly. Monfieur et madame d'*Argental* ont cru que je plaifantais en vous fuppliant de leur envoyer le Droit du feigneur. Ils l'avaient en effet, mais ils n'avaient pas une fi bonne copie que la vôtre. Mes anges d'ailleurs me rendent la vie bien dure ; ils me donnent des commiffions comme on en donnerait au diable de Papefiguière ; et des corrections pour cette pièce-ci, et des changemens pour cette pièce-là, et des additions, et des retranchemens. Mes anges, je ne fuis pas de fer ; ayez pitié de moi.

Je demande à votre excellence fa protection envers mes anges.

Je vous fouhaite force années heureufes, et je vous préfente mon très-tendre refpect.

LETTRE CXXXV.

A M. LE MARQUIS D'ARGENCE DE DIRAC.

A Ferney, 14 janvier.

Mon cher philofophe, vous m'envoyez toujours des pâtés farcis de truffes. Vous êtes un philofophe fefant bonne chère et voulant qu'on la faffe : vous jugez avec raifon que nous avons befoin, dans notre pays de glaces, du fouvenir des feigneurs de vos beaux climats.

Savez-vous que j'ai reçu une lettre de quatre dames d'Angoulême ? je n'ai pas l'honneur de les connaître, mais je n'en fuis que plus flatté de leurs bontés ; elles ne fignent point leurs noms, elles m'ordonnent d'adreffer ma réponfe à madame la marquife de *Théobon*. Que puis-je leur répondre ? c'eft jouer à colin-maillard.

> Quatre beautés font tout mon embarras.
> De faire un choix mon ame eft occupée :
> Qu'eût fait Pâris en un femblable cas ?
> En quatre parts la pomme il eût coupée.

Si vous voulez leur donner cette réponfe ou cette excufe, c'eft affez pour un vieux malade qui ne reffemble point du tout à *Pâris*.

On va juger à Paris le procès des *Calas :* cela intéreffe l'humanité toute entière. On a pendu un

ex-jéfuite pour avoir dit des fottifes : cela n'intéreffe
que la pauvre fociété de JESUS.

Bonfoir, Monfieur ; fans les neiges et votre abfence, mon château, l'œuvre de mes mains, ferait un charmant féjour. Je fuis à vous bien tendrement pour jamais.

LETTRE CXXXVI.

A M. LE COMTE DE LA TOURAILLE.

Au château de Ferney , 15 feptembre.

VOUS êtes, Monfieur, dans le cas de *Waller* qui propofait une queftion de philofophie à *Saint-Evremond* qui fe mourait. *Saint-Evremond* lui répondit : *Vous me prenez trop à votre avantage.*

C'eft à vous qu'il appartient de parler du héros aimable que vous avez le bonheur de voir. (1)

Témoin de fes vertus, témoin de fon courage,
C'eft à vous de les peindre à la poftérité.
   On exprime avec vérité
   Ce qu'on voit et ce qu'on partage :
   Moi, je ne fuis qu'un pauvre fage,
Vivant dans mes foyers, et mourant dans mon lit.
   En vain j'aurais tout votre efprit,
Ma voix ne peut chanter l'audace extravagante
De tous ces grands Condés dont la France fe vante :

(1) M. le prince de *Condé*.

——— Chacun d'eux à vingt ans capitaine et foldat,
Va prodiguer un fang néceffaire à l'Etat ;
Cherchant tous à mourir aux champs de Veftphalie ,
J'admire , en gémiffant , cette illuftre folie :
Et tout ce que je puis , c'eft de former des vœux
　　　　　Pour que le ciel , en dépit d'eux ,
Par charité pour nous leur conferve la vie.

　　Pardonnez à ces mauvais vers qu'un malade a
dictés, et faites-en de meilleurs ; cela ne vous fera
pas difficile.

LETTRE

LETTRE CXXXVII. 1763.

A M. LE COMTE D'ARGENTAL.

18 septembre.

Je me doutais bien , mes divins anges , que mademoifelle *Clairon* n'était guère faite pour jouer *Mariamne*. Je ne me fouviens plus du tout des anciennes imprécations qui finiſſaient le cinquième acte , et en général, je crois que ces imprécations font comme les fottifes , les plus courtes font les meilleures. Je vous avoue que je ferais bien plus sûr d'Olympie ; c'eſt un fpectacle magnifique ; on le donne dans les pays étrangers quand on veut une fête brillante ; il fait grand plaiſir dans les provinces avec des acteurs de la foire ; jugez ce que ce ferait avec vos bons acteurs de Paris. Mais je fais que dans toutes les affaires il faut prendre le temps favorable, et favoir prendre patience.

Notre petite confpiration m'amuſe beaucoup actuellement , et je me flatte qu'elle égaye auſſi mes anges. Avouez donc que cela fera fort plaifant. Je vous envoie un petit bout de vers ; madame d'*Argental* qui eſt l'adreſſe même , coupera le papier avec fes petits cifeaux, et le collera bien proprement à fa place , avec quatre petits pains qu'on nomme *enchantés*. Vous favez, par parenthèfe , pourquoi on leur a donné ce drôle de nom.

Je vous demande toujours en grâce de ne me jamais ôter mes *deux voluptueux*. Voulez-vous que

Lettres en vers, &c. S

——— je mette mes deux *débauchés*, mes deux *roués*? Ne voyez-vous pas que *Fulvie* est étonnée, avec raison, qu'un ivrogne et un jeune homme qui court après les filles, soient les maîtres du monde? C'est précisément *voluptueux* qui convient; c'est le mot propre, et il est beau de hasarder sur le théâtre des termes heureux qu'on n'y a jamais employés. Au nom de Dieu ne touchez jamais à ce vers; gardez-vous-en bien, vous me tuez.

Mes anges, je vous fais juges de ma dispute avec *Thiriot*; le sculpteur *Pigal* a fait une belle statue de *Louis XV* pour la ville de Reims; il m'a mandé qu'il avait suivi le petit avis que j'avais donné dans le *Siècle de Louis XIV*, de ne point entourer d'esclaves la base des statues des rois, mais de figurer des citoyens heureux, qui doivent être en effet le plus bel ornement de la royauté.

Il m'a demandé une inscription en vers français, attendu qu'il s'agit d'un roi de France et non d'un empereur romain. Voici mes vers:

> Esclaves qui tremblez sous un roi conquérant,
>> Que votre front touche la terre.
> Levez-vous, citoyens, sous un roi bienfaisant;
>> Enfans, bénissez votre père.

Thiriot veut de la prose; mais de la prose française me paraît très-fade pour le style lapidaire.

M. l'abbé de *Chauvelin* m'a envoyé vingt-quatre estampes de son petit monument érigé dans son abbaye pour la santé du roi. L'inscription latine est des plus longues; ce n'était pas ainsi que les Romains en usaient.

Respect et tendresse.

LETTRE CXXXVIII. 1763.

A M. LE PRESIDENT HENAULT.

A Ferney, le 4 décembre.

Mon cher et refpectable confrère, celui qui vous grave n'entend pas mal fes intérêts : il eft bien sûr que fon burin deviendra célèbre fous la protection de votre plume. Je vous demande en grâce que fi on met au bas de votre portrait ce petit vers :

Qu'il vive autant que fon ouvrage !

on ajoute : *Par Voltaire et par le public.*
Il eft bien trifte que madame *du Deffant* ne puiffe voir votre eftampe.

La lumière eft pour elle à jamais éclipfée ;
Mais vous vous entendez tous deux.
L'imagination, le feu de la penfée
Valent peut-être mieux
Que deux yeux.
Je me défais des miens, et j'en fuis plus tranquille ;
J'en ai moins de diftractions.
Lorfque le cœur calmé renonce aux paffions,
Deux yeux font un meuble inutile.

Cela n'eft pas tout-à-fait vrai, mais il faut tâcher de fe le perfuader. Mon efpèce d'aveuglement eft

S 2

tout-à-fait drôle : une ophtalmie abominable m'ôte
entièrement la vue quand il y a de la neige fur la
terre, et je recommence quelquefois de voir honnêtement quand le temps fe met au beau. Je vous prie,
Monfieur, vous qui avez de bons yeux (et cela doit
s'entendre de plus d'une manière), de lire ce petit
mémoire hiftorique ; vous y trouverez des chofes
curieufes.

J'ai envoyé à madame *du Deffant* un conte à dormir
debout, qui eft d'un goût un peu différent. Les
aveugles s'amufent comme ils peuvent.

Tout le *Corneille* eft imprimé ; il y en a douze
tomes. La Bérénice de *Racine* eft à côté de celle de
Corneille, avec des remarques ; l'Héraclius efpagnol
eft au-devant de l'Héraclius français ; la confpiration
de *Brutus* et de *Caffius* contre *Céfar*, de ce fou de
Shakefpeare, eft après le Cinna de *Corneille*, et traduite
vers pour vers, et mot pour mot : cela eft à faire
mourir de rire.

Adieu, Monfieur ; confervez vos bontés au vieux
de la montagne.

LETTRE CXXXIX. 1764.

A M. LE COMTE D'ARGENTAL.

12 février.

Si Pigmalion la forma,
Si le ciel anima fon être,
L'Amour fit plus, il l'enflamma :
Sans lui que fervirait de naître ?

Si mes anges trouvent ces verficulets fupportables, à la bonne heure, finon au rebut. J'aurai du moins eu le mérite de leur avoir obéi fur le champ, et c'eft un mérite que j'aurai toujours.

Mes anges me donnent de très-bonnes raifons d'avoir mis *le Kain* de la confpiration ; ils ont très-bien fait ; je les applaudis, je leur ai toujours dit : Votre volonté foit faite ; mais je joins l'approbation à la réfignation.

Je répète à mes anges que la nation a enfin trouvé fon vrai génie, fa vraie gloire, qui eft l'opéra-comique. On me mande pourtant qu'il y a de très-belles chofes dans Idomenée, car je fuis encore affez bon français pour aimer le tripot de *Melpomène*.

Je joins ici la lifte des tripotiers que mes anges me demandent ; j'y joins auffi un petit extrait pour la gazette littéraire, dont j'envoie le double à M. *Arnaud ;* je l'ai cru digne de votre curiofité. Tout Ferney (au curé près) remercie mes anges

S 3

—— et M. le duc de *Praſlin*. Bien eſt-il vrai que M. le
1764. duc de *Praſlin* m'a fait tenir hier un petit paquet
de je ne fais où, et qui contient les fermons dont
j'envoie l'extrait; mais pour le gros paquet délivré
à M. le comte de *Guerchy* par *Paul Vaillant*, shérif
de Londres, je n'en ai point de nouvelle; et tout
ce que je peux faire, c'eſt de joindre ici un petit
mémoire de ce que contenait ce tardif paquet qui
était préparé depuis fix mois, et qui viendra probablement en qualité d'almanach de l'année paſſée.

Mes yeux font encore en très-mauvais état; mais
dès que j'aurai des yeux et des livres nouveaux,
je fournirai à M. l'abbé *Arnaud* tous les mémoires
dont je pourrai m'avifer,

N. B. Pour peu qu'il y ait encore de bonne
foi chez les hommes, mes anges doivent avoir reçu
un double des *Trois manières*. M. *Janel* lui-même
doit leur avoir envoyé deux Olympies; plus, des
remontrances fur Olympie accompagnées d'une
lettre. Il y avait auſſi une lettre avec les *Trois
manières*, dans un paquet adreſſé à M. de *Courteille*.
Si rien de tout cela n'eſt arrivé, à quel faint déformais avoir recours? Je préfente à mes anges la plus
refpectueufe tendreſſe.

LETTRE CXL.

A MADAME

LA MARQUISE DU DEFFANT.

Aux Délices, 27 janvier.

Oui, je perds les deux yeux ; vous les avez perdus,
O fage du Deffant ; eft-ce une grande perte ?
     Du moins nous ne reverrons plus
     Les fots dont la terre eft couverte.
Et puis tout eft aveugle en cet humain féjour ;
On ne va qu'à tâtons fur la machine ronde.
On a les yeux bouchés à la ville, à la cour :
     Plutus, la Fortune et l'Amour
Sont trois aveugles-nés qui gouvernent le monde.
Si d'un de nos cinq fens nous fommes dégarnis,
Nous en poffédons quatre ; et c'eft un avantage
Que la nature laiffe à peu de fes amis,
     Lorfqu'ils parviennent à notre âge.
Nous avons vu mourir les papes et les rois ;
Nous vivons, nous penfons ; et notre ame nous refte.
Epicure et les fiens prétendaient autrefois
Que ce fixième fens était un don célefte
     Qui les valait tous à la fois.
Mais quand notre ame aurait des lumières parfaites,
     Peut-être il ferait encor mieux
     Que nous euffions gardé nos yeux,
     Duffions-nous porter des lunettes.

S 4

Vous voyez, Madame, que je fuis un confrère affez occupé des affaires de notre petite république de Quinze-Vingts. Vous m'affurez que les gens ne font plus fi aimables qu'autrefois ; cependant les perdrix et les gélinottes ont tout autant de fumet aujourd'hui qu'elles en avaient dans votre jeuneffe ; les fleurs ont les mêmes couleurs. Il n'en eft pas ainfi des hommes ; le fond en eft toujours le même, mais les talens ne font pas de tous les temps ; et le talent d'être aimable, qui a toujours été affez rare, dégénère comme un autre. Ce n'eft pas vous qui avez changé, c'eft la cour et la ville, à ce que j'entends dire aux connaiffeurs. Cela vient peut-être de ce qu'on ne lit pas affez les *Moyens de plaire* de *Moncrif*. On n'eft occupé que des énormes fottifes qu'on fait de tous côtés :

Le raifonner triftement s'accrédite.

Comment voulez-vous que la fociété foit agréable avec tout ce fatras pédantefque ?

Vraiment on vous doit l'hommage d'une *Pucelle*. Un de vos bons mots eft cité dans les notes de cet ouvrage théologique (1). Il n'y a pas moyen de vous l'envoyer, comme vous dites, fous le couvert de la reine ; on n'aurait pas même ofé l'adreffer à la reine *Berthe*. Mais fachez que dans le temps préfent il eft impoffible de faire parvenir aucun livre imprimé des pays étrangers à Paris, quand ce ferait le nouveau Teftament. Le miniftre même dont vous me parlez,

(1) Sur faint *Denis*, qui portait fa tête dans fes mains, et la baifait tendrement. Voyez les notes de la Pucelle, chant I.

ne veut pas que j'envoye rien , ni fous fon enveloppe , ——
ni à lui-même. On eft effarouché , et je ne fais pour- 1764.
quoi.

Prenez votre parti. Si dans quinze jours je ne vous
envoie pas *Jeanne* par quelque honnête voyageur ,
dites à M. le préfident *Hénault* qu'il vous en faffe
trouver une par quelque colporteur. Cela doit coûter
trente ou quarante fous ; il n'y a point de livre de
théologie moins cher.

Je fuis fâché que votre ami foit fi couru ; vous en
jouiffez moins de fa fociété ; et c'eft une grande perte
pour tous deux. J'achève doucement ma vie dans la
retraite et dans la famille que je me fuis faite.

Adieu , Madame ; courage ; *fefons de néceffité vertu :*
favez-vous que c'eft un proverbe tiré de *Cicéron* ?

LETTRE CXLI.

A MADAME ELIE DE BEAUMONT.

A Ferney, le 29 juin.

JE vous dois, Madame, de nouveaux remercîmens et de nouveaux éloges. Votre joli roman m'a fait vîte quitter des fatras d'histoire qui m'occupaient.

> L'histoire dit ce qu'on a fait ;
> Un bon roman, ce qu'il faut faire.
> Vous nous avez peint trait pour trait
> Les vertus avec l'art de plaire :
> Et l'on peut dire en cette affaire
> Que le peintre a fait son portrait.

Je ne suis pas moins touché du mémoire pour *Potin* (1), ou plutôt pour deux millions d'hommes. M. de *Beaumont* et vous, Madame, êtes sûrs de l'estime publique. Souffrez que ma lettre soit pour vous deux, que je vous félicite d'appartenir l'un à l'autre, et que je joigne ma sensible reconnaissance, Madame, au respect que j'ai pour vous.

(1) Mémoire en faveur de l'état des protestans français.

LETTRE CXLII. 1764.

A M * *.

Dans le fond de mon hermitage,
Loin de l'illusion des cours,
Réduit, hélas! à vivre en sage,
Ne l'ayant pas été toujours,
Et ne l'étant qu'en mon vieux âge;
La retraite est mon seul recours.
Je ne ferai plus de voyage.

Que la gloire avec les amours,
Couronnent devers Cracovie
Un prince aimé de sa patrie
Qui lui promet de si beaux jours;
Trop éloigné de sa personne,
Je me borne à former des vœux;
On lui décerne une couronne,
Et je voudrais qu'il en eût deux.

Voilà, mon cher philosophe, les prédictions du *Nostradamus* de Ferney, que vous pouvez montrer à M. le comte de *Mnizek*, à qui je présente mes respects. J'ai déjà lu, avec grand plaisir, quelque chose de votre Logique; je me flatte que bientôt il en paraîtra, dans la gazette littéraire, un extrait dont vous ne serez pas mécontent.

Conservez toujours un peu d'amitié pour ce vieux malade qui est obligé de dicter vers et prose.

L E T T R E C X L I I I.

A M. LE MARQUIS DE VILLETTE,

En réponse à une épître en vers qu'il avait adreſſée
à M. de Voltaire ſur la réhabilitation de l'infor-
tunée famille des Calas.

15 mars.

Vous ſavez penſer comme écrire ;
Les grâces avec la raiſon
Vous ont confié leur empire ;
L'infame ſuperſtition
Sous vos traits délicats expire.
Ainſi l'immortel Apollon
Charme l'Olympe de ſa lyre ,
Tandis que les flèches qu'il tire
Ecraſent le ſerpent Python.
Il eſt dieu quand par ſon courage
Ce monſtre affreux eſt terraſſé ;
Il l'eſt quand ſon brillant viſage
Rallume le jour éclipſé ;
Mais entre les genoux d'Iſſé
Je le crois dieu bien davantage.

Moins le hibou de Ferney, Monſieur, mérite vos
jolis vers , plus il vous en doit de remercîmens. Il

s'intéreſſe vivement à vous ; il connaît tout ce que ⸺
vous valez. 1765.

> Les erreurs et les paſſions ,
> De vos beaux ans font l'apanage ;
> Sous cet amas d'illuſions
> Vous renfermez l'ame d'un ſage.

Je vous retiens pour un des ſoutiens de la philoſophie , je vous en avertis : vous ferez détrompé de tout ;
vous ferez un dès nôtres.

> Plein d'eſprit , doux et ſociable ,
> Ce n'eſt pas aſſez , croyez-moi ;
> C'eſt pour autrui qu'on eſt aimable ;
> Mais il faut être heureux pour ſoi.

Nous avons une cellule nouvelle, et nous en bâtiſ-
ſons une autre ; vous ſavez combien vous êtes aimé
dans notre couvent.

LETTRE CXLIV.

A M. MARMONTEL.

A Ferney, le 17 mars.

Mon cher ami, je reconnais votre cœur à la fenſibilité que les *Calas* vous inſpirent. Quand j'ai appris le ſuccès, j'ai verſé long-temps de ces larmes d'attendriſſement et de joie que mademoiſelle *Clairon* fait répandre. Je la trouve bienheureuſe cette divine *Clairon*. Non-ſeulement elle eſt adorée du public, mais encore *Fréron* ſe déchaîne, à ce qu'on dit, contre elle. Elle obtient toutes les ſortes de gloire. L'épigramme qu'on a daigné faire contre ce malheureux, eſt auſſi juſte que bonne; elle court le royaume. On diſait, ces jours paſſés, devant une demoiſelle de Lyon, que l'ignorance n'eſt pas un péché; elle répondit par ce petit huitain:

> On nous écrit que maître Aliboron
> Etant requis de faire pénitence:
> Eſt-ce un péché, dit-il, que l'ignorance?
> Un ſien confrère auſſitôt lui dit : Non;
> On peut très-bien, malgré l'an littéraire,
> Sauver ſon ame en ſe feſant huer;
> En conſcience il eſt permis de braire;
> Mais c'eſt péché de mordre et de ruer.

Je trouve maître *Aliboron* bien honoré qu'on daigne parler de lui; il ne devait pas s'y attendre. On m'a

mandé de Paris qu'il allait être fecrétaire des com-
mandemens de la reine. J'avoue pourtant que je 1765.
ne le crois pas, quoique la fortune foit affez faite
pour les gens de fon efpèce.

Adieu, mon cher ami; je vieillis terriblement,
je m'affaiblis; mais l'âge et les maladies n'ont aucun
pouvoir fur les fentimens du cœur. Vivez auffi
heureux que vous méritez de l'être. Je vous embraffe
tendrement.

LETTRE CXLV.

A M. LE COMTE DE LA TOURAILLE.

Au château de Ferney, 29 mars.

Vous en avez ufé avec moi, Monfieur, comme
une jeune coquette qui fe pare de tous fes charmes
pour féduire un pauvre vieillard à qui elle donne
des défirs inutiles. Vous m'avez cajolé, vous m'avez
envoyé de jolis vers; mais je répondrai à votre
mufe agaçante :

Vos jeunes attraits, vos œillades
Ne me rendront pas mon printemps.
Quand on a parcouru dix-huit olympiades,
L'efprit et fon étui font minés par les ans.
On ne fait plus de vers galans,
Ou fi l'on en veut faire, ils font ou durs ou fades.
Des neuf favantes fœurs j'ai force rebuffades,
Du cheval ailé des ruades,
Et des fourires méprifans

Des belles dames à paſſades.

　Condé même, Condé, qui par tant d'eſtocades
Egala, jeune encor, les héros du vieux temps,
Et qui dans l'art de vaincre a peu de camarades,
Exciterait en vain mes efforts languiſſans.
Irai-je répéter, dans de froides tirades,
Ce qu'on a dit cent fois des illuſtres parens
Dont la gloire avec lui feſait des accolades
　　　Aux campagnes des Allemands ?
Qu'il ſoit chanté par vous, par tous vos jeunes gens,
　　Et non pas par de vieux malades !

L E T T R E　C X L V I.

A M. L'ABBÉ DE VOISENON.

Aux Délices, 24 juillet.

VRAIMENT, notre grand aumônier, c'eſt bien
à un vieux ſuiſſe de faire des épithalames !

　　　Vous êtes prêtre de Cythère :
　　　Conſacrez, béniſſez, chantez
　　　Tous les nœuds, toutes les beautés
　　　De la maiſon de la Vallière.
　　　Mais, tapi dans vos voluptés,
　　　Vous ne ſongez qu'à votre affaire.
　　　Vous paſſez les nuits et les jours
　　　Avec votre groſſe bergère ;
　　　Et les légitimes amours
　　　Ne font pas votre miniſtère.
　　　　　　　　　　　　Madame

Madame *Denis* l'helvétique se souvient toujours de ————
vous avec grand plaisir, comme elle le doit. J'ai   1765.
ici une paire de nièces fort aimables, qui égayent
ma retraite. Mon lac n'a point de vapeurs, quoique
vous en disiez. J'en ai quelquefois, mon cher abbé ;
mais si vous étiez jamais capable de venir consulter
M. *Tronchin*, quand vous serez bien épuisé, ce ne
serait pas à lui, ce serait à vous que je devrais ma
santé ; car gaieté vaut mieux que médecine. Il est
doux d'être retiré du monde, mais encore plus
doux de vous voir.

Vous avez fait, mon cher abbé, une action de
bon citoyen, de recommander au prône d'un avocat
général les infamies de *la Beaumelle*. Ce parlement a
tant grêlé sur le persil, qu'il ne faut plus qu'il grêle.
Une censure de ces messieurs fait seulement acheter
un livre. Les libraires devraient les payer pour
faire brûler tout ce qu'on imprime. Le public a
plus de besoin de gens éclairés qui fassent voir les
grossières impostures dont le livre de *la Beaumelle*
est plein ; mais il est bien honteux qu'un tel homme
ait trouvé de la protection.

Adieu, très-aimable et très-indigne prêtre. Ayez
toujours assez de vertu pour aimer de pauvres suisses
qui vous aiment de tout leur cœur. (1)

(1) Cette lettre est de 1755 ; c'est par erreur qu'elle se trouve placée
ici à l'année 1765.

L E T T R E   C X L V I I.

A M. LE MARQUIS DE VILLETTE.

5 augufte;

(car je n'aime pas mieux août que cu de fac ; cela eft trop velche.)

Les inflammations de poitrine, Monfieur, nuifent beaucoup au commerce des lettres. J'en ai eu une dont les reftes ne font point du tout plaifans. Sans cela, votre jolie lettre du 4 juillet, vos très-agréables vers, votre charmante imagination m'auraient animé ; et je vous aurais dit, il y a un mois, tout ce que j'ai fur le cœur.

Je vous trouve une des plus aimables créatures qui refpirent ; mais en même temps je vous trouve une des plus fages, d'avoir un peu arrêté l'indifcré-tion de ces bons amis qui difent du bien de vous pour de l'argent. Je les attends à une épître dédi-catoire. M. de *la Touraille*, qui eft d'une volée un peu différente, m'a écrit fur votre compte des chofes qui ont bien flatté mon goût. Il vous aime, et il eft digne de vous aimer. Vous avez-là un bon fecond auprès de M. le prince de *Condé*.

Je fuis enchanté que vous n'aimiez pas trop le public, et que vous aimiez beaucoup vos terres. Voilà qui eft vraiment philofophe :

Vous connaiffez très-bien vos gens ;
C'eft un précieux avantage,

Et bien rare dans les beaux ans :
Votre efprit vous a rendu fage.
Si je le fuis, c'eft par mon âge ;
Et je me fuis trompé long-temps.

Mademoifelle *Clairon* eft chez moi : il y avait dix-fept ans que je ne l'avais vue. Elle n'était pas alors ce qu'elle eft aujourd'hui : elle a créé fon art. Elle eft unique ; il eft jufte qu'elle foit perfécutée à Paris.

Tout ce que vous m'avez appris, et tout ce qu'on m'a dit, augmente ma paffion pour ma retraite ; celle de vous y revoir eft à fon comble.

Permettez que je confie à vos bontés ce billet pour frère d'*Alembert*.

L E T T R E C X L V I I I.

A M. L'ABBÉ DE VOISENON,

Qui lui avait envoyé l'opéra d'Ifabelle et Gertrude tiré du conte intitulé , L'éducation d'une fille.

A Ferney, le 28 octobre.

J'AVAIS un arbufte inutile
Qui languiffait dans mon canton ;
Un bon jardinier de la ville
Vient de greffer mon fauvageon :
Je ne recueillais de ma vigne
Qu'un peu de vin groffier et plat ;
Mais un gourmet l'a rendu digne
Du palais le plus délicat.

T 2

Ma bague était fort peu de chofe,
On la taille en beau diamant :
Honneur à l'enchanteur charmant (1)
Qui fit cette métamorphofe.

Vous fentez bien, Monfieur l'évêque de Montrouge, à qui font adreffés ces mauvais vers. Je

(1) *Réponfe de M. l'abbé de Voifenon.*

Vos jolis vers à mon adreffe
Immortaliferont Favart ;
C'eft Apollon qui le careffe
Quand vous lui jetez un regard.
Ce Dieu l'a placé dans la claffe
De ceux qui parent fes jardins :
Sa délicateffe ramaffe
Les fleurs qui tombent de vos mains.
Il vous a choifi pour fon maître ;
Vos richeffes lui font honneur.
Il vous fait refpirer l'odeur
Des bouquets que vous faites naître.

Il n'aurait pas manqué de vous offrir fa comédie de Gertrude,
mais il a la timidité d'un homme qui a vraiment du talent ; il
a craint que l'hommage ne fût pas digne de vous. Vous ne croiriez
pas que, malgré les preuves multipliées qu'il a données des grâces
de fon efprit, on a l'injuftice de lui ôter fes ouvrages et de me
les attribuer. Je fuis bien fûr que vous ne tombez pas dans
cette erreur : quand il fe fert de vos étoffes pour faire fes habits
de fête, vous n'avez garde de l'en dépouiller.

Il vous enverra inceffamment *la Fée Urgelle* ; il m'a paru qu'elle
avait réuffi à Fontainebleau d'où j'arrive. Ce n'eft pas une raifon
pour qu'elle ait du fuccès ici : la cour eft le châtelet du Parnaffe,
et le public caffe fouvent fes arrêts. Mais vous avez fourni le
fond de l'ouvrage ; voilà fa caution la plus fûre.

Adieu, mon plus ancien ami ; je ne cefferai de l'être que
lorfque le parlement rappellera les jéfuites, et je ne vous
oublierai que lorfque j'aurai oublié à lire.

1765.

vous prie de préfenter mes complimens à M. *Favart*, qui eft un des deux confervateurs des grâces et de la gaieté françaifes. Comme il y a environ dix ans que vous ne m'avez écrit, je n'ofe vous dire : *O mon ami, écrivez-moi;* mais je vous dis : *Ah, mon ami, vous m'avez oublié net.*

LETTRE CXLIX.

A M. LE MARQUIS DE VILLETTE,

Sur un portrait de l'auteur qu'il avait fait graver.

A Ferney, le 11 décembre.

J'ouvre une caiffe, Monfieur, j'y vois, quoi? moi-même en perfonne, deffiné d'une belle main. Je me fouviens très-bien que

> Ce Danzel beau comme le jour,
> Soutien de l'amoureux empire,
> A dans mon champêtre féjour
> Deffiné le maigre contour
> D'un vieux vifage à faire rire :
> En vérité, c'était l'Amour
> S'amufant à peindre un fatyre
> Avec les crayons de la Tour.

Il eft vrai que dans l'eftampe on me fait terriblement montrer les dents. Cela ferait foupçonner que j'en ai encore. Je dois au moins en avoir une contre vous, de ce que vous avez paffé tant de temps fans m'écrire.

T 3

Bérénice difait à *Titus:*

Voyez-moi plus fouvent et ne me donnez rien.

Je pourrais vous dire :

Ecrivez-moi fouvent et ne me gravez point.

Mais je fuis fi flatté de votre galanterie que je ne peux me plaindre du burin. Je remercie le peintre, et je pardonne au graveur.

On prétend que vous avez des affaires et des procès ; qui terre n'a pas, fouvent a guerre, à plus forte raifon qui terre a.

> *Dî tibi formam,*
> *Dî tibi divitias dederunt artemque fruendi.*

Ajoutez-y furtout la fanté, et ayez la bonté de m'en dire des nouvelles quand vous n'aurez rien à faire. L'abfence ne m'empêchera jamais de m'intéreffer à votre bien-être et à vos plaifirs. Si vous êtes dans le tourbillon, vous me négligerez, fi vous en êtes dehors, vous vous fouviendrez, Monfieur, d'un des plus vrais amis que vous ayez. Vous l'avez dit dans vos vers, et je ne vous démentirai jamais.

LETTRE CL.

AU ROI DE DANEMARCK

CHRISTIAN VII.

Le 4 février.

SIRE,

LA lettre dont votre Majesté m'a honoré, m'a fait répandre des larmes de tendresse et de joie. Votre Majesté donne de bonne heure de grands exemples. Ses bienfaits pénètrent dans des pays presque ignorés du reste du monde. Elle se fait de nouveaux sujets de tous ceux qui entendent parler de sa générosité bienfefante. C'est déformais dans le Nord qu'il faudra voyager pour apprendre à penser et à sentir ; si ma caducité et mes maladies me permettaient de suivre les mouvemens de mon cœur, j'irais me jeter aux pieds de votre Majesté.

Du temps que j'avais de l'imagination, Sire, je n'aurais fait que trop de vers pour répondre à votre charmante profe. Pardonnez aux efforts mourans d'un homme qui ne peut plus exprimer l'étendue des sentimens que vos bontés font naître en lui. Je souhaite à votre Majesté autant de bonheur qu'elle aura de véritable gloire.

Pourquoi, généreux prince, ame tendre et sublime,
Pourquoi vas-tu chercher dans nos lointains climats

T 4

Des cœurs infortunés que l'injuftice opprime ? (*)
C'eft qu'on n'en peut trouver au fein de tes Etats.

Tes vertus ont franchi par ce bienfait augufte
Les bornes des pays gouvernés par tes mains ;
Et par-tout où le ciel a placé des humains,
Tu veux qu'on foit heureux, et tu veux qu'on foit jufte.

Hélas ! affez de rois que l'hiftoire a faits grands,
Chez leurs triftes voifins ont porté les alarmes ;
Tes bienfaits vont plus loin que n'ont été leurs armes :
Ceux qui font des heureux, font les vrais conquérans.

L E T T R E   C L I.

A   M.   D A M I L A V I L L E.

4 mars.

Mon cher ami, le mémoire de *Sirven* réuffira.
Les traits du premier mémoire, confervés dans le
fecond, feront un très-grand effet. L'éloquence perce
à travers le ftyle du barreau.

Je vous adrefferai les *Sirven* auffitôt que vous
voudrez. Vous ferez leur protecteur à Paris. Je me
réferve à vous écrire plus amplement fur leur compte
quand je les ferai partir. Il faudra un paffe-port
de M. le duc de *Choifeul* : nous fommes bien fûrs
de n'être pas refufés.

La querelle que l'on fait à mon cher *Marmontel*
n'eft qu'une farce en comparaifon de la tragédie des

_____

(*) Les *Sirven*.

Sirven et des *Calas.* Cette farce fera fifflée. Voici ——
un petit madrigal d'un jeune homme de Mâcon , **1767.**
fur la bêtife de la facrée faculté.

> Vénérables forboniqueurs ,
> De l'enfer favans chroniqueurs,
> Vous prétendez que Marc-Aurèle
> Doit cuire à jamais dans ce lieu :
> Pour récompenfer votre zèle ,
> Puiffe inceffamment le bon Dieu
> Vous donner la vie éternelle.

Vous voyez que les provinces fe forment.

Je n'ai pas le temps de vous parler beaucoup
des Scythes. Je vous dirai feulement qu'un ferment
de punir de mort les gens , convient fort dans les
premiers actes de Tancrède et de Brutus, mais qu'il
ferait un peu déplacé dans un mariage, et qu'il ferait
affez ridicule qu'une femme prévît qu'on tuera fon
mari , lorfqu'il n'eft menacé par perfonne. Vous
fentez qu'une telle fineffe ferait trop groffière.

Tout dépendra du rôle d'Obéide. Il faudra que *le
Kain* fe donne la peine d'adoucir et d'attendrir la
voix de mademoifelle *Duranci* , qu'on dit un peu
dure et un peu sèche. Si vous avez lu la préface
que je voulais auffi faire lire à M. *Diderot*, vous
aurez vu que mon intention n'était point de faire
jouer cette pièce. Mais puifque mes amis veulent
qu'on la repréfente, j'y confens. Cela pourra donner
quatre ou cinq repréfentations avant Pâques. Les
comédiens en ont befoin ; après quoi je ne m'en
mêlerai plus. Je fuis bien aife que la police ait paffé
ces deux vers :

Le premier de l'Etat, quand il a pu déplaire,

S'il eft perfécuté, doit fouffrir et fe taire.

Et encore celui-ci :

Pouvais-tu rechercher cette baffe grandeur.

La police a jugé fagement que ces chofes-là n'arrivaient qu'en Perfe.

Je vous remercie, mon cher ami, de l'intérêt que vous prenez à mes petites affaires. Je ne me fuis point encore reffenti des arrangemens économiques de M. le duc de *Virtemberg*. J'écris à Cadix au fujet de la banqueroute des *Gilli*, mais j'efpère très-peu de chofe. Les *Gilli* n'ont fait que de mauvaifes affaires.

Vous m'avez mandé, par votre dernière lettre, que mademoifelle de *Lefpinaffe* défirait des fottifes complètes, il n'y a qu'à en prendre un recueil chez *Merlin*, le faire relier, et le lui envoyer.

Je voudrais vous envoyer du *Lembertad* (1), mais comment faire ?

Je vous embraffe plus fort que jamais. *Ecr. l'inf.*

_____

(1) D'*Alembert*. Le livre intitulé : *La deftruction des jéfuites.*

LETTRE CLII.

A M. DE BELLOI.

A Ferney , le 21 mai.

J'AI eu la hardieffe, Monfieur, de me faire acteur dans ma foixante-quatorzième année. Des jeunes gens et des jeunes femmes ont corrompu ma vieilleffe. Je n'ai pas foutenu la fatigue auffi-bien qu'eux , et j'en ai été malade. C'eft ce qui a retardé un peu les tendres et fincères remercîmens que vous doit un cœur pénétré de votre mérite et de la beauté de votre ame.

Nous voilà , ce me femble, parvenus à imiter les Grecs, chez qui les auteurs jouaient eux-mêmes leurs pièces. M. de *Chabanon* et M. de *la Harpe* récitent des vers auffi-bien qu'ils en font, et madame de *la Harpe* a un talent dont je n'ai encore vu le modèle que dans mademoifelle *Clairon*.

Enfin, par un concours fingulier , la perfection de la déclamation s'eft trouvée dans nos déferts. Mais ce qui fait encore plus d'honneur à la littérature, c'eft l'exemple que vous donnez ; c'eft l'amitié que vous me témoignez du fein de vos triomphes ; ce font vos beaux vers qui viennent au fecours de ma mufe languiffante.

Les neuf Mufes font fœurs, et les beaux arts font frères.
       Quelque peu de malignité
A dérangé parfois cette fraternité ;
La famille en fouffrit , et des mains étrangères

De ces débats ont profité.

C'eft dans fon union qu'eft fon grand avantage ;
Alors elle en impofe aux pédans , aux bigots ;
Elle devient l'effroi des fots ,
La lumière du fiècle et le foutien du fage.
Elle ne flatte point les riches et les grands ,.
Ceux qui dédaignaient fon encens
Se font honneur de fon fuffrage ,
Et les rois font fes courtifans.

J'ai grande opinion *du chevalier Bayard*. C'eft un beau fujet. Je ne fuis que le poëte de l'Amérique et de la Chine , et vous êtes celui des Français. Recevez , Monfieur , les témoignages les plus vrais de ma fenfible reconnaiffance.

LETTRE CLIII. 1767.

A M. LE MARQUIS DE VILLETTE,

Qui lui avait dédié un éloge de Charles V, roi de France.

A Ferney, 4 octobre.

Votre fage héros, fi peu terrible en guerre,
Jamais dans les périls ne voulut s'engager;
    Il ne ravagea point la terre,
    Mais il la fit bien ravager.

Votre amitié, Monfieur, pour M. de *la Harpe*, vous a empêché de compofer pour l'académie ; mais vous avez travaillé pour le public , pour votre gloire et pour votre plaifir. Je vous ai deux grandes obligations, celle de m'avoir témoigné publiquement l'amitié dont vous m'honorez , et celle de m'avoir fait paffer une heure délicieufe en vous lifant. Puiffiez-vous être auffi heureux que vous êtes éloquent! Puiffiez-vous méprifer et fuir-ce même public pour lequel vous avez écrit!

M. de *la Harpe* reviendra bientôt vous voir ; il a été un an chez moi : s'il avait autant de fortune que de talens et d'efprit, il ferait plus riche que feu *Montmartel*. Il lui fera plus aifé d'avoir des prix de l'académie que des penfions du roi. Lui et fa femme jouent la comédie parfaitement : M. de *Chabanon* auffi. Notre petit théâtre a mieux valu que celui du faubourg Saint - Germain. Vous nous avez bien manqué. Vous devez être un excellent acteur, car vous jouez tous vos contes à faire mourir de rire.

Confervez vos bontés pour un vieillard dont elles feront la confolation, et qui vous fera véritablement attaché jufqu'au dernier moment de fa vie, &c.

LETTRE CLIV.

A M. LE COMTE DE ROCHEFORT.

A Ferney, le 2 décembre.

QUAND vers leur fin mes ans font emportés,
Vous commencez une belle carrière :
Par les plaifirs vos momens font comptés.
Goûtez long-temps cette douceur première ;
A la raifon joignez les voluptés ,
Et que je puiffe , à mon heure dernière ,
Me croire heureux de vos félicités.

Voilà ce qu'un vieux malade, qui n'en peut plus, dit à deux jeunes époux dignes du bonheur qu'il leur fouhaite. Monfieur et madame, je me garderai bien de vous féparer.

A moi , du vin de Champagne! A moi, qui fuis à l'eau de poulet! A moi, pauvre confifqué! Ah! Monfieur et madame , venez le boire vous-mêmes. Je ne puis être que le témoin des plaifirs des autres, et c'eft furtout aux vôtres que je m'intéreffe. Votre fatisfaction mutuelle me ranime un moment pour vous dire à tous deux avec combien de reconnaif-fance et de refpect j'ai l'honneur d'être , &c.

LETTRE CLV.

A MADAME

LA MARQUISE D'ANTREMONT. (1)

20 février.

Vous n'êtes point la Desforges-Maillard ;
De l'Hélicon ce trifte hermaphrodite
Paffa pour femme, et ce fut fon feul art ;
Dès qu'il fut homme il perdit fon mérite.
Vous n'êtes point, et je m'y connais bien,
Cette Corine et jaloufe et bizarre
Qui par fes vers, où l'on n'entendait rien,
En déraifon l'emportait fur Pindare.
Sapho plus fage, en vers doux et charmans
Chanta l'amour ; elle eft votre modèle :
Vous poffédez fon efprit, fes talens ;
Chantez, aimez, Phaon fera fidelle.

Voilà, Madame, ce que je dirais fi j'avais l'âge
de vingt-un ans ; mais j'en ai foixante-quatorze paffés ;
vous avez de beaux yeux, fans doute, cela ne
peut être autrement, et j'ai prefque perdu la vue :
vous avez le feu brillant de la jeuneffe, et le mien
n'eft plus que de la cendre froide : vous me reffufcitez ;
mais ce n'eft que pour un moment, et le fait eft
que je fuis mort.

C'eft du fond de mon tombeau que je vous fouhaite des jours auffi beaux que vos talens.

J'ai l'honneur d'être, &c.

(1) Elle avait envoyé des vers à M. de *Voltaire*, en lui marquant qu'elle
n'était pas une femme fuppofée comme mademoifelle *Desforges-Maillard*.

LETTRE CLVI.

A M. LE CHEVALIER DE BOUFFLERS.

Plut au ciel qu'en effet j'euſſe été votre père !
Cet honneur n'appartient qu'aux habitans des cieux ;
Non pas à tous encore : il eſt des demi-dieux
     Aſſez ſots et très-ennuyeux,
     Indignes d'aimer et de plaire.
Le Dieu des beaux eſprits, le Dieu qui nous éclaire,
     Ce Dieu des beaux vers et du jour,
       Eſt celui qui fit l'amour
       A madame votre mère.
Vous tenez de tous deux : ce mélange eſt fort beau.
Vous avez (comme ont dit les ſaintes écritures)
     Une perſonne et deux natures :
     De l'Apollon et du Beauvau.

Je ſuis tendrement dévoué à l'un et à l'autre. La
Suiſſe eſt émerveillée de vous. Ferney pleure votre
abſence. Le bon homme vous regrette, vous aime ,
vous reſpecte infiniment.

LETTRE

1768.

LETTRE CLVII.

A M. SAURIN.

Premier juillet.

MON ancien ami, mon philofophe, mon fefeur de beaux vers, je vous remercie tendrement de votre Béverlei. Le folitaire des Alpes vous a l'obligation d'avoir été ému pendant une grande heure. Il n'eft pas ordinaire d'être touché fi long-temps. De l'intérêt, de la vigueur, une foule de beaux vers ; voilà votre ouvrage. Je n'ai point lu le Béverlei anglais, mais je ferais *la gageure imprévue* qu'il n'y a que de l'atrocité.

Au refte, j'ai été fort étonné que madame *Béverlei* ait reçu cent mille écus de Cadix ; car pour moi, je viens d'y perdre vingt mille écus, grâce à meffieurs *Gilli* que probablement vous ne connaiffez point.

Oui, fans doute, *multæ funt manfiones in domo patris noftri*, et vous n'êtes pas mal logé. Je voudrais bien favoir ce qu'a dit ce maraud de *Fréron*, qui demeure dans la cave.

Savez-vous la petite efpèce d'épigramme qu'un lyonnais, lequel eft bien loin d'être poëte, a faite comme par infpiration, en feuilletant le Tacite de *la Bletterie* ? Il était en colère de ne pouvoir lire le latin qui eft imprimé en pieds de mouche, et de ne lire

Lettres en vers, &c.   V

_____ que trop bien la traduction française. Voici les vers
1768. qu'il fit fur le champ :

> Un pédant dont je tais le nom,
> En inlifible caractère
> Imprime un auteur qu'on révère,
> Tandis que fa traduction
> Aux yeux, du moins, a de quoi plaire.
> Le public eft d'opinion
>   Qu'il eût dû faire
>   Tout le contraire.

Cela m'a paru naïf. Cet hypocrite infolent de
la Bletterie eft berné en province comme à Paris.

Que le bon Dieu béniffe ainfi tous les apoftats qui
font trop orgueilleux, car cela n'eft pas bien d'être
fier.

LETTRE CLVIII.

A M. MARIN.

A Ferney, le 19 Auguſte.

J'AI été un peu à la mort, mon cher Monſieur ; un petit tour de broche de plus, on aurait dit, *il eſt mort, mais cela n'eſt rien;* ſans cela je vous aurais bien remercié ſur le champ de la petite réponſe de M. *Linguet* au modeſte *la Bletterie.* M. *Linguet* me paraît un français plein d'eſprit, et *la Bletterie* un velche aſſez impertinent. Il prétend que j'ai oublié de me faire enterrer ; c'eſt ce que je n'oublie point du tout, car je me ſuis fait bâtir un petit tombeau fort propre de bonne pierre de roche, qui d'ailleurs eſt d'une ſimplicité convenable ; mais comme il faut toujours être poli, je dis au ſieur de *là Bletterie :*

Je ne prétends point oublier
Que mes œuvres et moi nous avons peu de vie ;
Mais je ſuis très-poli ; je dis à la Blétrie :
Ah, Monſieur, paſſez le premier !

On dit que la mortalité eſt fort grande ſur les ouvrages nouveaux ; mais, Dieu merci, nous avons un bon Mercure. Ce monſieur *Lacombe* eſt un homme qui a beaucoup d'eſprit ; ſon prédéceſſeur était un bœuf qui, dit-on, labourait fort mal ſa terre. Je vous ſouhaite proſpérité, ſanté, argent et plaiſir. Je vous aime une fois plus depuis que je ſais que vous avez été viſiter les ſaints lieux.

V 2

      J'ai vu un petit livret, où il me paraît prouvé que notre faint-père le pape n'a nul droit de fuzeraineté fur le royaume de Naples.

Non noftrum inter vos tantas componere lites.

L E T T R E C L I X.

A M. B O U R E T,

F E R M I E R G E N E R A L.

A Ferney, le 31 augufte.

M O N S I E U R,

M. *Marmontel*, votre ami et le mien, vous a dit fans doute, ou vous dira combien notre langue répugne au ftyle lapidaire, à caufe de fes verbes auxiliaires et de fes articles. Il vous dira qu'une épigraphe en vers eft encore plus difficile, et que de cent il n'y en a pas une de paffable, excepté celles qui font en ftyle burlefque, tant le génie de notre nation eft tourné à la plaifanterie.

    Il eft trifte d'emprunter deux vers d'un ancien auteur latin pour *Louis XV*. Répéter ce que les autres ont dit, c'eft ne favoir que dire; de plus, le roi viendra chez vous; il verra votre ftatue, et n'entendra pas l'infcription. Si quelque favant duc et pair lui dit que cela fignifie qu'on fouhaite qu'il vive long-temps, on avouera que la penfée n'eft ni neuve ni fine.

1768.

Il y a bien pis fi j'ai la hardieffe de vous faire une infcription en vers pour la ftatue du roi. Il faut rencontrer votre goût, il faut rencontrer celui de vos amis; et vous favez que la première idée qui vient à tout convive, foit à table, foit en digérant, c'eft de trouver déteftable tout ce qu'on nous préfente, à moins que ce ne foit d'excellent vin de Tokai. Les chofes fe paffaient ainfi de mon temps, et je doute que les Français fe foient corrigés. '

Je ne vous enverrai donc point de vers pour le roi. Le temps des vers eft paffé chez la nation, et furtout chez moi. Tout ce que je vous dirai, c'eft que fi j'étais encore officier de la chambre du roi, fi j'avais pofé fa ftatue de marbre fur un beau piédeftal, s'il venait voir fa ftatue, il verrait au bas ces quatre petits vers-ci, qui ne valent rien, mais qui exprimeraient que c'eft un de fes domeftiques qui a érigé cette ftatue, qu'on aime beaucoup celui qu'elle repréfente, et qu'on craint de choquer fon indifférente modeftie.

Qu'il eft doux de fervir ce maître,
Et qu'il eft jufte de l'aimer!
Mais gardons-nous de le nommer;
Lui feul pourrait s'y méconnaître.

Je fais bien que les beaux efprits ne trouveraient pas ces vers affez pompeux; et en effet je ne les ferais pas graver dans une place publique, mais je les trouverais très-convenables dans ma maifon. Ils le feraient pour moi, ils le feraient pour l'objet de mon quatrain. Cela me fuffirait; et les critiques auraient beau dire, mon quatrain fubfifterait.

1768.

Mais ce que je ferais dans mon petit falon de vingt-quatre pieds, vous ne le ferez pas dans votre falon de cent pieds :

Mes vers trop familiers feront vus de travers,
Et pour les grands falons, il faut de plus grands vers.

Quoi qu'il en foit, *og' uno faccia fecondo il fuo cervello.* Je vous réponds que fi jamais le roi paffe par ma chaumière, et s'il y trouve fa ftatue, il n'y lira pas d'autres vers au bas. J'aurais pu lui donner, comme un autre, de l'héroïque ; et *du plus grand roi du monde,* et *de la terre et de l'onde* par le nez ; mais Dieu m'en préferve et lui auffi.

Mais fi j'étais à votre place, voici comme je m'y prendrais : je collerais du papier fur mon piédeftal, et j'y mettrais le jour de l'arrivée du roi :

Jufte, fimple, modefte, au-deffus des grandeurs,
Au-deffus de l'éloge, il ne veut que nos cœurs.
Qui fit ces vers dictés par la reconnaiffance ?
        Eft-ce Bouret ? Non, c'eft la France.

Le roi aurait le plaifir de la furprife. Enfin, fi j'étais *Louis XV,* je ferais plus content de ce quatrain que de l'autre. Mais, je vous le répète, il y a des courtifans qui ne font jamais contens de rien.

Le réfultat de tout ceci, Monfieur, c'eft que vous n'aurez point de vers de moi pour votre ftatue, mais je vous aime de tout mon cœur, et cela vaut mieux que des vers. Je vous fupplie de dire à M. de *la Borde* combien je lui fuis attaché, et combien mon cœur eft

plein de ses bontés. Si j'avais son portrait, il aurait
une statue dans mon petit salon.

> Avec tous les talens le destin l'a fait naître ;
> Il fait tous les plaisirs de la société ,
>   Il est né pour la liberté
>   Mais il aime bien mieux son maître.

J'ai l'honneur d'être , &c.

LETTRE CLX.

A M. DUPUITS.

23 décembre.

En vous remerciant , mon cher capitaine , de
m'avoir envoyé copie de la jolie lettre de cette dame
que madame *du Deffant* appelle sa petite mère (1). Je
dirais volontiers à madame *du Deffant* :

> Il se peut bien qu'elle soit votre mère ;
> Elle eut un fils assez connu de tous :
> Méchant enfant , aveugle comme vous ,
> Dont vous aviez (soit dit sans vous déplaire)
> Et la malice et les attraits si doux ,
> Quand vous étiez dans l'âge heureux de plaire.

Quoi qu'il en soit , je sais que la petite mère
et la petite fille sont la meilleure compagnie de
l'Europe.

(1) Madame la duchesse de *Choiseul.*

Cette dame prétend qu'elle a volé le *Siècle de Louis XIV*; elle ne fait donc pas que c'était fon bien. J'avais d'abord imaginé que M. le duc de *Choifeul* pourrait avoir la bonté d'en faire préfenter un exemplaire à quelqu'un qui n'a pas le temps de lire. Mais j'envoyai ce même exemplaire pour être donné à celle qui daigne lire; et il y avait même quatre petits verficulets qui ne valent pas grand'chofe. Cela fera perdu dans l'énorme quantité de paperaffes qu'on reçoit à chaque pofte. La perte n'eft pas grande.

Il eft vrai que je lui ai envoyé *le Marfeillois* de *Saint-Didier*, et que je n'ai pas ofé rifquer *les trois empereurs en forbonne*, de l'abbé *Caille*, à caufe des notes.

Dieu me garde d'avoir la moindre part à l'*A b c*. C'eft un ouvrage anglais, traduit et imprimé en 1762. Rien n'eft plus hardi, et peut-être plus dangereux dans votre pays. C'eft un cadran qui n'eft fait que pour le méridien de Londres. On m'a fait étranger, et puis on me reproche de penfer comme un étranger; cela n'eft pas jufte.

On m'a fu mauvais gré, par exemple, d'avoir dit des fadeurs à *Catherine* (1). Je crois qu'on a eu très-grand tort. *Catherine* avait fourni *cinq mille livres* pour le Corneille de madame votre femme. *Catherine* m'accablait de bontés, m'écrivait des lettres charmantes; il faut un peu de reconnaiffance; les mufes n'ont rien à démêler avec la politique. Tout cela m'effarouche. Cependant, fi on le veut, fi on l'ordonne, s'il n'y a nul rifque, je chercherai un *A b c*, et j'en

(1) L'impératrice de Ruffie.

ferai tenir un à la perfonne du monde qui fait le
meilleur ufage des vingt-quatre lettres de l'alphabet 1768.
quand elle parle et quand elle écrit.

Pour *la Bletterie*, il eft très-certain qu'il a voulu
me défigner en deux endroits, et qu'il a défigné
cruellement *Marmontel* dans le temps qu'il était
perfécuté par l'archevêque et par la forbonne. Il a
attaqué *Linguet*, il a infulté de même le préfident
Hénault, (page 235, tome II). *En revanche, fixer
l'époque des plus petits faits avec exactitude, c'eft le
fublime de plufieurs prétendus hiftoriens modernes. Cela
leur tient lieu de génie et de talens hiftoriques.*

Peut-on appliquer un foufflet plus fort fur la joue
du préfident? Et puis, comment trouvez-vous les
talens hiftoriques? Ne reconnaiffez-vous pas à tous ces
traits un janfénifte de l'univerfité, gonflé d'orgueil,
pétri d'âcreté, et qui frappe à droite et à gauche.

Je ne favais point du tout qu'il eût furpris la
protection de madame la ducheffe de *Choifeul*. Quelqu'un a dit de moi que je n'avais jamais attaqué
perfonne, mais que je n'avais pardonné à perfonne.
Cependant je pardonne à *la Bletterie*, puifqu'il eft
protégé par l'efprit et par les grâces; j'ai même
propofé un accord. *La Bletterie* veut qu'on m'enterre
parce que j'ai foixante-quinze ans; rien ne paraît
plus plaufible au premier afpect: je demande qu'il
me permette feulement de vivre encore deux ans:
C'eft beaucoup, dira-t-il; mais je voudrais bien
favoir quel âge il a, et pourquoi il veut que je paffe
le premier.

Mon cher capitaine, vous qui êtes jeune, riez des
barbons qui font des façons à la porte du néant.
Je vous embraffe vous et votre petite femme.

·L E T T R E　C L X I.

A　M A D A M E

D E　P O M M E R E U L,

Qui avait adreſſé à l'auteur la recette de l'élixir de
longue vie, avec une lettre mêlée de proſe et
de vers.

A Ferney , le 29 décembre.

M A D A M E,

S I je n'avais pas été très-malade ſur la fin de cette
courte vie, je vous aurais.ſans doute remercié ſur le
champ de la longue vie que vous voulez bien me
procurer. Il faut que vous deſcendiez d'*Apollon* en
droite ligne , vous et madame d'*Antremont.*

Vous ne démentez pas votre illuſtre origine ;
Il eſt le Dieu des vers et de la médecine ,
Il prolonge nos jours , il en fait l'agrément.
Ce Dieu vous a donné l'un et l'autre talent :
Ils ſont rares tous deux. J'apprends dans mes retraites
　　　　Qu'on a dans Paris maintenant
Moins de bons médecins que de mauvais poëtes.

　Grand merci , Madame , de votre recette de longue
vie. Je me doute que vous en avez pour rendre la
vie très-agréable, mais j'ai peur que vous ne ſoyez
très-avare de cette recette-là. Le cardinal de *Fleuri*

prenait tous les matins d'un baume qui reſſemblait
fort à votre élixir ; il avait beaucoup uſé, dans ſon
temps, de cette autre recette que vous ne donnez
pas. Je crois que c'eſt ce qui l'a fait vivre quatre-
vingt-dix ans aſſez joyeuſement. Ce bonheur
n'appartient qu'à des gens d'égliſe : DIEU ne bénit
pas ainſi les pauvres profanes.

1768.

Quoi qu'il en ſoit, daignez agréer le reſpect et la
reconnaiſſance avec leſquels j'ai l'honneur d'être, &c.

LETTRE CLXII.

A MADAME

LA MARQUISE DU DEFFANT.

Le 3 avril.

CHACUN a ſon diable, Madame, dans cet enfer
de la vie. Le mien m'a affublé de onze accès de
fièvre, et me voilà ; mais ce n'eſt pas pour long-
temps. En vérité, c'eſt dommage que la nature,
m'ayant fait, ce me ſemble, pour vivre avec vous,
me faſſe mourir ſi loin de vous. Quand je dis que
nos eſpèces d'ames étaient modelées l'une pour l'autre,
n'allez pas croire que ma vanité radote. Le fait eſt
clair. Vous me dites, par votre dernière lettre, *que
les choſes qui ne peuvent nous être connues, ne nous
ſont pas néceſſaires.* Grand mot, Madame, grande
vérité, et qui plus eſt, vérité très-conſolante. Où il
n'y a rien, le roi y perd ſes droits, et la nature auſſi.
Faites-vous lire, s'il vous plaît, l'article *Néceſſaire*

1769.

dans un certain livre alphabétique, vous y verrez
votre penfée.

C'eft un *dialogue entre Selim & Ofmin*, deux braves
mufulmans ; et *Ofmin* conclut que la nature n'ayant
pas favorifé le genre-humain, en tout temps et en
tout lieu, du divin alcoran, l'alcoran n'eft pas
néceffaire à l'homme.

Au refte, je fens très-bien que le fiècle de
Louis XIV eft fi prodigieufement fupérieur au fiècle
préfent, que les athées de ce temps - ci ne valent
pas ceux du temps paffé. Il n'y en a aucun qui
approche de *Spinofa*.

Ce *Spinofa* admettait, avec toute l'antiquité, une
intelligence univerfelle ; et il faut bien qu'il y en
ait une, puifque nous avons de l'intelligence. Nos
athées modernes fubftituent à cela je ne fais quelle
nature incompréhenfible, et je ne fais quels calculs
impoffibles. C'eft un galimatias qui fait pitié. J'aime
mieux lire un conte de *la Fontaine* (quoique par
parenthèfe fes contes foient autant au-deffous de
l'*Ariofte* que l'écolier eft au-deffous du maître).
Cependant ces philofophes ont tous quelque chofe
d'excellent. Leur horreur pour le fanatifme, et leur
amour de la tolérance m'attache à eux. Ces deux
points doivent leur concilier l'amitié de tous les
honnêtes gens.

Je paffe des athées à *Sémiramis*. Que voulez-vous,
s'il vous plaît, que je faffe ? Je ne faurais, en vérité,
prendre le parti de *Mouftapha* contre elle. Son fils
l'aime, fon peuple l'aime, fa cour l'idolâtre, elle
m'envoie le portrait de fon beau vifage, entouré
de vingt gros diamans, avec la plus belle peliffe

du Nord , et un code de lois auffi admirable que ⸻
notre jurifprudence françaife eft impertinente. On 1769.
parle français à Mofcou et en Ukraine. Ce n'eft ni
le parlement de Paris , ni la forbonne , qui a établi
des chaires de profeffeurs en notre langue dans ces
pays autrefois fi barbares. Peut-être y ai-je un peu
contribué. Permettez-moi d'avoir quelque condef-
cendance pour un empire de deux mille lieues
d'étendue, où je fuis aimé , tandis que je ne fuis
pas exceffivement bien traité dans la petite partie
occidentale de l'Europe, où le hafard m'a fait
naître.

Je vous avoue que j'aimerais mieux avoir l'honneur
de fouper avec vous, que de refter au milieu des neiges
dans la belle et épouvantable chaîne des Alpes , ou
de courir de roi en impératrice. Soyez très-sûre ,
Madame , que vos lettres ont fait de mon envie
extrême de vous revoir , une paffion. Comptez que
mon ame court après la vôtre.

Je ferais peut-être un peu décontenancé devant
madame la ducheffe de *Choifeul.* Quand le vieux
chevalier *Deftouches-Canon*, père putatif de d'*Alembert*,
voyait une jolie femme, bien aimable, il lui difait :
*Paffez , paffez vîte , Madame , vous n'êtes pas de ma
forte.* Je fuis devenu un peu groffier dans ma retraite
champêtre.

> Que m'importe que la nature
> En deffinant fes traits chéris ,
> Pour modèle ait pris la figure
> De la Vénus de Médicis ?
> Je fuis berger , mais non Pâris.

1769.

Un vieux berger n'eft pas un homme.
Je pourrais lui donner la pomme
Sans que mon cœur en fût épris,
Et fans que la maligne engeance
Des déeffes de fon pays
Reprochât à mes fens furpris
D'être féduits par l'apparence.
Je fais que fon efprit orné
A toute la délicateffe
Que l'on vanta dans Sévigné,
Avec beaucoup plus de jufteffe;
Qu'elle aime fort la vérité,
Mais ne la dit qu'avec fineffe.
Ma groffière rufticité
Et mon impudence fuiffeffe
Auraient grand'peine à fe prêter
A tant de grâce et de foupleffe.
Il faut que, pour bien s'ajufter,
Les gens foient d'une même efpèce.

Vous dont l'efprit et les bons mots,
L'imagination féconde,
La repartie et l'apropos
Font toujours le charme du monde:
Vous, ma brillante du Deffant,
Converfez dans votre retraite,
Vivez avec la *grand'maman;*
C'eft pour vous que les Dieux l'ont faite.
Si j'allais très-imprudemment
Troubler vos féances fecrètes,
Que diriez-vous d'un chat-huant
Introduit entre deux fauvettes?

Cependant, je veux favoir qui foupe entre madame
de *Choifeul* et vous; qui en eft digne, qui foutient
encore l'honneur du fiècle? Que voulez-vous que
je vous dife? Hélas! toutes nos petites confolations
ne font encore que des emplâtres fur la bleffure de
la vie. Mais dans votre malheur, vous avez du
moins le meilleur des remèdes; et puifque vous
exiftez, qu'y a-t-il de mieux que de confumer quelques momens de cette exiftence douloureufe et
paffagère avec des amis qui font au-deffus du
commun des hommes? Vous m'avez donné une
grande fatisfaction en m'apprenant que le préfident a
repris fon ame.

1769.

> Hélas! qu'a-t-il pu reffaifir
> De cette ame qui fut vous plaire?
> Quelque faible reffouvenir,
> Et quelque image bien légère
> Qui ne revient que pour s'enfuir!
> A-t-il du moins quelque défir,
> Même encor fans le fatisfaire?
> A-t-il quelque ombre de plaifir?
> Voilà notre importante affaire.
> Qu'on a peu de temps pour jouir!
> Et la jouiffance eft un fonge.
> Du néant tout femble fortir,
> Dans le néant tout fe replonge.
> Plus d'un bel efprit nous l'a dit.
> Un autre Hénault et Déshoulière,
> Chapelle et Chaulieu l'ont écrit.
> L'antiquité, leur devancière,
> Mille fois nous en avertit.

La forbonne dit le contraire :
A ces meffieurs rien n'eft voilé ;
Et quand la forbonne a parlé ,
Les beaux efprits doivent fe taire.

Dites, je vous en conjure, au délabré préfident combien je m'intéreffe à fon ame aimable. La mienne prend la liberté d'embraffer la vôtre. Adieu , Madame , vivons comme nous pourrons.

LETTRE CLXIII.

A MADAME

LA MARQUISE DE FLORIAN,

Nièce de l'auteur.

A Ferney , 8 avril.

Voici le temps où les Picards vont jouir d'une douce tranquillité dans leurs terres. Je fouhaite un bon voyage à la dame et au feigneur d'Hornoy, beaucoup de fanté, de plaifirs et de comédies.

Vous favez que celle de l'élection du vicaire de Saint-Pierre eft prefque finie à Rome. Mais ce que vous ne favez pas, c'eft que j'ai prefque autant de part que le Saint-Efprit à l'élection de *Stopani* (1). Le colonel du régiment des Deux-Ponts et madame fa femme avaient abfolument voulu me voir. Madame *Cramer* les amena chez moi, il y a environ deux mois ; elle força les barrières de ma folitude. Après dîner,

(1) Ce fut *Ganganelli* qui fut élu, et perfonne n'y fongeait.

pour

pour nous amufer, nous jouâmes le pape aux trois
dés; je tirai pour *Stopani*, et j'eus rafle.

Comme je jouais avec des hérétiques, il était bien
jufte que je gagnaffe.

> Quand, d'un faint zèle poffédés,
> On nous vit jouer aux trois dés,
> De Simon le bel héritage,
> On rafla pour Cavalchini,
> Pour Corfini, pour Négroni :
> Stopani m'échut en partage,
> Et mon dé fe trouva béni.
> Stopani du monde eft le maître,
> Mais il n'en jouira pas long-temps ;
> Il a foixante et quatorze ans ;
> C'eft mourir pape et non pas l'être.
> J'aime les clefs du paradis ;
> Mais c'eft peu de chofe à notre âge.
> Un vieux pape eft à mon avis
> Fort au-deffous d'un jeune page.

Dans la vieilleffe on tolère la vie, et dans la jeuneffe
on en abufe. Ainfi tout eft vanité, à commencer par
le pape, et à finir par moi.

J'ai eu douze accès de fièvre, je n'ai vu de médecin qu'une feule fois; j'ai envoyé chercher le faint
viatique, et je fuis guéri. Je fais des papes et des
miracles.

J'enverrai à Hornoy tout ce qui pourra amufer
mes chers Picards. Madame *Denis* doit avoir recommandé une petite affaire à M. d'*Hornoy* que j'embraffe tendrement ainfi que fon oncle le turc.

Lettres en vers, &c.   X

LETTRE CLXIV.

A M. DE RUHLIERES.

26 avril.

JE vous remercie, Monsieur, du plus grand plaisir que j'aie eu depuis long-temps. J'aime les beaux vers à la folie : ceux que vous avez eu la bonté de m'envoyer sont tels que ceux que l'on fesait il y a cent ans, lorsque les *Boileau*, les *Molière*, les *la Fontaine* étaient au monde. J'ai osé, dans ma dernière maladie, écrire une lettre à *Nicolas Despréaux ;* vous avez bien mieux fait, vous écrivez comme lui.

Le jeune bachelier qui répond à tout venant sur l'essence de DIEU *; les prêtres irlandais qui viennent vivre à Paris d'argumens et de messes ; le plus grand des torts est d'avoir trop raison ; la justice qui se cache dans le ciel tandis que la vérité s'enfonce dans son puits*, &c. &c. sont des traits qui auraient embelli les meilleures épîtres de *Nicolas*.

Le portrait du sieur *Daube* (1) est parfait. Vous demandez à votre lecteur :

S'il connaît par hasard le contradicteur Daube,
Qui daubait autrefois, et qu'aujourd'hui l'on daube ;
Et que l'on daubera tant que vos vers heureux
Sans contradiction plairont à nos neveux.

Oui vraiment, je l'ai fort connu, et reconnu sous votre pinceau de *Téniers*.

(1) Ancien intendant de Soissons, grand contradicteur. Voyez l'article *Dispute*, Dictionnaire philosophique.

Si vous vouliez, Monfieur, vous donner la peine, ——
à vos heures de loifir, de relimer quelques endroits 1769.
de ce très-joli difcours en vers, ce ferait un des
chefs-d'œuvre de notre langue.

LETTRE CLXV.

A M. DE MOULTOU, *à Genève.*

Le 22 juillet.

MON cher philofophe, notre zurichois (1) ira loin.
Il marche à pas de géant dans la carrière de la
raifon et de la vertu. Il a mangé hardiment du fruit
de l'arbre de la fcience, dont les fots ne veulent pas
qu'on fe nourriffe, et il n'en mourra pas. Un temps
viendra où fa brochure fera le catéchifme des honnêtes gens. On dira à tout théologien :

> Théologal infupportable,
> Quels dogmes nous annonces-tu ?
> Moins de dogme et plus de vertu,
> Voilà le culte véritable.

Je vous embraffe toujours en *Zaleucus*, en *Confu-
cius*, en *Platon*, en *Marc-Aurèle*, et non en *Auguftin*,
en *Jérôme*, en *Athanafe*.

(1) M. de *Meifter*, auteur du livre intitulé, *De l'origine des principes
religieux*.

X 2

LETTRE CLXVI.

A MADAME

LA DUCHESSE DE CHOISEUL.

A Ferney, 18 septembre.

MADAME,

Vous n'êtes plus madame *Gargantua*, et je ne m'appelle plus *Guillemet* ; je n'ai reçu votre joli et vrai foulier qu'après avoir pris la liberté de vous envoyer ma foie, j'ignore fi vous avez daigné agréer ce ridicule hommage, mais je fais bien que mes jours ne feront pas filés d'or et de foie fi vous perfiftez à foupçonner que des chofes que j'abhorre foient de moi. Vous avez entendu quelquefois parler des tracafferies de cour, des petites calomnies qu'on y débite, des beaux tours qu'on y joue ; foyez bien fûre que la république des lettres eft précifément dans ce goût. *Arlequin* difait : *tutto l'mondo e fatto com' la noftra famiglia*, et *Arlequin* avait raifon. Je ne vous fatiguerai pas des noirceurs qu'on m'a faites ; mais fouvenez-vous de cet écrit dans lequel on infulta, l'année paffée, le préfident *Hénault*, et une perfonne très-refpectable que je ne nomme point, la même dont vous me parlez dans votre dernière lettre, la même à laquelle vous êtes fi attachée, la même qui . . . . Le ftyle de cet ouvrage était brillant

et hardi ; on me fit l'honneur de me l'imputer, et
bien des gens me l'attribuent encore ; un homme
de condition l'avait lu dans la féance publique d'une
académie comme s'il en était l'auteur, il en reçut les
complimens , et s'en vanta à moi dans fa lettre, et
pour comble il a été avéré qu'il n'avait d'autre part
à l'ouvrage que celle de l'avoir acheté , et qu'il était
très-incapable de l'écrire.

Le tour qu'on me fait aujourd'hui eft plus mé-
chant ; mais comment croira-t-on que j'aye dit que
le roi donna des penfions à tous les confeillers qui
jugèrent *Damiens* , tandis qu'il eft de notoriété
publique qu'on n'en donna qu'aux deux rapporteurs?
Comment aurais-je pris M. de *Befigny* pour le préfident de *Naffigny* ? Comment aurais-je dit qu'*on fit un
procès à Damiens* et qu'*on perpètra fon fupplice?* tout
cela eft abfurde, et auffi impertinent que mal écrit.
Un abbé *Desfontaines* fit autrefois une édition de la
Henriade dans laquelle il inféra des vers contre
l'académie pour m'empêcher d'en être. J'ai une édition de la Pucelle dans laquelle il y a des vers contre
le roi et contre madame de *Pompadour*, et ce qu'il y
a de pis , c'eft que ces vers ne font pas abfolument
mauvais. Meffieurs les tracaffiers de cour ont - ils
jamais rien fait de plus noir ? Voilà , Madame, ce
qui m'a fait quitter la France; ai-je tort ? Je fuis
très-honteux de vous entretenir de ces mifères, il
ne faut vous aborder que les mains pleines de fleurs.

J'ai vu un petit médecin dont vous avez fait la
fortune et la réputation ; je n'avais pas ofé vous le
recommander , je lui avais feulement confeillé d'im-
plorer vos bontés, parce que fa requête était jufte :

X 3

vous avez fait pour lui plus qu'il n'efpérait et plus qu'il ne demandait. Voilà comme vous êtes, Madame; la bienfefance eft votre paffion dominante; vous aurez des autels jufque dans le pays barbare que j'habite. *Dupuits* vous doit tout : et moi que ne vous dois-je point ? vous m'avez fait connaître tout votre efprit et toute la bonté de votre caractère; vous m'avez réconcilié avec mon fiècle dont j'avais fort mauvaife opinion.

Je reviens, Madame, à votre foulier : on dit que quelque *Praxitèle* s'eft mêlé des proportions de votre figure;

> Je n'en crois rien, et je demande
> Aux connaiffeurs que vous voyez :
> Comment, avec ces petits pieds,
> On peut avoir l'ame fi grande ?

Daignez recevoir, Madame, avec votre bonté ordinaire, le profond refpect de votre ancien typographe et de votre très-affligé et très-obéiffant ferviteur, &c.

LETTRE CLXVII.

A M. L'ABBÉ AUDRA, *à Toulouse.*

Le 10 décembre.

Mon cher philosophe, j'espère que *Cicéron la Croix* fera rendre une pleine justice au client qu'il protége. Je salue son éloquence; la bonté de son cœur fait tressaillir le mien. J'espère tout' de vos bontés et des siennes. Je me flatte que le parlement saisira cette occasion de faire voir à l'Europe qu'il sait consoler l'innocence opprimée. M. *Shérer*, banquier de Lyon, doit avoir fait tenir quinze louis à *Sirven* pour l'aider à soutenir son procès. Je lui ai donné l'adresse de M. *Chauliac*, procureur. Je vous prie instamment de vouloir bien vous faire informer si cet argent a été remis à *Sirven*.

Il y a long-temps qu'on a envoyé un paquet pour vous, suivant vos ordres, à l'adresse que vous aviez donnée. L'état déplorable où je suis ne me permet pas de dicter de longues lettres; mais l'amitié n'y perd rien.

J'aurai l'honneur de répondre à mademoiselle *Calliope de Vaudeuil*, dès que la fièvre qui me mine pourra être passée. Malgré ma fièvre, voici mon petit remercîment que je vous prie de lui communiquer.

A mademoiselle de Vaudeuil.

La figure un peu décrépite
D'un vieux serviteur d'Apollon

X 4

Etait dans la barque à Caron,
Prête à traverfer le Cocyte;
Le maître du facré vallon
Dit à fa mufe favorite :
Ecrivez à ce vieux barbon:
Elle écrivit ; je reffufcite.

LETTRE CLXVIII.

A M. MARMONTEL.

27 avril.

Au fujet près, mon cher ami, jamais les gens de lettres, dans aucun pays, n'ont imaginé rien de plus noble. Les douze apôtres n'ont pas eu ce courage. Les douze perfonnes, à qui cette étrange idée a paffé par la tête, font dignes chacune de ce qu'elles veulent me donner.

Cet honneur eft bien grand, tous l'ont fu mériter.
Mais douze monumens et douze ftatuaires !
        Ce ferait un peu trop d'affaires.
Ils ont dit : Choififfons, pour nous repréfenter,
Celui qui d'entre nous donna les étrivières
        Le plus fort et le plus long-temps
Aux Grifels, aux Frérons, aux cuiftres, aux pédans;
C'eft notre prête-nom, c'eft lui qui dans la troupe
        Combattit en enfant perdu ;
C'eft notre vieux foldat, au fervice affidu :
Fefons fon effigie avant qu'à notre infçu
        La friponne Atropos lui coupe
Le fil mal renoué dont on le tient pourvu ;

On croira , quand on l'aura vu ,
Que de nous tous on voit le groupe.

D'ailleurs fi nous l'aimons , certe il nous le rend bien.
Vîte , qu'on nous l'ébauche ; allons , Pigal , dépêche ;
Figure à ton plaifir ce très-mauvais chrétien ;
Mais en fecret nous craignons bien
Qu'un bon chrétien ne t'en empêche.

Vous m'allez dire que ces petits verficulets familiers ne valent rien ; je le fais tout comme vous :
mais j'ai la poitrine attaquée, je n'en puis plus ; et
je vous confeille de mettre l'infcription : *A Voltaire
mourant* , comme je le mande à M. d'*Alembert*.

Bonfoir, mon très-cher confrère. Frère *François*.

LETTRE CLXIX.

A MADAME LA MARQUISE DU DEFFANT.

A Ferney , 5 mai.

Je fuis un ingrat, Madame, indigne de vous et de
votre *grand'maman* (1). Je ne mérite pas de voir le jour,
auffi je ne le vois guère, car il tombe encore de la
neige chez moi au cinq de mai.

Oui, j'ai tort fi je vous ai dit
Qu'elle n'était qu'une volage ,
Fière du brillant avantage
De fa beauté , de fon efprit ,
Et fe moquant de l'efclavage
De tous ceux qu'elle affujettit :

(1) Madame la duchefse de *Choifeul*.

Cette image eſt trop révoltante ;
Je crois qu'on peut la définir :
Une adorable indifférente ,
Feſant du bien pour ſon plaiſir.

Figurez-vous , Madame , que lorſque j'appelais
votre *grand'maman* inconſtante , volage , cruelle (1) ,
elle me comblait tout doucement de bontés ; elle les
a pouſſées non-ſeulement juſqu'à protéger mes hor-
logers , mais juſqu'à protéger auſſi mon ſculpteur. Je
ne peux pas vous dire ce que c'eſt que cette nouvelle faveur ; car s'il faut ſe livrer à la reconnaiſſance , il ne faut pas ſe livrer à la vanité. Je ne ſais
ſi elle a dans le moment préſent beaucoup de temps
à elle ; mais en avez-vous , Madame , vous qui , malgré votre état de recueillement , paſſez votre vie à
courir ?

Je vous envoie l'article *Ame* , que vous pourrez jeter
dans le feu s'il ne vous plaît pas. Votre *grand'maman*
vous dira , ſi elle veut , ce que c'eſt que ſa jolie ame ;
pour moi je n'ai jamais ſu comment cet être-là était
fait , et vous verrez que je le fais moins que jamais.
Si vous voulez apprendre à ignorer , je ſuis votre
homme. Je n'écris qu'à vous , et point à votre *grand'-*
maman , car je ſuis honteux devant elle.

J'aurai pourtant , je crois , dans quelques jours ,
une grâce à lui demander , mais il me ſera impoſ-
ſible d'avoir cette hardieſſe après mes injuſtices :
voici le fait.

Avant que les jéſuites fuſſent devenus gens du
monde , ils avaient un établiſſement à ma porte pour

(1) Voyez la lettre à madame *du Deffant* , 25 avril 1770. *Correſpon-*
dance générale.

convertir les huguenots. Ils venaient d'arrondir leur
domaine en achetant à vil prix le bien de neuf gentilshommes, fept frères et deux fœurs; fept étaient
mineurs et tous étaient ruinés. Tous les frères étaient
au fervice du roi. Le plus jeune avait treize ans, et
le plus vieux en avait vingt-cinq. Le procureur des
jéfuites, le plus grand fripon que j'aye jamais connu,
obtint une pancarte du confeil pour s'emparer à jamais
du bien de ces pauvres enfans. Ils vinrent me trouver,
je me fis leur *don Quichotte;* ils rentrèrent dans leur
bien, et j'eus le plaifir d'attraper les jéfuites avant
qu'ils fuffent chaffés. Je n'ai jamais eu en ma vie tant
de fatisfaction.

L'aîné des fept frères a une grâce à demander, et
il va même à Verfailles dans le temps des fêtes. Ce
n'eft point à M. l'abbé *Terray* qu'il demandera cette
grâce, car il ne s'agit point d'argent, et M. l'abbé
le jette par les fenêtres; en un mot, je ne fais ce que
c'eft que cette grâce, et je ne prendrai certainement
pas la liberté de la demander à votre *grand'maman.*
Vous lui en parlerez fi vous voulez, Madame; mais
pour moi, Dieu m'en garde, j'ai trop abufé de fes
extrêmes bontés. Elle a encore en dernier lieu honoré
de nouvelles faveurs mon gendre *Dupuits.* Il faut que
je m'aille cacher quand je penfe à tout cela. C'eft à
vous, Madame, que je dois tous ces agrémens qui
fe répandent fur les derniers jours de ma vie; c'eft
vous qui m'avez préfenté à votre *grand'maman* que
je n'ai jamais eu le bonheur de contempler; c'eft à
vous que je dois fon foulier et fes lettres : elle m'a
fait capucin, je lui dois tout. Puiffiez - vous jouir
long-temps des charmes de fon amitié et de fa converfation.

1770.

—— Quand il y aura quelques articles de belles-lettres
1770. moins ennuyeux que ceux de métaphyfique, j'aurai
l'honneur de vous les envoyer. Il ne s'agit dans ce
monde que d'attraper la fin de la journée fans douleur et fans ennui, et encore la chofe eft-elle difficile.
Je fuis à vous, Madame, jufqu'à mon dernier fouffle,
avec le plus tendre refpect et la plus inutile envie de
vous faire encore ma cour.

Frère François.

LETTRE CLXX.

A M. SAURIN,

DE L'ACADEMIE FRANÇAISE.

A Ferney, 10 novembre.

VOTRE épître, mon cher confrère, eft auffi philofophique qu'ingénieufe, elle eft furtout d'un bon ami :
vous avez raifon fur tous les points, hors fur ce qui
me regarde.

Je fais bien qu'il y aura toujours des gens qui
feront la guerre à la raifon, puifqu'en effet on a des
foldats de robe longue payés uniquement pour fervir
contre elle ; mais on a beau faire, dès que cette
étrangère a des afiles chez tous les honnêtes gens de
l'Europe, fon empire eft affuré.

> On peut long-temps chez notre efpèce
> Fermer la porte à la Raifon;
> Mais dès qu'elle entre avec adreffe,
> Elle refte dans la maifon,
> Et bientôt elle en eft maîtreffe.

1770.

Son ennemie perd de fon crédit chaque jour, de Mofcou jufqu'à Cadix. Les moines ne gouvernent plus, quoiqu'un moine foit devenu pape. J'ai été très-fâché qu'on ait pouffé trop loin la philofophie. Ce maudit livre du *Syflême de la Nature* eft un péché contre nature. Je vous fais bien bon gré de réprouver l'athéifme et d'aimer ce vers :

Si Dieu n'exiftait pas, il faudrait l'inventer.

Je fuis rarement content de mes vers, mais j'avoue que j'ai une tendreffe de père pour celui-là.

Les ennemis des caufes finales m'ont toujours paru plus hardis que raifonnables. S'ils rencontrent des chevilles et des trous, ils difent fans héfiter que les uns ont été faits pour les autres, et ils ne veulent pas que le foleil foit fait pour les planètes.

Vous faites trop d'honneur, mon cher confrère, aux rogatons alphabétiques que vous voulez lire (1). Je tâcherai de vous les faire parvenir au plutôt. Je les crois fages ; mais ils n'en feront pas moins perfécutés.

Je fuis tout glorieux du baifer de madame *Saurin* ; elle eft bien hardie à cent lieues : elle n'oferait de près. Les pauvres vieillards ne s'attirent pas de telles aubaines. J'ai été heureux pendant quinze jours ; j'ai eu M. d'*Alembert* et M. de *Condorcet :* ce font là de vrais philofophes. Adieu, vous qui l'êtes ; confervez-moi votre amitié.

(1) Les Queftions fur l'Encyclopédie, aujourd'hui le *Dictionnaire philofophique.*

LETTRE CLXXI.

A M. TABAREAU, *à Lyon.*

Avril.

Du Nil au Bofphore
L'ottoman frémit :
Son peuple l'adore,
La terre applaudit.

Voilà, Monfieur, ce que j'ai pu faire de plus court pour votre protégé ; et le plus court en cas pareil (1) eft toujours le moins mauvais.

Il eft vrai que je perfifte dans l'admiration et dans la reconnaiffance que tout français doit avoir pour le roi, qui délivre tant de provinces de l'affreufe néceffité d'aller fe ruiner en procès à Paris; mais je fuis indigné contre les libraires de Lyon, qui s'avifent de mettre, fous le nom de *Genève*, des chofes dont tous les citoyens de Lyon devraient s'honorer.

Je m'étais bien douté que le grand-confeil deviendrait parlement, et que le roi ferait le maître. M. le chancelier me comble de bontés qui exigent toute ma reconnaiffance. Je n'en ai pas moins pour toutes les marques d'amitié que vous et M. *Vaffelier* me donnez continuellement.

Je me fouviens bien, Monfieur, qu'un efpagnol, qui paffa à Ferney, il y a quelques mois, me dit

_____

(1) Vers deftinés à mettre au bas d'un portrait de l'impératrice de Ruffie, exécuté à Lyon fur le métier, par les foins de M. de *la Salle*, fabricant.

qu'il m'enverrait quelques livres efpagnols affez
curieux ; il me les envoie par la voie de Marfeille, **1771.**
mais je ne les crois point curieux du tout. Je crois
qu'il n'y a de curieux en Efpagne que Don Quichotte.
Le négociant de Marfeille peut en toute fureté de
confcience envoyer ces rogatons. Il doit favoir qu'on
n'imprime rien dans ce pays-là qu'avec l'approbation
du faint-office : et je ferais bien fâché de lire un
ouvrage qui ne ferait pas muni de ce fceau refpectable.

Votre bibliothécaire vous eft bien tendrement
attaché, et compte inceffamment vous faire un petit
envoi qui ferait trembler la Sainte-Hermandad.

LETTRE CLXXII.

A M. DE PEZAI.

AIDE maréchal des logis
Et de Cythère et du Parnaffe,
Je vois que vous avez appris
Sous le grand général Horace,
Ce métier qu'avec tant de grâce
On vous voit faire dans Paris.
J'ai lu votre aimable Rofière :
Malheur au dur atrabilaire
Qui lui reproche un doux baifer !
Quel mortel ne doit excufer
Une perfonne fi difcrète ?
Un feul baifer, un feul amant,
Chez les bergères d'à préfent
Eft la vertu la plus parfaite.

—— Je vous remercie bien fenfiblement, Monfieur,
1771. de votre paquet. Je ne fais par quelle voie il m'eft
venu, mais il me rendra heureux pendant deux jours.
Je ne remercie point M. *Dorat*, quoiqu'il m'ait
rendu heureux auffi ; mais ce n'eft pas lui qui m'a
gratifié de fa *réponfe de Ninon* et de fes odes.

Le vieux malade de Ferney vous eft toujours très-
attaché.

LETTRE CLXXIII.

A M. LE COMTE DE SCHOUVALOF.

Ferney, le 19 juillet.

Oui, j'aime Pallas l'intrépide,
Qui fait tomber fous fon égide
Tout l'orgueil de ce vieux fultan.
J'admire avec même juftice
Cette Pallas légiflatrice,
Qui de la Finlande au Cuban
Donne une loi moins tyrannique
Que certain code lévitique
Et le fatras de l'Alcoran.

Courage, braves Ruffes, la victoire eft toujours
venue du Nord. Il faut que la raifon en vienne ; il
faut que les beaux et malheureux climats, fi long-
temps foumis à l'inquifition ou à l'équivalent, et
peuplés de tant de fripons et d'imbécilles, foient éclairés
par l'étoile du Nord, qui fait briller du haut du pôle

arctique

arctique la tolérance univerfelle qu'on n'ofe pas même
défirer encore dans certains pays.

Savez-vous, monfieur le Comte, que grâce à la
ftupidité d'un de nos velches, revêtu à Paris de l'émi-
nente dignité de cenfeur des livres, l'inftruction de fa
Majefté impériale n'a pas eu la permiffion d'entrer
en France? N'imputez point cette barbarie à notre
nation; elle n'en eft point coupable. Tous les gens
qui penfent parmi nous, révèrent cette inftruction
admirable, et n'en voudraient jamais avoir d'autre.
Notre chancelier n'a rien fu de cette fottife. Cela s'eft
fait uniquement par la bêtife des fubalternes, et avant
le changement du miniftère. Mais on eft très-coupable
d'avoir confié quelque efpèce de juridiction fur les
belles lettres à des gens qui ne devraient avoir que la
furintendance des chardons.

Oui, je reçus en fon temps la lettre que vous eûtes
la bonté de m'écrire fur M. de *Tchogoglof*. Je ne fais
où il eft; et j'ai abandonné cette petite affaire pour
laquelle on m'avait vivement follicité.

J'ai eu l'honneur de vous adreffer un ingénieur-
deffinateur, garçon de mérite, qui peut être utile.
Je vous fouhaite, et je l'efpère, une paix glorieufe,
digne de vos victoires. Si *Mouftapha* n'a pu être
chaffé par les Ruffes, il les refpectera du moins, et
votre voifin le poëte-empereur chinois les refpectera
auffi; l'autre poëte-roi de Pruffe fera toujours leur
bon ami, fi les rois font amis. Je ne vous réponds
point du troifième, et je vous garde le fecret.

Mes refpects à madame la comteffe.

Lettres en vers, &c.   Y

LETTRE CLXXIV.

A M. LE CARDINAL DE BERNIS.

A Ferney, le 25 novembre.

ON me mande, Monseigneur, qu'un anglais, très-anglais, qui s'appelle M. *Muller*, homme d'esprit, pensant et parlant librement, a répandu dans Rome qu'à son retour il m'apporterait *les oreilles du grand inquisiteur* dans un papier de musique; et que le pape, en lui donnant audience, lui a dit : *Faites mes complimens à M. de Voltaire, et annoncez-lui que sa commission n'est pas fesable; le grand inquisiteur à présent n'a plus d'yeux ni d'oreilles.*

J'ai bien quelque idée d'avoir vu cet anglais chez moi, mais je puis assurer votre éminence que je n'ai demandé les oreilles de personne, pas même celles de *Fréron* et de *la Beaumelle*.

Supposé que M. *Muller* ou *Milles* ait tenu ce discours dans Rome, et que le pape lui ait fait cette réponse, voici ma réplique ci-jointe. Je voudrais qu'elle pût vous amuser ; car, après tout, cette vie ne doit être qu'un amusement. Je vous amuse très-rarement par mes lettres, car je suis bien vieux, bien malade, et bien faible. Mes sentimens pour vous ne tiennent point de cette faiblesse; ils ne ressemblent point à mes vers. Agréez mon très-tendre respect, et conservez vos bontés pour le vieillard de Ferney.

Le grand inquisiteur, selon vous, très-saint-père,
  N'a plus ni d'oreilles ni d'yeux :

Vous entendez très-bien , vous voyez encor mieux ,
Et vous favez furtout bien parler et vous taire.
Je n'ai point ces talens , mais je leur applaudis.
Vivez long-temps heureux dans la paix de l'Eglife ,
    Allez très-tard en paradis :
Je ne fuis point preffé que l'on vous canonife.
Aux honneurs de là-haut rarement on atteint.
Vous êtes jufte et bon , que faut-il davantage ?
C'eft bien affez , je crois , qu'on dife : Il fut un fage ;
    Dira qui veut , il fut un faint.

1771.

LETTRE CLXXV.

A M. SAURIN.

A Ferney, 14 décembre.

Votre femme doit voir en vous
  Le modèle des bons époux ,
  Le modèle des bons poëtes :
  Si les enfans que vous lui faites ,
  De vos écrits ont la beauté ,
  Nul homme en fa poftérité
  Ne fut plus heureux que vous l'êtes.

1772.

Je prends la liberté d'abord d'embraffer madame
votre femme, pour qui vous avez fait cette jolie
épitre qui eft à la tête de cette jolie Anglomanie : et
puis je vous dirai que cette pièce eft écrite d'un
bout à l'autre comme il faut écrire, ce qui eft très-
rare ; qu'elle eft étincelante de traits d'efprit que
tant de gens cherchent, et qui font chez vous fi
naturels.

1772.

Enfuite, je vous dirai que dès que l'hiver eft venu, les neiges me tuent, et qu'il faut alors que je refte au coin de mon feu, fans quoi je viendrais caufer au coin du vôtre. Je fuis toujours prêt l'été à faire un voyage à Paris, malgré l'abbé *Mabli* et *Fréron*. Mais depuis l'impertinence que j'ai eue de faire de grands établiffemens dans un malheureux village au bout de la France, et de me ruiner à former une colonie d'artiftes qui font entrer de l'argent dans le royaume, fans que le miniftère m'en ait la moindre obligation, la néceffité où je me fuis mis de veiller continuellement fur ma colonie, ne me permet pas de m'abfenter l'été plus que l'hiver. J'ajoute à ces raifons que j'ai bientôt quatre-vingts ans, que je fuis très-malade, et qu'il ne faut pas, à cet âge, rifquer d'aller faire une fcène à Paris, et d'y mourir ridiculement; car je ne voudrais mourir ni comme *Maupertuis* ni comme *Boindin*.

Inter utrumque tene medium, tutiffimus ibis.

J'ai toujours fur le cœur la belle tracafferie que m'a faite ce M. *le Roi*, fur le livre de *l'Efprit*. Vous favez que j'aimais l'auteur; vous favez que je fus le feul qui ofai m'élever contre fes juges, et les traiter d'injuftes et d'extravagans, comme ils le méritaient affurément. Mais vous favez auffi que je n'approuvai point cet ouvrage que *Duclos* lui avait fait faire; et que, lorfque vous me demandâtes ce que j'en penfais, je ne vous répondis rien.

Il y a des traits ingénieux dans ce livre; il y a des chofes lumineufes, et fouvent de l'imagination dans l'expreffion; mais j'ai été révolté de ce qu'il dit

fur l'amitié. J'ai été indigné de voir *Marcel* cité dans
un livre fur l'Entendement humain, et d'y lire que la ¹⁷⁷²·
le Couvreur et *Ninon* ont eu autant d'efprit qu'*Ariftote*
et *Solon*. Le fyftême que tous les hommes font nés
avec les mêmes talens, eft d'un ridicule extrême.
Je n'ai pu fouffrir un chapitre intitulé, *De la probité*
par rapport à l'univers. J'ai vu avec chagrin une
infinité de citations puériles ou fauffes, et prefque
par-tout une affectation qui m'a prodigieufement
déplu. Mais je ne confidérai alors que ce qu'il y
avait de bon dans fon livre, et l'infame perfécution
qu'on lui fefait. Je pris fon parti hautement; et quand
il a fallu depuis analyfer fon livre, je l'ai critiqué
très-doucement.

Vous avez l'efprit trop jufte et trop éclairé pour
ne pas fentir que j'ai raifon. S'il fe pouvait, contre
toute apparence, que j'euffe le bonheur de vous
voir encore, nous parlerions de tout cela en philofophes, en aimant paffionnément la mémoire de
l'homme aimable dont nous voyons vous et moi les
petites erreurs.

Adieu, mon cher philofophe, mais philofophe
avec de l'efprit et du génie, philofophe avec de la
fenfibilité. Je vous aime véritablement pour le peu
de temps que j'ai encore à ramper dans un coin de
ce globule.

LETTRE CLXXVI.

A M. LE MARECHAL DUC DE RICHELIEU.

A Ferney, le 21 décembre.

Quoi ! toujours la cruelle envie
Pourfuit ma réputation !
On dit qu'une nymphe jolie,
Dans ma dernière maladie,
M'a donné l'extrême-onction ,
Et que j'emporte en l'autre vie
Ce peu de confolation.
Voyez l'horrible calomnie !
Seigneur , il n'appartient qu'à vous ,
A votre jeuneffe immortelle,
De faire encor de fi beaux coups ,
Et d'être entre les deux genoux
D'une coquine fraîche et belle.
Je fens que je fuis au tombeau ;
Cet état me fait de la peine :
Mais il ne faut pas qu'un rofeau
Vive auffi long-temps que le chêne.

Mon héros exige que je lui conte le fait, parce qu'il veut être inftruit de ce que fes fujets, jeunes et vieux, font dans fon empire. Je lui dirai donc , comme devant DIEU , que màdame *Denis* fefant les honneurs d'un grand dîner , je mangeais dans ma chambre un plat de légumes, ainfi que vous en usâtes quand vous honorâtes mon taudis de votre préfence. Une belle demoifelle de la compagnie, plus grande que

madame *M* * *. de deux doigts, plus jeune, plus 1772.
étoffée, plus rebondie, vint me confoler. Les Génevois font malins, et les calviniftes font bien aifes
de jeter le chat aux jambes des papiftes ; mais le
fait eft que cette augufte demoifelle me fefait trembler
de tous mes membres, et que fi je m'évanouis, c'était
de crainte ou de refpect.

Je vous jure que j'aurais plutôt fait la fcène de
Sylla, de *Pompée*, ou de *Céfar*, dont vous me parlez,
que je n'aurais fait un couplet avec cette belle perfonne. Depuis que j'ai des lettres de capucin, je
mets toutes les impoftures aux pieds de mon crucifix,
et je ne dis à perfonne : Ouvrez le loquet.

Au refte, je préfume toujours que les princeffes de
la comédie font par-tout fous vos lois, ainfi que dans
leurs lits ; et que vous êtes toujours le maître des
autres à table, au lit et à la guerre, comme je
crois que vous l'êtes auffi au fpectacle. J'ai rapetaffé
la Sophonisbe ; j'aurai l'honneur de vous en envoyer
deux exemplaires, l'un pour vous, l'autre pour la
comédie. Je ne fuis pas bien fûr que vos ports foient
francs de Lyon à Paris ; je fais feulement qu'ils font
exorbitans. Je vous demande vos ordres pour favoir
fi je dois faire partir ce paquet fous votre nom, ou
fous celui de M. le duc d'*Aiguillon*. Je fuis bien fenfible à toutes les peines que mon héros daigne prendre
d'écarter les fifflets préparés pour les Lois de Minos.

A l'égard de *Sylla*, cette entreprife était aifée pour
le R. P. de *la Rue* ; elle eft fort difficile pour moi. Je
vous avoue que je baiffe beaucoup, quoi qu'en difent
mes panégyriftes et ceux de la belle demoifelle qu'on
fuppofe avoir eu tant de bontés pour moi.

Y 4

Il me femble que le goût de ma chère nation eft un peu changé; et fi vous me permettez de vous le dire, je crois qu'elle n'eft pas plus digne d'entendre *Sylla*, *Pompée* et *Céfar*, que je ne fuis digne de les faire parler. Cependant, s'il me venait quelque idée heu-reufe, je l'emploîrais bien vîte pour vous faire ma cour; mais les idées viennent comme elles veulent. Ma plus chère idée ferait de ne pas mourir fans avoir la confolation de vous revoir encore. Je ne fuis le maître ni de chaffer cette idée ni de l'exécuter. Je fuis bien fûr feulement que ma deftinée eft de vous être attaché jufqu'à la mort avec le plus tendre refpect.

Le vieux malade de Ferney à qui l'on fait trop d'hon-neur.

LETTRE CLXXVII.

A M. LE COMTE DE ROCHEFORT,

Qui demandait une inscription pour des écoles de chirurgie.

A Ferney, 28 avril.

Il y a près de trois mois, Monfieur, que mon trifte état ne m'a permis que d'écrire deux ou trois lettres à Paris, et c'était pour des affaires preffantes.

Quarante-huit caractères font vingt-quatre fyllabes à deux lettres par fyllabe, et douze fyllabes forment un vers alexandrin ; en ce cas il faut deux vers, mais il y a néceffairement des fyllabes qui ont trois ou quatre lettres, ainfi la chofe devient impoffible.

Pour exprimer une penfée bonne ou mauvaife, il faut deux vers ou quatre ; c'eft ce qui rend notre langue très-peu fufceptible du ftyle lapidaire qui demande une extrême précifion : nos articles, nos verbes auxiliaires, joints à la gêne de nos rimes, font un effet fouvent ridicule dans les infcriptions. Un vers latin dit plus que quatre vers français ; j'oferais propofer celui-ci, en attendant qu'on en faffe un meilleur.

Arte manus regitur, genius prælucet utrique.

L'art conduit la main, le génie les éclaire tous deux. Voilà toute la chirurgie exprimée en peu de mots.

Si on voulait abfolument une infcription en français, on pourrait mettre :

> D'où partent ces foins bienfefans ?
> Ils font d'un monarque et d'un père :
> Il veille fur tous fes enfans ;
> Il les foulage et les éclaire.

Mais voilà quatre-vingt-une lettres au lieu de qua-rante-huit. Il faudrait donc rendre les caractères de moitié plus petits , et alors l'infcription ferait peut-être inlifible. Je trouverais cette infcription françaife affez paffable ; mais vous voyez que c'eft une rude tâche de faire des vers à tant le pied, à tant le pouce.

Le pauvre malade vous eft très-tendrement et très-inutilement attaché, à vous et à madame *Dix-neuf ans*.

LETTRE CLXXVIII. 1773.

A MADAME

LA COMTESSE DU BARRI.

20 juin.

MADAME,

MONSIEUR de *la Borde* m'a dit que vous lui aviez ordonné de m'embraſſer des deux côtés de votre part.

> Quoi , deux baiſers ſur la fin de ma vie !
> Quel paſſe-port vous daignez m'envoyer !
> Deux ! c'eſt trop d'un , adorable Egérie ;
> Je ferais mort de plaiſir au premier.

Il m'a montré votre portrait; ne vous fâchez pas, Madame , ſi j'ai pris la liberté de lui rendre les deux baiſers.

> Vous ne pouvez empêcher cet hommage ,
> Faible tribut de quiconque a des yeux.
> C'eſt aux mortels d'adorer votre image ;
> L'original était fait pour les Dieux.

J'ai entendu pluſieurs morceaux de la Pandore de M. de *la Borde ;* ils m'ont paru bien dignes de votre protection. La faveur donnée aux véritables beaux-arts, eſt la ſeule choſe qui puiſſe augmenter l'éclat dont vous brillez.

Daignez agréer, Madame, le profond respect d'un vieux solitaire, dont le cœur n'a presque plus d'autre sentiment que celui de la reconnaissance.

LETTRE CLXXIX.

A M. LE COMTE DE SCHOUVALOF.

A Ferney, 15 octobre.

L'AMOUR, Epicure, Apollon,
Ont dicté vos vers que j'adore.
Mes yeux ont vu mourir Ninon;
Mais Chapelle respire encore.

Je ne reviens point, Monsieur, de ma surprise que *Chapelle* ait perfectionné son style à Pétersbourg. Quelques français me demandent pourquoi je prends le parti des Russes contre les Turcs? Je leur réponds que quand les Turcs auront une impératrice comme *Catherine II*, et qu'il y aura à la Porte ottomane des chambellans comme M. le comte de *Schouvalof*, alors je me ferai turc; mais je ne puis être que grec tant que vous ferez des vers comme *Théocrite*. Il y a même dans votre épître une philosophie qu'on ne trouve ni dans *Théocrite* ni dans aucun des anciens poëtes grecs.

Profitez de votre printemps;
Chantez, baisez votre bergère;
Faites des vers et des enfans.
Ma triste muse octogénaire,
Qui cède aux outrages du temps,
Doit vous admirer et se taire.

LETTRE CLXXX.

A M. DE RUHLIERES.

8 augufte.

JE vous remercie, Monfieur, de tout mon cœur. Placé entre votre *Germanicus* et votre *Mécène* vous ne dédaignez pas même un vieux allobroge qui ne fe voit depuis plus de vingt ans qu'entre *Zuingle* et *Calvin*., et dont la mémoire n'eft guère à Paris qu'entre *Fréron* et l'abbé *Sabotier*. Cependant j'aime toujours les bons vers paffionnément, comme fi j'étais français, comme fi je foupais quelquefois entre vous et M. de *Champfort*. Vous m'avez deux fois traité felon mon goût; la première, quand mon ami *Thiriot* m'envoya

Avez-vous par hafard connu feu monfieur Daube
Qu'une ardeur de difpute éveillait avant l'aube ?

La feconde, quand vous m'avez gratifié vous-même de votre épître fur le grand art de favoir fe paffer de fortune.

Vous avez rendu refpectables
Les bons vers et la pauvreté ;
L'ignorance et la vanité
Ofaient les croire méprifables.

Vous direz à préfent comme *Horace :*

Pauperies immunda domûs procul abfit. Ego utrum
Nave ferar magnâ, an parvâ ferar, unus et idem.

Votre épître eft comme elle doit être, et la fatire
fur la difpute était comme elle devait être. L'une
était à la *Boileau*, et l'autre à la *Chaulieu*.

Il me femble qu'il fe forme enfin un fiècle : et
pour peu que MONSIEUR s'en mêle, le bon goût
fubfiftera en France. Je m'y intéreffe comme fi j'étais
encore de ce monde. Je reffemble aux vieilles catins,
qui ont toujours du goût pour leur premier métier.

Je ne favais pas que l'abbé *Chappe* eût été un
philofophe fi plaifant. J'ai fon grand et gros livre, et
j'ai pris fon parti hardiment contre madame la princeffe *Sharkof* ou *Sarrefok*, car je ne prononce pas
les noms ruffes fi bien que vous. Cette dame eft pour
le moins auffi plaifante que l'abbé *Chappe*.

Le vieux malade de Ferney eft pénétré pour vous
de l'eftime la plus vraie. Mais puifque vous dites
que vous êtes avec refpect mon très-humble ferviteur, pardieu, je fuis le vôtre avec plus de refpect
encore.

LETTRE CLXXXI. 1774.

A MADAME LA MARQUISE DU DEFFANT.

Le 2 décembre.

Vous me donnez, Madame, une rude commiſſion. Tout le monde fait aiſément des noëls malins, parce que tout le monde les aime ; mais on n'a jamais fait de noëls galans à la louange de perſonne, pas même à celle de la Sainte-Famille, dont tous les chrétiens ſont convenus de ſe moquer à la fin de décembre. Cependant, pour ſatisfaire à votre étrange empreſ-ſement, j'ai invoqué l'ombre de l'abbé *Pellegrin*; tenez, voilà des couplets qu'elle vous envoie. Elle vous recommande de taire l'auteur, non pas, hélas ! *par les yeux de votre tête*, mais par toute l'amitié, par le tendre attachement que le vieux *Pellegrin* a pour vous.

Noëls pour un ſouper.

JESU dans ſa cabane
Voyant venir Choiſeul,
Malgré le bœuf et l'âne,
Lui feſant grand accueil,
Dit : Je fais avec toi
Un pacte de famille;
Tu fais garder ta foi,
Et moi
Je ne quitterai pas
Tes pas,
Pour chercher une fille.

Quand madame fa femme
Vint baifer le bambin,
Marie au fond de l'ame
Eut un peu de chagrin;
Cette bonne lui dit :
J'ai quelque jaloufie.
Lorfque le Saint-Efprit
Me prit,
Vous n'étiez donc pas là,
Là, là;
Il vous aurait choifie.

L'enfant dans l'écurie,
D'un œil peu fatisfait
Voyait Marthe et Marie,
Et fainte Elifabeth,
Et fes parens fans nom,
Et Jofeph le beau-père;
Mais en voyant Grammont,
Poupon,
Tu criais : Celle-là,
Papa,
Eft ma fœur ou ma mère.

Quand on aura chanté ces trois plats couplets, on
pourra chanter en chœur celui-ci qui n'eft pas moins
plat :

Laiffez paître vos bêtes,
Vous, Meffieurs, qui ne l'êtes pas ;
A nos petites fêtes,
Ne vous ennuyez pas.

Votre

Votre château
Eſt grand et beau,
Mais à Paris
Toujours chéris,
Faut-il ailleurs
Gagner des cœurs?
Laiſſez paître vos bêtes,
Vous, Meſſieurs, qui ne l'êtes pas, &c.

1774.

LETTRE CLXXXII.

A MADAME LA MARQUISE DU DEFFANT.

5 décembre.

L'OMBRE de l'abbé *Pellegrin* m'eſt encore apparue cette nuit, et m'a donné les deux couplets ſuivans, ſur l'air : *Or dites-nous, Marie.*

TROIS rois dans la cuiſine
Vinrent de l'orient;
Une étoile divine
Marchait toujours devant.
Cette étoile nouvelle
Les fit très-mal loger;
Joſeph et ſa pucelle
N'avaient rien à manger.

Hélas, mes pauvres ſires,
Pourquoi voyagez-vous?
Reſtez dans vos empires,
Ou ſoupez avec nous.

Lettres en vers, &c.

Z

Si la cour vous ennuie,
Voyez-nous quelquefois;
La bonne compagnie
Doit toujours plaire aux rois.

Mon cher abbé, lui ai-je dit, je reconnais bien,
à votre ftyle, l'auteur de ces fameux noëls :

Lifez la loi et les prophètes,
Profitez de ce qu'ils ont dit.
Quand on a perdu Jéfus-Chrift,
Adieu paniers, vendanges font faites.

Mais après tout, vos couplets pour le fouper de
Saint-Jofeph peuvent paffer, parce que la bonne
compagnie dont vous me parlez, et que vous ne
connaiffez guère, eft indulgente. S'il y a quelque
allufion dans les couplets de vos noëls, cette allufion
ne peut être qu'agréable pour les intéreffés, et ne
peut choquer perfonne, pas même la fainte Vierge
et fon mari, qui ne fe font jamais piqués d'avoir à
Bethléem le cuifinier du préfident *Hénault*. Mais furtout ne montrez pas vos noëls à l'ingénieux *Fréron*,
qui a les petites entrées chez madame la marquife
du Deffant, et qui ne manquerait pas de dire beaucoup de mal de fon cuifinier et de fon fefeur de
noëls, quoiqu'il ne fe connaiffe ni en bonne chère
ni en bons vers.

LETTRE CLXXXIII.

A MADAME LA MARQUISE DU DEFFANT.

8 décembre.

Noëls fur l'air : *Or dites-nous, Marie.*

Il devait venir boire
Un jour à Saint-Jofeph,
Mais au bord de la Loire,
Il prit fa route en bref :

Tous les cœurs le fuivirent,
Car il les avait tous;
En foupirant ils dirent :
Nous partons avec vous.

On pleurait en filence,
Quand femme et fœur partit;
Plus de chant, plus de danfe,
Et furtout plus d'efprit :

Les voilà qui reviennent,
Tout change en un moment.
Que tous nos maux obtiennent
Un pareil changement.

Air : *Jofeph eſt bien marié.*

Rions tous en ce féjour,
On ne rit guère à la cour.

Z 2

Goûtons le bon temps fi rare
Que cette cour nous prépare :
On dit qu'il revient ce temps
Où tous les cœurs font contens.

Aurore des jours heureux,
Répandez de nouveaux feux.
Le bonheur qui nous enchante
Se flétrit s'il ne s'augmente.
Il faut toujours ajouter
Aux biens qu'on a pu goûter.

On pourrait chanter enfuite :

Laiffez paître vos bêtes,
Vous, Meffieurs, qui ne l'êtes pas.
A nos petites fêtes,
Ne vous ennuyez pas.
Votre château, &c.

Quand on commande un pet-en-l'air à fa coutu-
rière, on lui dit bien intelligiblement comment on
veut qu'il foit fait. Il fallait dire qu'on ne voulait
dans des noëls ni crèche, ni *Jéfu*, ni *Marie*, quoique
tout cela foit effentiel. On doit favoir qu'en chanfons, hors de l'Eglife point de falut. Perfonne ne
pouvait deviner ce qu'on demandait. Les femmes
font defpotiques, mais elles devraient au moins
expliquer leurs volontés. Ces couplets-ci ne valent
pas les premiers, il s'en faut bien. Cela reffemble à
une fête de Vaux, mais cela eft affez bon pour un
piano-forté, qui eft un inftrument de chaudronnier
en comparaifon du clavecin. Au refte il ne faut pas

s'imaginer que tous les fujets foient propres pour ces
petits airs , ni qu'on puiffe deviner à cent lieues
l'apropos du moment, furtout quand on a fur les
bras l'affaire la plus cruelle auprès de laquelle toutes
les tracafferies de cour font des rofes.

1774.

LETTRE CLXXXIV.

A M. LE PRINCE DE BELOSELSKI.

A Ferney, 27 mars.

MONSIEUR,

Un vieillard de quatre-vingt-un ans, accablé de
maladies cruelles, a fenti quelques adouciffemens à
fes maux, en recevant la lettre charmante en profe
et en vers, dont vous l'avez honoré, dans une langue
qui n'eft point la vôtre, et dans laquelle vous écrivez
mieux que tous les jeunes gens de notre cour. Je
viendrais vous en remercier à Genève, fi mes fouf-
frances me le permettaient, et fi elles ne me privaient
pas de toute fociété.

1775.

J'ai dit tout bas, en lifant vos vers :

Dans des climats glacés Ovide vit un jour
　　Une fille du tendre Orphée ;
　　D'un beau feu leur ame échauffée ,
Fit des chanfons , des vers , et furtout fit l'amour.

Les Dieux bénirent leur tendreſſe,
Il en naquit un fils orné de leurs talens ;
Vous en êtes iſſu ; connaiſſez vos parens
Et tous vos titres de nobleſſe.

Agréez, monſieur le Prince, le reſpect du vieillard
de Ferney.

L E T T R E   C L X X X V.

A   M A D A M E

D E   S A I N T - J U L I E N.

8 décembre.

Notre protectrice ſait ſans doute qu'il n'eſt plus
queſtion de ce mémoire que l'abbé *Morellet* devait
lui communiquer. L'affaire eſt faite; l'édit eſt entre
les mains de nos chétifs états. Nous nous aſſemblons
le 11 du mois pour accepter la bulle *Unigenitus*
purement et ſimplement, et même en remerciant.

Il eſt vrai, Madame, que je demande une petite
explication, et cette explication eſt une aumône de
cinq mille livres; ſomme exceſſivement petite, par
laquelle je propoſe aux ſoixante publicains, maîtres
du royaume, de racheter leurs péchés. Je fais les
derniers efforts auprès de M. *Turgot* pour obtenir de
lui cette bonne œuvre. Mais ſoit qu'il ſe rende, ſoit
qu'il perſiſte dans l'impénitence finale, je ferai le
diable à quatre dans nos états, pour faire accepter ſa
pancarte, même par le clergé.

1775.

Je profite des bontés de M. le marquis de la *Tour-du-Pin*, que vous m'avez procurées. Je lui demande un ordre pour me chauffer, quoique les fermiers généraux nous réduisent à n'avoir pas de quoi acheter du bois.

Je me suis avisé de faire l'épitaphe de l'abbé de *Voisenon* :

> Ici gît, ou plutôt frétille
> Voisenon, frère de Chaulieu.
> A sa muse vive et gentille
> Je ne prétends point dire adieu ;
> Car je m'en vais au même lieu,
> Comme un cadet de la famille.

Il ne faut pas prendre cela tout-à-fait au pied de la lettre. Il est bien vrai que l'abbé de *Voisenon* frétille ; mais je ne veux point l'aller voir sitôt. Je veux vivre encore pour vous dire combien je suis sensible à vos bontés, combien j'adore votre caractère, votre esprit lumineux et votre personne. Vous parlez d'affaire comme un vieux conseiller d'Etat ; vous êtes active à rendre mille bons offices, comme si vous n'aviez rien à faire ; vous jugez tous les ouvrages mieux que si vous étiez de l'académie. Je me flatte bien que monsieur votre frère et vous, vous gagnerez votre procès. La chicane qu'on vous fait me paraît absurde, et ce n'est pas-là le cas où les choses absurdes réussissent.

Adieu, Madame ; je ne sors point du coin de mon feu, tandis que vous tuez des perdrix en plein air. Je ne sortirai que pour la bulle de M. *Turgot*, et je ne respirerai que pour vous être attaché avec le plus tendre respect.

Z 4

LETTRE CLXXXVI.

A M. L'ABBÉ DE LA CHAU.

21 mars.

MONSIEUR,

APRÈS avoir lu votre Vénus, j'ai dit entre mes dents :

> *Intermissa, Venus, diù]*
> *Tandem bella moves; incipe, dulcium*
> *Mater grata cupidinum,*
> *Circà centum hiemes flectere mollibus,*
> *Heu, durum imperiis!*

Je vous rends mille actions de grâces, Monsieur, de m'avoir fait l'honneur de m'envoyer votre dissertation. Votre *accessit*, selon moi, signifie *accessit ad Deæ templum.*

Je crois fermement qu'il n'y a jamais eu de culte contre les mœurs, c'est-à-dire, contre la décence établie chez une nation. Le *phallus* et le *kteis* n'étaient point indécens dans les pays où l'on regardait la propagation comme un devoir très-férieux. Je sais bien que par-tout, les fêtes, les processions nocturnes dégénérèrent en parties de plaisir. On voit dans *Plaute* un amant qui avoue avoir fait un enfant, dans la célébration des myftères, à la fille de son ami, comme chez vous on fait l'amour à la messe et à vêpres. Mais, dans l'origine, les fêtes n'étaient

que facrées : les prêtreffes de *Bacchus* fefaient vœu
de chafteté. Si les jeunes filles dans Rome fe mon-
traient toutes nues devant la ftatue de *Vénus*, dans
une petite chapelle, c'était pour la prier de cacher
les défauts de leur corps aux maris qu'elles allaient
prendre.

Il eft ridicule que de prétendus favans ayent
regardé des b..... tolérés, comme des lois religieufes,
et qu'ils n'aient pas fu diftinguer les filles de l'opéra
de Babylone, d'avec les femmes et les filles des
fatrapes.

Votre ouvrage, Monfieur, eft utile et agréable.
Je vous fais bon gré de l'avoir orné de monumens
très-inftructifs. Votre *Vénus* émergente eft admirable ;
et pour votre *callipige* :

> En voyant cette belle eftampe,
> Tout lecteur eft bien convaincu,
> Lorfque Vénus montre fon cu
> Que ce n'eft pas un cu de lampe.

Vos recherches à l'occafion du temple d'*Ericine*
font auffi intéreffantes que favantes. Enfin, je vous
crois interprète de la déeffe autant que de M. le duc
d'*Orléans*.

Agréez, Monfieur, les fincères remercîmens, la
refpectueufe eftime, et la reconnaiffance d'un vieillard
très-indigne de votre beau préfent, mais qui en fent
tout le prix.

LETTRE CLXXXVII.

A M. LE CARDINAL DE BERNIS.

J'ETAIS dans un bien trifte état, Monfeigneur, lorfque j'ai reçu vos deux jeunes gentilshommes fuédois ; mais j'ai oublié tous mes maux en les entendant parler de vous.

> Ils difent que votre éminence,
> Au pays des proceffions,
> Fait à toutes les nations
> Aimer et refpecter la France.
> Ils difent que votre entretien,
> Cher aux beaux efprits comme aux belles,
> Enchante le norvégien
> Et le voifin des Dardanelles,
> Tout autant que l'italien :
> Comme, en fa première harangue,
> Le chef du collége chrétien
> Plaifait à chacun dans fa langue.

Voilà comme vous étiez à Paris, et en Languedoc, et par-tout. Vous n'avez point changé au milieu de tous les changemens qui font arrivés en France. Je fuis extafié en mon particulier des bontés que vous confervez pour moi ; elles me confolent et m'encouragent *per leftreme giornate di mia vita*, comme dit *Pétrarque*, l'un de vos prédéceffeurs en talens et en grâces. Hélas ! vous êtes aujourd'hui le feul *Pétrarque* qui foit à Rome. Nous avons du moins des opéra-comiques, et même encore de la gaieté; mais on prétend qu'il n'y a plus, dans la patrie de *Cicéron* et d'*Horace*, que des cérémonies. Je me trouve, depuis plus de vingt ans, à moitié chemin de Rome et de Paris, fans avoir fuccombé à la tentation de voir l'une ou l'autre. Si, à mon âge, je pouvais avoir une paffion, ce ferait de pouvoir vous faire ma cour dans votre gloire; mais

> *Vejanius armis*
> *Herculis ad poftem fixis latet abditus agro.*

Il vient un temps où il ne faut plus fe montrer. Il me refte encore le goût et le fentiment; mais qu'eft-ce que cela? Et comment s'aller mêler dans un beau concert quand on ne peut plus chanter fa partie?

Les bontés que votre éminence me témoigne, font ma confolation et mes regrets. Daignez con-ferver ces bontés pour un cœur auffi fenfible que celui du vieux malade de Ferney, qui vous fera attaché avec le refpect le plus tendre jufqu'à ce qu'il ceffe d'exifter.

LETTRE CLXXXVIII.

A MADAME

LA PRINCESSE D'HENIN.

MADAME,

Madame de *Saint-Julien* m'a fait l'honneur de me mander que fi je difputais *le Kain* à la reine, je devais demander votre protection. J'ai couru fur le champ au temple des Grâces, pour me jeter à vos pieds. Une de vos compagnes m'a dit :

> Imite-nous, tu feras bien.
> A cette reine fi chérie
> Nous ne difputons jamais rien,
> Et nous l'avons toujours fervie.

Madame, me voilà juftement comme les Grâces, je ne difpute rien à fa Majefté ; mais malheureufement je ne puis rien faire dans mon métier qui foit digne de fes regards ni des vôtres. Je vous prie feulement de pardonner à un vieillard de quatre-vingt-trois ans, qui vous importune pour vous dire que s'il avait la force de venir crier, vive la reine, de vous faire fa cour, de vous voir, et de vous entendre avant de mourir, il mourrait heureux.

Je fuis en attendant, avec un profond refpect, Madame, votre, &c.

LETTRE CLXXXIX. 1777.

A M. AUDIBERT, *à Marseille.*

Mars.

ENVOYER de beaux vers et de l'argent comptant,
Ce n'eft pas au Parnaffe une chofe ordinaire.
　　Vous penfez bien folidement,
　　Et vous poffédez l'art de plaire.
C'eft l'*utile dulci* que dans Rome autrefois
　　Enfeignait le galant Horace,
　　Et dont vous donnez, avec grâce,
　　Des leçons chez les Marfeillois.

Je vous remercie tendrement, mon cher confrère:
j'aurais bien voulu paffer mon hiver entre vous et
M. *Guys.*

J'ai abufé plus d'une fois de vos bontés, Monfieur;
je les implore aujourd'hui en faveur de ma nièce,
qui eft toujours, ou qui fe croit toujours malade de
la poitrine. Elle s'imagine que des branches de pal-
mier d'Afrique, chargées de quelques dattes nouvelles, pourraient lui faire du bien. Je ne crois pas
qu'un fruit d'Afrique rende la fanté en Suiffe;
mais je vous demande cette grâce pour ma pauvre
nièce qui penfe que Maroc lui fera plus de bien que
la nouvelle ville de Verfoy.

On vous aura fans doute mandé, Monfieur, que
cette ville de Verfoy, fi long-temps abandonnée, fe
conftruit à la fin. Ferney lui a donné tant d'émula-
tion qu'elle s'élève à nos dépens, et même un peu,

—— dit-on, à ceux de Berne, qui commence à en être
1777. effarouchée. On bâtit les portes de la ville avec les
pierres qui étaient déjà taillées pour achever le port.

> *Eruit , ædificat , mutat , quadrata rotundis ,*
> *Infanire putes.*

L E T T R E   C X C.

A M. LE MARQUIS DE CUBIERES,

Ecuyer du roi , &c , en réponfe à une lettre en vers.

A Ferney , le 5 octobre.

Un beau fiècle commence, et vous me l'annoncez.
     Un jeune Titus le fait naître ,
     Et c'eft vous qui l'embelliffez :
     L'écuyer eft digne du maître.
     Pégafe ayant fu qu'aujourd'hui
     Vous commandez dans l'écurie ,
     Vient s'offrir à vous , et vous prie
     De vous fervir fouvent de lui ;
Il aime votre grâce et votre humeur légère ;
Sous d'autres écuyers il fit plus d'un faux pas ;
     Sous vous il vole, il fait nous plaire ,
     Il ne vous égarera pas.

Je vois , Monfieur , que vous avez reffaifi votre
droit d'aîneffe, et que vous faites d'auffi jolis vers
que monfieur votre frère le chevalier. Je ne puis vous
remercier à mon âge qu'en mauvaife profe rimée ,
et c'eft à moi qu'il faudra dire : *Solve fenefcentem, &c.*

J'ai l'honneur d'être avec refpect, &c.

                Le vieux malade de Ferney.

LETTRE CXCI et dernière. 1778.

A M. L'ABBÉ DE L'ATTAIGNANT,

Qui avait envoyé à l'auteur des couplets de la mesure
des suivans.

A Paris, le 16 mai.

L'ATTAIGNANT chanta les belles ;
Il trouva peu de cruelles ,
Car il fut plaire comme elles :
Aujourd'hui plus généreux ,
Il fait des chansons nouvelles
Pour un vieillard malheureux.

Je supporte avec constance
Ma longue et triste souffrance ,
Sans l'erreur de l'espérance :
Mais vos vers m'ont consolé ;
C'est la seule jouissance
De mon esprit accablé.

Je ne peux aller plus loin, Monsieur : M. *Tronchin*,
témoin du triste état où je suis , trouverait trop
étrange que je répondisse en mauvais vers à vos
charmans couplets. L'esprit d'ailleurs se ressent trop
des tourmens du corps , mais le cœur du vieux *Voltaire*
est plein de vos bontés.

Fin des Lettres en vers et en prose.

TABLE ALPHABETIQUE

DES LETTRES

CONTENUES DANS CE VOLUME.

A.

Lettres en vers, &c.   A a

K.

S.

T.

U.

V.

Fin de la Table des Lettres en vers.

VOLTAIRE

15

LETTRES
EN VERS

www.ingramcontent.com/pod-product-compliance
Lightning Source LLC
Chambersburg PA
CBHW050310030726
47505CB00003B/637